魅丽文化　桃夭工作室

对焦少女心

萧小船 著

江苏凤凰文艺出版社
JIANGSU PHOENIX LITERATURE AND ART PUBLISHING, LTD

图书在版编目（C I P）数据

对焦少女心 / 萧小船著 . -- 南京 : 江苏凤凰文艺出版社 , 2020.4
ISBN 978-7-5594-4633-6

Ⅰ . ①对… Ⅱ . ①萧… Ⅲ . ①长篇小说 – 中国 – 当代
Ⅳ . ① I247.5

中国版本图书馆 CIP 数据核字 (2020) 第 036193 号

对焦少女心

萧小船 著

出 版 人 张在健
责任编辑 王 青 张 倩
特约编辑 刘思月 廖双双
装帧设计 白砚川
出版发行 江苏凤凰文艺出版社
南京市中央路 165 号，邮编： 210009
网 址 http://www.jswenyi.con
印 刷 湖南新华精品印务有限公司
开 本 880mm × 1230mm 1/32
印 张 9.5
字 数 226 千字
版 次 2020 年 4 月第 1 版，2020 年 4 月第 1 次印刷
书 号 ISBN 978-7-5594-4633-6
定 价 38.00 元

目录>>>>>

<<<<<CONTENTS

目录>>>>>

<<<<<CONTENTS

（一）

你好，我是你未来女朋友

1.0

春末的五月，一场大雨过后，窗外的樱花被打落，密密地铺了一路。

多媒体教室里，言却戴着耳麦，垂眸看着桌上空白的A4纸，身边淡淡的樱花香越来越近，他抬手推开左边的耳麦，问："有事吗？"

眼看快要跨越中间隔板贴近他的江只只硬生生顿在半空中，轻咳一声："没事。"

"没事就不要一直看我。"

"哦，好的。"

江只只乖巧地答应，随后坐回原位，和他一样戴上耳麦。

耳麦里传来教授的声音："今天这堂课做临时抽测，大家根据看到的视频做出翻译，然后用设备录音交上来。"

话音落下，耳麦里传出叽里咕噜的英语，是一部电影的对白。江只只对英语和大部分学生一样，典型的考试逼近满分，平时听不懂的类型，她听了几句后觉得实在艰难，又扭头看着言却。

毕竟她混进这堂电影英语翻译课，就是为了言却。

他侧对着她，脸部线条仿若雕刻，嘴角在说话间微动着，深沉内敛。言却的长相就和他的性格一样，生人勿近。

江只只最喜欢他的眼睛，眼尾内折，眸色深深，像是能吸纳所有的深渊。

忽然"深渊"回头，凉凉地看了她一眼，她立马正襟危坐，将录音设备打开。

江只只刚才根本没听，听了也听不懂，可又不能交白卷上去。

她深深地吸气，然后开了口。

言却将左侧耳麦摘下，听着她欢快的歌声，额角青筋突突地跳。

这人……可真是不一样的烟火。

十分钟后，教授将收上来的音频整理到一起："好啦，那让我们一起来欣赏一下各位同学的表现吧！"

江只只喉头一阵窒息，颤巍巍地去抓言却的手腕："还、还要当众放出来？”

她的手又小又软，像一团棉花一样触到他的肌肤上。言却有些心痒，但还是平静地将手抽出来：“导师会现场评分，算到平时成绩里。”

江只只的牙齿都在打战，留在这里，她会丢脸，可不留在这里，好不容易得来的跟言却上一堂课的机会岂不是浪费了？

和跟言却走近一小步相比，脸算什么？

江只只打定主意，不管前方有多少风雨，她都会死守在这个位置上，岿然不动！

言却的录音在她前面播放，他声音低沉，像是大提琴弦缓缓被拨动，一池春水也起波浪。江只只又走神去看他的侧脸，视觉、听觉的双重暴击下，她那颗自以为早就死透的少女心又活过来了。

“下面我给大家唱一首歌——《致言却》。”

她的声音跟在言却之后出来，前方教授和同学八卦的目光齐齐地射过来，定在两人身上。

江只只以为自己扛得住，其实她不可以。

“嗖”的一声，她猫到桌子下系鞋带去了。

她那个五音不全的歌声随之从音频播放器中飘了出来：“我爱言却，言却爱我，你多看看我，刘昊然算什么！我爱言却，言却爱我，你对我一笑，毕雯珺算什么！”

教室里发出一阵爆笑声，言却的手撑在桌子上，撑得骨节都泛白了：“如果你真的是上这节课的学生，平时分肯定会因为歌声要人命而被扣光。”

江只只直起腰身，她长着一张比例极好的脸，笑眼眯起来时像只撒娇的猫。

“要是能去你心里看月光，平时分扣光就扣光。”她说起话一套一套的，言却微怔，装作没听见低头，随后怔住。

“你系的是我的鞋带。”

江只只：“……”

“还系在了桌腿上。”

江只只：“……”

Double kill（双击），啪，她死了。

2.0

@今天也要追男神：5月13号，晴。

教室里，我深情告白，男神仿佛没听见，却发现他自己的鞋带被我刚才一紧张绑在了桌腿上。古娜拉黑暗之神，带我走吧！［微笑］

微博一发，底下的评论区瞬间炸了，江只只点开一看，映入眼帘的是一片“哈哈哈哈哈”，连长度都一样。

估计粉丝们就是看她发微博，在评论区直接复制粘贴的，江只只感受到了这个世界对她深深的恶意。

一开始，她用这个微博只是为了记录追言却的血泪史，等多年以后翻出来也是一段难忘的回忆，后来有网友来围观后转发带了一串“哈哈哈”，从此就一发不可收拾。

“我爱林凡，林凡爱我，你一亲我，白敬亭算什么……”

室友谢钰敷着面膜哼着歌飘过，江只只恶狠狠地转回头：“谢钰你个天——”杀的。

后两个字还没说出口，谢钰就在她面前晃悠着手机：“言却的最新情报。”

江只只迅速变脸：“天生——丽质难自弃。”

她虔诚地接过手机，是谢钰所在的文艺部的群聊。

【部长sama：本周末学生会要在汇安广场举办爱心募捐活动，我们部门要表演舞蹈，请大家下午五点过来排练。】

“现场除了跳舞外，外联部的人还要穿玩偶服装发气球，我可以想办法让你混进去。”

谢钰的头顶散发着普度众生的光芒，江只只的眼睛“噌”的一下亮了：“大佬，为您比心！”

周六这一晚，江只只做了一宿的梦，梦里的自己和言却在学校各个角落偶遇到，然后一眼万年。这梦简直要命，她差点儿深陷其中无法醒来，还是谢钰把她从床上拽下去的。

洗漱过后，江只只跟着谢钰去了外联部。在谢钰一番舌灿莲花后，江只只就拿到了一套加菲猫的玩偶服装，跟着大部队往汇安广场去。

广场距离江大约有二十分钟车程，下车之后她戴上加菲猫的头套，手里拿着一大把气球，在广场中央扫视了一圈却没看见言却。

“是不是谢钰的情报有误？”江只只往文艺部所在的南广场去找谢钰，因为玩偶服装太大，手里还有一大把气球，她在人群里走得十分艰难。忽而感觉到胳膊被拉扯到，她本来就着急，顿时爹了毛：“干吗动手动脚的？！”

等歪头一看，江只只立刻怔住。

清晨静谧的阳光为少年清冷的眉眼镀上了一层金边。江只只的手先大脑一步拽住他的手并扯了回来，顺便装腿软往他胳膊上靠：“啊，刚坐车晕车了，头晕眼花，站都站不稳。”

言却往后一退：“现在碰瓷已经这么不讲基本法了吗？”

江只只站稳，意识到他应该还没认出来自己，连忙道：“我不是坏人，我是江只只。”

言却又往后退了两步：“我知道。”

江只只：“……”

好，原来她比坏人还要可怕。

伤心，难过。

“哎哎哎，让一让，着急赶车呢！”

江只只正沉溺于伤心时，身后一个中年男子用力从旁边挤了过去，她的头套一下被撞歪，眼前一片黑暗。江只只有些害怕，又怕冷漠的言却不管她就直接走，只好一只手拿着气球，另一只手胡乱地往前抓着："言却，言却，快、快抓住我，我对着你的美貌起誓，这次我坚决不碰瓷！"

她旁边的人都绕着她走，她却对此一无所知，还是执着地在喊言却，样子傻乎乎的。

言却无声地扯起唇角，将手递过去，江只只抓到后紧紧地抱在怀里："你救了我，小女子愿意以身相许。"

"那我不想救了。"

江只只正想着就"救人后以身相许的必要性"这一话题展开探讨，就听言却问："我记得你不是外联部的，怎么会在这儿发气球？"

江只只立时打蛇随棍上："我是学生会主席未来女朋友，算家属，是学生会隐形成员。"

"你说'未来'时，我已经辞职了。"

江只只："……"

言却，好冷酷无情一男的。

3.0

言却个高腿长，今天穿了一件深灰色的衬衣，挺拔如松，走在人群里本就惹眼，再加上手上拖着一只"加菲猫"，往南广场去的一路上，回头率简直爆表。

看着像树袋熊一样抱着言却胳膊的江只只，谢钰愣了愣："你这是怎么弄的？"

听到熟悉的声音，江只只仿佛走丢的鸡崽找到老母亲，张开双臂扑进谢钰怀里。

十分钟前，江只只和言却"偶遇"得好好的，抓到了言却的手臂，谈起了"未来"的问题。就在她想办法再进一步的刹那，刚从她身边挤过去的那个大哥又挤了回来："哎哎哎，让一让，车站在对面！"

广场中心的人越来越多，这一次江只只的头套后面被挤瘪了，卡在脑袋上摘不下来了。

谢钰："……"果然拿下言却什么的是她想多了。

言却眉头微微蹙着，道："下次再叫人帮忙，记得给她拿身合身的衣服。"

"好的好的。"

谢钰戳了戳江只只的"大头"，眨了眨眼道："只只笨手笨脚的，麻烦言神帮忙扶一下她，我去后面搭台子用的工具箱里拿剪刀。"

言却眉头蹙得更紧，淡淡地"嗯"了一声。

谢钰帮江只只把身上的服装脱下，牵着她的手搭在言却的手臂上，深藏功与名地一笑，飞也似的跑了。

江只只一颗心怦怦乱跳，刚才隔着厚厚的玩偶服装不太明显，现在真肌肤相碰时，能感觉到他的小臂紧实，令她即使看不见也觉得安心。

言却静静站了一会儿，偏头看她："摸够了吗？"

江只只老实地收回戳他小臂的手指。

可没一会儿，她又开始乱戳起来。

天气热，她的脑袋被罩在头套里，闷得厉害，晕晕的，只能靠言却回血。

言却被她戳得手臂发麻，刚把手撤回去，她一下没了依靠，瞬间就往后栽。言却眼疾手快地捞了一把，她迷迷糊糊地撞进他怀里，硕大的头套顶得他闷哼一声。

赶回来的谢钰：噫！

离得近，言却听见江只只轻轻的呻吟声，细细弱弱，像路边走失的小猫。

"快把她这个剪开！"

"啊，好。"谢钰冲过去，也不管别的，直接从后面眼睛所在的洞开始剪起。头套有些厚重，谢钰剪不动。言却直接把剪子要过来，几下就剪开一个大豁口，扯着拽下去。

江只只眼前直冒金星，大口大口地呼吸着。

“我……我这辈子……都……都不要再……再穿玩偶装了……”

谢钰打开一瓶水喂她喝了几口，她顺过气来，稍稍清醒才发现不对劲儿。

她好像……枕在谁的胸口上。

她梗着脖子抬头，正对上言却往下看的眼睛。江只只嘴角一弯：“不想撞南墙，只想撞先生的胸膛。”

“你还是撞南墙好一些。”言却往后撤，他衬衫上的水渍很明显，是她刚喝水留下的。

江只只抿了抿唇，真诚道：“为了表达我的感谢和愧疚，衬衫我帮你洗好了送过去。”

“别。”

言却难得地对她笑了一笑，虽然是冷笑，但她还是瞬间觉得心空了。

今天言却也用微笑杀我了！

言却深深地看了她一眼：“麻烦，惹一次还不够吗？”

江只只瞬间明白他说的是他们初遇时发生的事，她知道那是自己的错，但不打算改。

她仰着头，眼底像藏着星子，灼灼发着光。

“不够呀，还没追到你，怎么会够？”

（二）

喜欢这件事，讲究先发制人

1.0

言却所谓的第一次惹麻烦，是在一个月前春意最浓时。

那天谢钰以给江只只画美美的头像为条件，拖着她去给文艺部做苦力刷宣传墙。

“我们这边人手实在是不够，也不用你费脑子，只要把这几盒水彩均匀地刷到指定的区域就行。”

江只只点点头：“放心，保证完成任务。”

谢钰忙着去寝室楼下刷好的宣传墙上画手绘，就留江只只自己在这儿。

这堵墙比江只只高不少，刷上面时得站在梯子上。

她认真地一点儿一点儿地刷着墙，忽然身后有人问：“谢钰去哪里了？”

这男声低沉，是江只只听广播剧时最抗拒不了的那种声优的声音。

江只只转头回眸，看见下面的帅哥时心跳猛地一滞，随即跳得更快。

这世上可以归类到美的人和事总会让人心情好，江只只的嘴角不自觉地弯出甜甜的笑，而这一笑完全出于本能：“谢钰刚才……”

水彩顺着她手中的刷子往下滴，她斜眼看着它们一路向下，直至落在帅哥的外套袖子上。

白色的外套把水彩的颜色凸显得更加亮丽，可穿着它的帅哥的脸跟着黑了。

江只只一阵窒息，连忙下去认罪，争取宽大处理。

梯子有些滑，她下去时战战兢兢，帅哥修长的手扶住另一边。江只只感受到了春天般的温暖，侧头笑吟吟地道谢：“这位同学谢……”

她侧头时习惯性侧身体，那只拿着刷子的手便直接戳到了帅哥的胸前。

江只只：“……”

离得近，她仔细看眼前的帅哥，觉得他还真的像是从偶像剧里走出来的人，还……特别眼熟。

毕竟她曾分析过他五官的每一处，还曾用文字细细地描绘过。

但现在江只只觉得曾用来描述他的文字和真人一比，显得无比苍白。

帅哥的眉眼深深，鼻梁高挺，即使此刻无语得想骂人，下颚线条还是那么好看。

好想在上面滑滑梯哦。

江只只觉得自己应该做些什么，才对得起这突然从天而降的“故人”。

她落了地，诚恳道歉：“对不起，这位同学。由于我的失误，我对您和您的外套造成了两次伤害。但我知道说对不起没用，所以我想给这位同学洗衣服来赎我的罪孽。”

帅哥仿佛被她的诚心打动了，抬眸定定地看了她片刻。

糟糕，眼睛真好看，里面像是挂着月亮。

好想中秋节时近距离去赏月哦。

江只只脑中思路百转千回，随后听帅哥沉声道：“不用了。谢钰呢？”

“哦，她去女寝楼下的宣传墙画手绘了。”眼看着帅哥要走，江只只绕到他面前。

“还有事？”

“虽然你不想让我帮你洗外套是你善良，但我也有自己做事的准则，如果你不让我帮你洗，我会良心不安，睡不着觉的。”

“这和我有什么关系？”

真是好冷漠一男的。

江只只腹诽着，面上更加真诚，双眼凝视着对方，不说话，不催促。

那眼睛像盈着水，仿佛下一秒就要落下眼泪。

从小到大，江只只但凡想要老江买点儿什么就用这招，百试百灵。

帅哥看了看手腕上的表，快没时间了，他脱掉外套塞到她手里，绕过她大步流星地离开。

“帅哥留个联系地址，我洗好了好去找你！”

帅哥毫不停顿地继续向前，连背影都那么撩人。

“谁能想到，我和文档里才存在的人以这种方式实际性会面了呢。”

2.0

在这次真·初遇前，江只只见这位帅哥，是在一篇关于蓝卡电影艺术展的报道上。

这个艺术展本来就小众，报道还是登在现在很多人都不看的报纸上，是以并没有多少人知道。

那天江只只在家，正准备用老江订的报纸卷垃圾，就看见报纸上有关于电影的版块。江只只是电影学院戏剧文学系的大一新生，有关于电影的新闻她还是很感兴趣。

就这样，她看到了一则报道——蓝卡电影艺术展上，在校大学生言却以短片作品《木马之马》被影评人盛赞。

黑白照上，言却穿着一身笔挺西装，漠然地看着镜头。

“这年头，有才华的人还长得这么鬼斧神工吗？”

照片旁边写着他的介绍，江州电影学院大二导演系，言却。

“居然是我们学校的。”江只只来了兴趣，迅速去逛了学校微博、贴吧、论坛，搜索关键词“言却”，很快就得到一大堆有关他的消息。

“电影学院导演系之光。”

“三万电影学院少女的梦。”

“高冷逼人，生人勿近。”

“……”

年少成名的导演，因童年的悲惨经历而沉默寡言，不近女色，直到遇到他生命里的温暖。

江只只以言却为原型脑补了这个人设，加进了自己暑假期间随便开的一篇文里，取名叫严尔。

而现在她真的遇到了言却，觉得文档里的严尔和他一比，显得无比苍白。

毕竟真人和纸片人对比起来，多的是笔触描绘不出的细节。

他一抬眸、一举手都让人移不开眼地撩人，撩得她心跳怦怦怦。

江只只在键盘上敲着字，反复地写，反复地删，最后文档里只剩下了一句话，让她撑着下巴看了很久。

是一句她曾经很喜欢的诗。

——与君初相识，犹如故人归。

对她而言，言却，就是存在已久但并不熟悉的故人。

这说起来很矛盾，故人，本应该是熟悉的人。

巧了，江只只最擅长把矛盾化为和谐。

“既然如此，那就去熟悉熟悉好了。”

江只只给言却把外套洗干净之后，打听了一下他的动向，在图书馆东侧的射箭馆找到了他。

彼时的射箭馆里挤满了人，最中央的赛场上一场比赛进行到尾声，言却只剩最后一箭。

江只只在边角的地方占到了一个位置，小声问旁边人：“他们这是比赛赢什么，这么正式？”

“不赢什么，就是随便比比。但是言却很久没来射箭，之前贴吧把他传得邪乎，射箭技能和再世郭靖一样，没看过的都想来凑个热闹。”

江只只：“……”

她这个位置在靶子斜后面，刚好能看见言却的正面。

他弯腰，将箭搭在弓上，再一起身，小臂肌肉鼓起，将一张弓拉满，左眼闭着，右眼直直地盯着前方的靶心。

他的视线专注而炽热，好似能穿透靶子，直接落在她身上。江只只的心跳漏了一拍，再看言却，周身被筛进射箭馆的阳光镀得恍若天神。他放开手，“咻”的一声，箭一下直中靶心。

这一幕比她笔下的所有场景都要耀眼，仿佛是不该存在于现实世界的童话。

江只只捂住心口，清晰地感觉到里面那个东西在悸动，她的心在动。

这一箭，仿佛不是言却射出来的，而是爱神丘比特射出来的。

啪，她中箭了。

3.0

言却的这一次出山没有让大家失望，最后一箭他以十环力压对手获胜。

江只只云里雾里地听着旁边围观的大哥们仿佛讨论华山论剑一样探讨这一次言却和对手的交锋，没多久，看热闹的人群散去，“生人勿近，近了也不理”的言却冷漠地拒绝了几个女生的送水送毛巾服务后，馆里就没什么人了。

言却戴着耳麦听歌，双手收拾射箭的装备。

江只只从靶子后探出头来，暗中观察。等他把东西装好后，她才快步冲过去，打算截住他的去路。

地上有水渍，江只只一着急，脚一滑，直接朝着言却的后背撞了过去。

“砰”的一声，言却的步子一顿。

幸亏他身体素质好，身体晃了晃后还是硬生生地扛住了。江只只则撞得鼻子发酸，眼睛更酸。

她究竟是造了什么孽，才会每次都在言却面前丢人？

言却摘下耳机，一回头，立刻认出眼前人，眉头锁紧：“又是你？”

江只只揉了揉鼻子，干笑了两声：“那个，我是来还你衣服的。”

言却看着被她紧紧抱着，快拧巴成一团的衣服，不算温柔地一下抢过来，塞进了包里："好了，还完了，你可以走了。"

再在这儿待一会儿，不一定还会出什么状况，言却不喜欢麻烦。

江只只无辜地眨巴眨巴眼："那个我想……"

"不，你不想。"言却冷冷截断她的话，背着包转身就走。

刚被狠撞一下，他走路都比之前缓慢了。

一直被无视成空气，在另一边收拾东西的言却对手这时凑了过来，满眼的八卦："言却……收了你的东西？"

江只只点头："是的呀。"

"你们……认识很久了？"

从她把言却写到小说里算起，到现在确实很久了。

于是江只只再点头。

对手同学露出看穿一切的眼神。

之后，江大就传出了一段谣言，说言却在射箭馆收了江只只的礼物，他们四目相对，一眼万年。言却离去时，脚步缓缓，依依不舍。江只只提起言却时，眉眼生春，娇俏无边。

谣言传到江只只这里已经是第二天上午，她听了之后愣了许久。

"不行，这样不靠谱的谣言我得找言却解释清楚！"

江只只进了校网系统，查到了言却所在的导演系一班的课程表。

导演系的这堂课是选修课，三堂不同的课在三个教室里上，整个系的学生可自由选择上哪堂课。

下午江只只到了影音教学楼，她不知道今天言却会去上哪一堂课，索性就挨个教室找。

每到一个教室，江只只就礼貌地敲敲门，然后探进头，声音清朗地问："教授打扰了，请问言却同学在吗？"

这样一路寻找，走到上电影语言翻译课的第三个教室时，她才终于找到人。

“教授打扰了……”

“找言却是吧！”胖胖的陈教授笑眯眯的，“言却，有人找。”

言却抬起头，江只只眼睛弯起来，手指了指外面。

言却突然有些头疼。

他起身，在众目睽睽下走了出去。

楼梯间的窗户开着，言却靠在墙上，淡淡地问：“找我有事吗？”

“你们教授怎么会认识我？”

言却嗤笑一声：“现在我们系谁不认识你，和我有段‘旷世绝恋’的江只只同学。”

江只只认真地道：“我就是为了这件事来找你的，我觉得这里面有些误会，我可以解释的。”

“用不着解释，只要你以后离我远一点儿，谣言不攻自破。”

“不不不，离远点是不可能的，这辈子都不可能的，我还是解释吧！”江只只迎难而上，上前一步，仰着头凝视着他。

言却人生第一次被一个女生堵在墙角，还是个从长相到性格看似都很软的女生。

言却习惯性地蹙起眉，江只只樱桃唇张开：“这谣言不是从我这儿出去的，如果我传谣言，那肯定是另一个版本。”

“另一个版本？”

“言大神一箭击中江只只的心，从此江只只眼里、心里只有言大神一个。”江只只背着手，歪着头，“你觉得这个版本怎么样？”

言却的心晃了一下，江只只没等他回答，自顾自地继续：“我觉得很好，所以，我决定要落实一下。”

“言大神，之后配合一下呀。”

谢钰说得没错，她是不对劲。

遇见言却的那一刻，她整个世界都不对劲了。

（三）

有一弯月亮在唱情歌

1.0

言却的“配合”，就是每一次在江只只出现时都维持着心狠手辣的人设，屹立不倒。

在汇安广场，江只只不仅撞了头，身体受伤，还要赔偿外联部服装的钱，心灵也受到了伤害。

这样的二次打击之后，她一下偃旗息鼓，好些天没在言却方圆十米之内出现。

“哎,陈意说的那个天天跟着你的小姑娘呢？我可是慕名而来的，怎么没看到她人？”摄影棚里，顾知洲摘下墨镜在言却方圆五米内打量着，有认出他的女生激动得窃窃私语。

“天哪，顾知洲居然回来了！”

“没想到我居然能亲眼见到顾知洲！真是有生之年系列啊！”

7 月 2 日是江大的校庆日，每年学校都要提前拍一部宣传片，今年的主题是“多元包容”，学校策划几个不同时代、不同背景的短剧，最后拼接剪辑在一起。所有短剧都由在校学生负责，今年由言却担任总导演。

宣传片不仅要质量过关，还要考虑传播和推广度，所以其中的仙侠短剧部分请来了刚以同类型剧走红，马上毕业的顾知洲出演。

不过准确地说，是顾知洲听说言却做总导演后死乞白赖主动要出演的。

不然以言却不爱用熟人的习惯，肯定不会要他参加。

言却翻着今日要拍摄的内容，冷声道：“我以前怎么不知道你这么无聊？”

顾知洲刚要开口，眼睛一睁，视线便定住了。

“咦，那只时不时盯着你看的‘雕’，是不是那个小姑娘？”

言却抬眸，远远地看见一个穿着厚厚的雕服装的人，眼珠子滴溜溜地转，对上他的视线也不躲，把头套一摘，甜甜一笑。

言却怔了怔，随即别开眼。

顾知洲摸着下巴，心道，一定是了。

这一场戏里，顾知洲扮演的男主角被人追杀到悬崖边，他的好兄弟雕兄冲出来替他挡刀，随后掉落山崖。

在棚里拍完之后，所有的场景会用特效做，包括那只雕。

这么大热天穿那么厚的服装，还不露脸，表演系的同学谁都不愿意来。最后江只只勇敢地站了出来，成为一名伟大的救场群演。

“Action！”

言却坐在显示器后面，认真地盯着画面。

坏人甲冲了出来，一剑刺中挡在顾知洲面前的雕兄，雕兄往下掉，顾知洲跪在“悬崖”边上，声嘶力竭地冲着下面吼：“雕兄！！不要离开我！！”

“咔！”言却话音一落，从“悬崖”底部传上来一阵嘶吼：“言却！！不要忘了我！！啊——”

整个摄影棚一阵寂静，随即闷笑声此起彼伏地响起。

顾知洲一边看着言却骤变的脸色，一边笑得前俯后仰。

这小姑娘，是个人才。

言却脸色阴沉得很，对着负责剪辑的同学说：“之后处理台词的时候记得把这句剪掉。”

“好的。”

只只在仙侠部分一人分饰三角，雕兄杀青之后立刻去换服装，准备演下一场的魔族路人甲。路人甲的戏份也简单得令人心酸，在顾知洲饰演的男主角闯入魔界后，路人甲冲上去阻拦他，然后被秒捶死。

江只只头上戴着头套，脸也涂得漆黑，装扮完就出了更衣室。外面言却正一个人靠在墙边，脑袋上戴着耳麦，闭目养神。

江只只发现他格外喜欢一个人听歌。

多么孤独寂寞的冷美人，需要温暖需要爱。

送爱大使江只只放轻脚步靠近，罪恶的手还没伸出来去温暖他，就被一声大喝吓得差点儿腿软倒地："哪里来的妖孽敢对我兄弟下手？！"

顾知洲挤到言却和江只只中间，打量着江只只的过程中认出了她是刚才的雕兄，立刻往旁边撤了撤，做了个"请"的手势："打扰了，你随便下手。"

江只只："……"

睁开眼的言却："……"

他摘下耳麦，揉了揉眼角："你不是说你这辈子都不穿玩偶装了？"

江只只微笑挺胸："一辈子太长，我只争朝夕，为了支持言导演工作，打脸什么的都是浮云，是泡沫，是一刹那的烟火，是——"

"你别说话了。"言却看了她一眼，漆黑的脸，洁白的牙，还非要笑，简直不忍直视。

"好的呢，言导说什么我听什么，小的退下了。"江只只煞有介事地打了个千，蹦蹦跶跶地走远了。

"难得看我们言大少遇上这么强劲的对手，我拭目以待她收了你。"

言却从他旁边过，看似不慌不忙，实则稳准狠地撞了他一下，撞得他表情扭曲，偶像光环差点儿破裂。

言却云淡风轻地说："等到你这烂演技能得影帝那天都不会等到的。"

2.0

江只只以前没拍过戏，准确地说是没有机会拍。

曾经的中二时期，她也有过逐梦娱乐圈的想法，想成为舞台上闪闪发光的存在。为此她背着家里参加了一大堆的选秀，然后因为五音不全、肢体不协调第一轮就被刷下来，连进圈的入场券都没拿到。

这一次她做群演，一是为了言却，二是为了圆她童年的一个梦。

新的一场戏开拍，魔族路人甲被顾知洲“捅死”，江只只瘫在地上仰着头，努力地在镜头里找存在感，眼含热泪，轻声地说：“言却……不要……忘了……我……”然后头一歪，断气了。

监视器后的言却：“……”

他下颚紧绷，唇抿成一条线：“把刚才魔族路人甲被捅之后的画面都剪掉。”

负责剪辑的同学已经习惯了：“好嘞！”

言却还是不太放心，叫来负责角色的选角导演，是同系二班的班长：“下一场江只只的角色露脸吗？”

“不露，是一具尸体。”

“嗯。”那就没有她作妖的空间了。

选角导演是知道言却和江只只的八卦的，他琢磨了一下，言神大概是担心不给小女朋友露脸她要闹才来问他的，他都懂的。

选角导演等江只只下戏再去换服装时，拉着她到一边叮嘱。

“一会儿的下一场戏你一定要想尽办法露脸，抢戏、加台词，就算是诈尸也可以！”

江只只：“……”

她一脸蒙，选角导演微微一笑，欢快退场。

“他什么意思啊？”江只只不懂，摇了摇头，进了简易的化妆间。

江只只要换新的头套演尸体，她把魔族路人甲的头套摘下来时发现脑门上有一大片红肿，方才她就觉得有些痒，一定是过敏了。

“各部门准备了，快点儿拍完仙侠部分，顾哥请我们吃小龙虾！”

外面一阵欢呼，江只只深吸口气，忍着难受将头套戴上，装成若无其事地走了出去。

负责走位的工作人员将她和其他几个群演引到指定地点，她躺在地上，忍不住伸手想挠脑门。

“江只只别乱动，你已经‘死’得透透的了，坚持一分钟就好。”

她用力地用指甲抠着掌心，试图转移注意力。

这一分钟比一小时还漫长，她已经想不起选角导演让她“诈尸”的嘱托了。

“咔！收工！”

听到这一声，江只只如蒙大赦，一个鲤鱼打挺站起来，飞快地往更衣室跑，一边跑一边扯着头套。

顾知洲游荡到言却身边：“那个小姑娘好像伤到脸了，我刚才看见的。”

但言却低着头看着刚才拍的画面，无动于衷。

顾知洲怒了：“Oh my god，小姑娘为了追你，脸都不要了，你还无动于衷，是个人？”

言却不耐烦地推开他：“滚！”

顾知洲领着一群人开开心心地去吃小龙虾时，江只只凄惨地坐在医务室里，这对比让她心酸不已。

医务室的老师按住她上药：“你这个皮肤敏感得很，幸亏来得早，要是挠了，肯定要留疤的。”

江只只深沉道：“为了追求爱情，这点伤痛算什么。”

“咚咚咚”，门被敲响，有人推门进来，江只只转头去看，由于太过激动扯到患处，疼得她整张脸都皱在一起。

“嗞……你是因为担心我来看我的吗？”

言却的手还扶在把手上，默了默，道：“你想多了，我只是来了解下情况。要是你真的因为拍我的作品毁了容，传出去对我的名声不好。”

言却转而问道：“老师，她怎么样了？”

“就是过敏，擦了药回去后一周内注意饮食就没问题了。”

言却暗自松了口气。

江只只追言却已经追出习惯了，知道下一秒言却肯定要冷酷转身，她趁他动作前开口："言却，我也想吃小龙虾。"

"不许吃！"

"不许吃！"

言却和医务室老师的声音重合在一起，江只只委屈地看着他，脑门和两边鬓角处又红又肿，瞧着有些触目惊心。

言却再怎么冷漠也不能对一个伤成这样的女生怎么样，他内心严实如铁桶的防线松开一条缝让她钻。

他的冷漠也卸下三分，和她对峙几秒后开口："……你想吃什么？"

3.0

江只只皮肤过敏不能吃辣的，也不能吃海鲜。

言却让她选，她也不客气，挑了江大附近很贵的一家西餐厅，因为去时会路过顾知洲他们所在的小龙虾店，就算不能去吃，闻闻味也是极好的。

意面煮得Q弹，用加入橘子汁的酱汁拌好，口感微酸甜，一口吃下去，能吃到夏天清新的感觉。

江只只吃饭时小口小口的，就和小猫一样，不过速度很快，不一会儿，一份意面就吃完了，她便挖着饭后的甜点焦糖冰淇淋吃。

"我之前就想，要是以后追到你，就来这儿庆祝。"江只只脸红红的，眼睛也红红的，"刚才我去更衣室换衣服，看见自己的脸变成这样，哭了一会儿，觉得脸治不好，这个愿望就更难实现了。不过兜兜转转，梦想成真。"

"言却，我发现遇到你之后，好像一切都会好起来，多神奇。"

言却切着牛排的手一顿，眼皮轻抬："你本来就没事，和我无关。"

"是吗？呃……"冰淇淋上面的一大颗榛仁整个滑到喉咙口，江只只瞪大了眼，脸涨得通红，“水……水。”

“叮”的一声，言却手里的刀叉磕到盘子上，他起身绕过去，一把将她从座位上提起，从背后环住她的腰身。

噎到了，最快的急救办法是从后面勒住腰。

感受到一瞬间贴上来的温热身躯，江只只脑中一片空白，随后像被水彩泼上七彩的颜色，每一个泼出来的色点，都是心的形状。

她咳出来，言却才道：“深呼吸，别怕，用力呼吸——”

从隔壁溜过来的顾知洲听到这熟悉的对话，接话道：“要看见孩子的头了！”

言却：“……”

江只只：“……”

“我下一部戏是妇产科医生的题材，接生时经常出现这个对话。”

言却：“……”

江只只：“……”

“你们两个……”顾知洲端详着两人的姿势，点点头说，“一定是在模仿《泰坦尼克号》的名场面。没想到一顿饭的时间，你们的关系已经飞速发展到了这个程度。”

言却不理顾知洲的危险发言，松开江只只，转头就直接走人。

江只只立马抓住他的手腕，他一路走，江只只一路被他带着跑：“你刚才那么紧张，是关心我呀。”

“我没关心。”

“他关心了。”顾知洲插嘴，“他刚才说还有工作没做完，不能去小龙虾店了，然后居然和你在这儿吃西餐！这个男人真的很可恶。”

言却冷冽的目光如飞刀一般朝顾知洲扫去，江只只攥着他的手却一下子松开了。

江只只微垂着头，睫毛一抖一抖的。

“谢谢你关心我……我真开心。”

言却一愣，她这一句话说得轻轻的，一出口却沉沉的，直往他心上砸。

你回应我，哪怕是一个点头、一个微笑，我都很开心。

我把只言片语写成词，将细枝末节编成曲，你走向我时，月亮替你唱情歌。

（四）

你是我的夏日限定甜蜜

1.0

@今天也要追男神：7 月 18 号，阴。

一年一度的暑假要开始了，以前的暑假充斥着西瓜、电影、肥宅快乐水，每次放假前都无比期待。而今年这个暑假……想想一个假期，别说靠近，就连看都看不到男神，伤心，难过，我太难了。

评论区一反常态没有被“哈哈哈”刷屏占领，反倒有很多人来分享自己的暗恋心事。

@橘子草莓气泡水：关注小今很久了，真的觉得你是个特别勇敢的女生，喜欢男神就很努力地去追求争取。可我喜欢的人，我连和他对视都要错开眼，更别说去追求。你要努力呀，拿下男神给我们动力！

@十四不是四十：我倒是敢和我喜欢的人对视，也敢表白，可他每次不接受也不拒绝，还和别的女生暧昧，等我想放弃又来找我……我觉得自己是他的备胎，可我狠不下心放弃，又不敢再前进，每天很难受，只有看小今的微博才能开心一点。

……

江只只翻着评论，心像是被裹上了一层巧克力外壳，一咬开，里面是酸奶水果馅儿的。

暗恋一个人大概就是这种滋味，总是酸酸的，可里面又夹杂着丝丝的甜，让人欲罢不能。

“嘎吱”一声，学校医务室的门应声而开，言却单手拎着一个大袋子进来。

江只只本来因为接下来将近两个月看不到言却而难过，但在看到他脸的那一瞬间，酸涩立刻被糖屑覆盖。

言却本人，就是她的甜分来源。

“这里是外敷的药，说明书上有写怎么用，回家按时用。”

江只只额角的伤早就好了，一点儿痕迹都没留下，但过敏这种病症容易反复，言却就坚持让她继续用药，等用完一个疗程之后再停。

江只只叹了口气：“也好，见不到言神的这个暑假，让言神亲自买的药陪伴我度过也好。”

但言却无情地戳穿她：“如果按时用药，一个月就可以用完，撑不到开学。”

江只只：“……”

言却看她写满全脸的呆滞表情，不知怎么觉得有些有趣。她面对他时总是这样，情绪调动速度堪比机器人，思绪刚闪过，她就又眯起笑眼，不说话都像在撒娇。

“药没了还有药盒嘛，我会好好珍藏的。”

言却敛下眉眼，淡淡地道：“我走了。”

他转身往外走，江只只喊了一声：“言却！”

言却驻足，她的声音清亮：“如果暑假有别人追你，麻烦让她们在我后面排下队。”

“言却，开学见！”

言却单手插在口袋里，轻轻“嗯”了一声，出了门。

不管他的“嗯”是回应她的话还是只是出于礼貌，江只只都默认她说的话他全都答应了。

江只只抱着那袋爱心药，拎着行李，脚步轻快地回寝室了。

这个暑假江只只没有回家，室友季禾子新接了一部戏《对你何止中意》，她在里面演女四号。

《对你何止中意》在A市拍摄的戏份不多，需要一个跟组的实习编剧，季禾子推荐了江只只过去。

江只只在江大戏剧文学系的成绩用一个词就可以形容——千年老二，每次成绩比她高一点的第一名林格这个假期去了电视台实习，没有竞争对手，江只只算是很顺利地得到了这个机会，今天启程和季禾子一起去剧组。

这是江只只第一次真正意义上进剧组，一路上她有些紧张，季禾子倒是很淡定，认真地在看屏幕，淡定得像是单纯要去吃一顿小龙虾一样。

和戏剧文学系的江只只和林格相爱相杀不一样，在表演系专业，季禾子的成绩可谓是一骑绝尘，她顶着校花的名号从入校开始就是第一名。等大二一过，学校允许学生接外戏，很多看中季禾子的公司纷纷抛出橄榄枝。

但季禾子没有签公司，只是遇到合适的角色就接一下，因为她志不在娱乐圈。

江只只感叹了一下，再回过神，季禾子依旧在认真地盯着屏幕，江只只好奇道："你在看什么啊，这么认真？"

她越过去看向季禾子的屏幕，顿时一阵窒息。

平时除了学习，眼里什么也没有的学霸季禾子，此刻在看一部狗血霸道总裁网剧《恋上你的唇》。

江只只："……你什么时候添了这个爱好？"

"那天买的一套辅导书送了这个网站的会员，我随意点开，发现还挺好看的。"季禾子顺手关了视频往外看，"到了。"

剧组包了拍摄场地附近的一家酒店，季禾子没有经纪人，行李只能由她们两个自己提进去。

"哟，人生何处不相逢啊！"两个人刚进了大堂，江只只就听见一道熟悉的男声从前台那边传来。

顾知洲停下和前台谈笑风生，摘了墨镜，嘴角勾起堪称绝美的微笑，大步走过去："言却家勤劳勇敢的小姑娘，没想到在这儿能碰到你。"

江只只本来愣怔住了，但一听"言却家"三个字，立刻喜上眉梢。

"这部戏里有你吗？"

"我来串个男配。"顾知洲看两个小姑娘家拎着那么大的行李箱，立刻绅士地接过来："你们住几层啊？我送你们过去。"

他去接季禾子的箱子时，犹如千金石一般的重量差点儿把他的手抻断。

季禾子说："如果拎不动，还是我来吧！"

"这点儿重量对我来说不算什么。"顾知洲强撑着稳住，装作若无其事地把箱子拉杆拔出来，拉着到楼上应该还是没问题。

但他又有个问题了："你方才怎么不拉着走呢？"

季禾子很认真地说："并不重，拎着就好。"

顾知洲："……"

她的表情这么严肃，如果不是今天差点儿在这儿变残废，他就真的信了。

2.0

江只只和季禾子住在2203，这是一间套房，有两个卧室。

季禾子的行李里除了日用品和两件换洗衣服外，其余的都是厚厚的法律书，她窝在房间里开始今日份的学习。江只只简单收拾了下，去一楼咖啡厅见制片人赵芊。

江只只精神百倍地去，神情萎靡地离开。等电梯的间隙，她看着窗外乌云密布，内心划过一丝丝悲凉。

她以为她的实习工作是按照导演的灵感随时随地对剧本进行修改，而实际上她的工作是对女N号的扮演者凌音的戏进行调整，准确地说，几乎等于重写。

戏份增加，不够就压缩女三女四的。

人设光环化，男一号、男二号、男三号都对她动心过。

"这么弄……怕不是要和女主差不多了？"

赵芊笑得很和善："当然字幕上还是女主番位第一的，凌音是个好演员，可以有更多的表现空间。你不需要担心，按照要求修改好本子就行。"

凌音一周后才进组，江只只要在这段时间内把剧本改出来。想到这儿，江只只叹了口气，觉得前路一片黑暗。

电梯在这一刻停下，江只只一抬头，冷不防撞进一双墨黑的眸子里。

那双眼里有一瞬间的讶异，但也仅仅是一瞬间，就又恢复到平时的清冷。

“嗨，只只——”站在言却旁边的顾知洲笑眯眯地和她打招呼。

江只只被这一声叫醒，突然慌忙地按下关闭钮，电梯门随之合上。

透过越来越窄的门缝，言却看到江只只像拨浪鼓一样甩了甩头，试图在让自己清醒。待门快要合上时，外面的人又急急地按开电梯门，随后一步跳进了电梯，眼睛晶晶亮地看着他：“言却？你怎么在这儿？！”

她还以为刚看到的言却是自己被现实打击而出现的美好幻觉，没想到居然是真的。

言却斜睨了一眼顾知洲，后者脸皮厚成墙，根本没在怕的：“言却是和你一样来跟组实习的，在A市开机的剧组不多，这么好的学习机会，他怎么会错过！”

言却冷冷一笑，抖开顾知洲顺势搭上来的手：“是吗？”

“不是吗？难道是你听我说江只只在这儿，于是特意过来，有什么不可告人的打算？”

江只只的眼睛更亮了，和天上的启明星一样，灿烂到夺人视线。

电梯门又开，言却移开眼，大步跨出去，扔下两个字：“无聊。”

言却就是有这种让气氛归于凝滞的魔力，顾知洲叹了口气：“只只啊，你怎么会喜欢他这种无聊的人？我都替你累。”

江只只跟着叹了口气：“没有办法啊，他的无聊在我眼里都是惊喜，这么喜欢他，我有什么办法呢？”

顾知洲抖了抖肩膀，这两人没谈恋爱就这么让人酸，等真的谈了，他一定要离他们远一点。

言却同样住在这一家酒店里，虽然和她所在的楼层隔了两层，但四舍五入，这就是同室而居了。江只只本来以为一个暑假看不到言却，没想到峰回路转，柳暗花明。

她回到房间，迅速给自己定了个每日计划表——

1. 改三集剧本可刷言却导演的江大校庆宣传片一次。

2. 改五集剧本可出门寻求和言却偶遇一次。

3. 改十集剧本……估计会死，但死之前务必要到言却的微信。

她把表格贴在笔记本电脑上，一旦合上电脑就能看见它，这样就可以督促她立刻打开电脑，继续加油码字。

做好准备工作之后，江只只倒了杯咖啡，开始改剧本。

窗外电闪雷鸣，不一会儿，暴风雨席卷A市。酒店的服务生通知大家可能会停电，但酒店有自己的备用发电设施，十分钟之内的短暂断电后会恢复正常，让客人提前做好准备。

江只只看着窗外颜色趋近于缤纷色彩的闪电，脑中闪过无数个言情小说里的经典片段，比如说总裁文里女主角害怕地缩进男主怀里，哭得梨花带雨，男主心生怜惜，遂感情加深；再比如说，仙侠文里女主要去受天雷之刑，男主看她受苦，心生不忍，站出来替她受刑，导致自己被劈得只剩一口气，遂感情加深。

……

这么好的天气，要是不趁机做些什么可就辜负了。

江只只将改好的文档保存，抱着笔记本电脑下到了酒店十九层。

1903号房，服务生刚好敲开言却的房间门，照例叮嘱了一番。

言却点点头："好，我知道了。"

下一秒，从服务生身后探出个脑袋，江只只眨巴眨巴眼，眼底蒙着薄薄的一层水雾，像立刻要哭出来一样："我很怕黑，平时在家里、在宿舍有人陪才能不害怕，待会儿有十分钟时间会断电，这里我只认识你，你能不能收留我十分钟？等来电了我就走。"

服务生微笑着离开，言却一只手扶着门，问："你那个室友不是在？"

他隐隐有种预感，如果今晚放江只只进来，之后大概会有麻烦。

他并不喜欢惹麻烦，有了一次、两次，他不想有第三次。

"她在学习，她学习的时候眼睛看不到任何人，不会理我的。"

“言却！我只有你了！”

那个服务生从走廊另一边走回来时，恰好听见江只只这一句缠绵哀怨、故事满满的话，眼神顿时变得微妙起来。

再让江只只站在这儿，明日还不知道要传出什么谣言来。

谣言只存在于江大一个地方就够了。

言却扶着门的手松开：“进来吧！”

江只只得逞，小步跑进去，将笔记本电脑往旁边桌子上一放，开始排查言却房间里的家用电器。

“这些最好都拔下来，不然可能有危险。”她弯腰忙活着，拔掉电视机的插座后猛然间想起一档子事。她站起来往回看，言却正看着她的笔记本电脑。

那上面贴着计划表，每一条都涉及言却的计划表。

江只只：“……”

几秒钟之后，他侧脸看向她。

江只只少见地有些不好意思，但人的脸皮厚度总在极度渴望一件事时再攀高峰，她揉了揉脸，几步走到他身边。

“既然你已经看到了，明人不说暗话，我想加你的微信。”

“啪——”酒店断电，房间一瞬间暗下来。

江只只从口袋里摸出一支笔，按住笔帽往下一按，顶端一颗红红的心发着光，在她的脸上映出红红的小心心。

“我觉得我们也算认识很久了，是同校的同学，也算是合作过的同事，毕竟我也混进过学生会，还在汇安广场差点儿献身。现在呢，我们同在一个剧组。俗话说得好，在家靠父母，出门靠朋友。我们四舍五入，应该也算是朋友。朋友在外应该互相照应，而照应要从联系和沟通开始，所以加微信这件事实在是太有必要了。”

她说得很认真，那颗小心心就在她脸上轻轻地跳动，一下一下又一下。

“你觉得呢？”

学过摄影的人对光线是非同一般的敏感，言却注意着那颗小心心，其实并没怎么听进去她的话。

不过他有转移话题的办法："你改完十集剧本了？"

江只只张大嘴巴："什么？"

"改完才能要到我的微信，你自己写的。"

这么说，他是同意了？

这是言却妥协的一小步，却是她迈向言却的一大步！

江只只的脸上扬起灿烂的笑，那颗小心心随之往上跳了跳，像是在对他轻轻点头轻轻笑。

言却曲起有些发僵的手指，缓了缓才忍住去点一点那颗小心心的冲动。

3.0

江只只得到言却加微信的许诺后，男女主在雷雨断电夜加深感情的桥段对她失去了可模仿借鉴的意义。等来电了，她就马上带着电脑杀回了 22 楼，兢兢业业地改剧本。

"等我，明天天亮，就是我躺在你好友列表里之时！"

江只只风风火火地离开，像一阵突如其来的风，走之后整间屋子显得格外安静。

笔记本电脑上贴着的那张纸条在她走时掉在了地上，言却伸手捡起了来。

她的字像是 Word 文档里的幼圆字体，圆圆鼓鼓，是不经意间留下的可爱。

纸条最下面还画了简笔画，几笔勾勒出的火柴人，双手比画着一颗小心心。

言却眉头皱了皱，评价说："真幼稚。"

这场暴雨下得又急又大，凌晨才停下。

江只只修改剧本的进程卡在了第二集，她面对着《对你何止中意》的剧情和人设，再看凌音一方的修改意见，脑子纷乱如麻到可以三百六十度翻转再打个中国结。

这个意见里的每一个字都在震撼她的三观，如果真的这么改下去，本来立意、故事都算精彩的剧情瞬间就会变得狗血拖沓，第一集能改完还是因为能加言却微信打了一番鸡血。

“你的叹气声，我隔着两扇门都听到了。”季禾子推开门，扫了一眼江只只的电脑屏幕就知道江只只因为什么发愁了，她倒是很淡然，“我接触过的很多剧组都是这样。”

江只只揉了揉发酸的眼睛，再叹一口气：“之前在学校，我以为编剧的职责就是写好故事，写好人物，没想到居然还会有人非要逼着你将故事拆得支离破碎，将人物写崩到摧枯拉朽，这和我长久的认知差别太大了，我有些接受不了。”

季禾子坐到她旁边，推了推鼻梁上架着的金丝边眼镜：“这也是我不喜欢这个圈子的原因，等我通过司法考试，毕业后就去找家律师事务所工作。”

季禾子的梦想，是做一名律师。

奈何她阴差阳错，参加艺考上了江大，还凭借着学霸能力在表演系独占鳌头。

如果在这条路上发展，她的未来可期。

然而季禾子并没有动摇，她人在电影学院，心还是在法律系，哪怕将来一不小心红了，她还是要去做律师的。

“我这次将这个机会推荐给你，也是想让你感受一下真实的编剧生活。理想是好事，但人总要走入现实的。如果你觉得不适应，开学才大三，一切都来得及。”

江只只有些感动季禾子这么为她着想：“禾子……”

“如果你实在没有方向，可以和我一起准备司法考试，之后我们可以互相督促学习。”

“……”江只只抱拳，“告辞了。”

雨停之后到天亮的这三四个小时，对江只只来说格外漫长。

她在好不容易能和言却有些进展和守住自己的底线不能低头之间疯狂摇摆，天光大亮时，她将握在手里的手机关机扔到一边，将自己摔到床上。

进展以后可以再想办法，但是底线如果破了就再难拉回来了。

江只只囫囵睡到九点就起来了，外面又开始下雨，剧组没法开工，她就联系了赵芊在一楼的咖啡厅见面。

季禾子听到了她打电话的声音，问：“决定了？”

“决定了。”江只只伸了个懒腰，“不过我不会去考司法考试的，你死了这条心吧！”

季禾子脸上有明显的失望。

江只只下了楼，虽然此时已经过了早饭时间，但剧组工作人员都在这家酒店，所以一楼咖啡厅人很多。

她往人群里一望，看见了正在和赵芊谈笑风生的交际王顾知洲……还有他身边低头喝冰水的言却。

今天言却穿了件白色衬衣，和她身上这条白色蕾丝裙子特别搭。

四舍五入，他们今天穿了——情侣装。

江只只优雅地往三人处走，赵芊嘀咕了一句什么后拿起手机。江只只为了激励自己要到言却的微信，昨天刚改了手机铃声。

于是下一秒，魔性的铃声响起来。

“可不可以给我你的微信 / 可不可以来了解我的内心 / 可不可以可不可以可不可以给我你的微信 / 可不可以可不可以可不可以让你做我 baby……”

众人往声源方向看过来，包括言却。

江只只觉得自己上辈子是道奥数题，解法难于上青天的那种。

她挂断电话，坚强地走了过去，反正别人不知道她和言却的微信纠葛，只当这是个比较吸引人眼球的铃声就完事了。

江只只开门见山地说了来意，她怕再等一会儿，被言却吸引走了所有注意力就没心思谈正事了。

“我觉得我还是不太适合这份实习工作，为了不耽误剧本进度，赵姐还是尽快找别人吧！”

赵芊有些惊讶：“你知道有多少人想来我们组吗？虽然这只是个编剧助理，但拿出去就是响当当的成绩，对你以后的职业发展会起到至关重要的作用，我不明白你怎么会有这个想法。”

周围已经有人闻声看了过来，赵芊的脸色变得严肃起来：“这里人多，我们单独谈一谈。”

赵芊和言却、顾知洲打过招呼，带着江只只上了楼。

顾知洲感叹道：“没想到你这小姑娘还挺有主见的，和她的外表一点儿也不像。我听说这次是凌音想加戏，这部戏佳林娱乐投了点儿钱把她塞了进来。钱都花了，自然是要好好红一下才不亏。女 N 号有什么要紧，掌握一个好摆弄、水平又不错的小新人编剧，想怎么加戏就怎么加戏。”

顾知洲说着凑到言却身边，笑得像只老狐狸：“你家小姑娘这次得罪了人，那之后这条路就不会很好走。你可是看着这些长大的，就这么忍心看着而不帮忙？”

言却喝了一口水，冰化开，水抿在唇间都能尝出微微苦意。他眉心打结，吐出一句话：“和我无关。”

顾知洲摸了摸下巴。

哦，我的老伙计，看看你这“口嫌体正直”的小模样。

4.0

江只只是个特别执着的人，不然也不会坚持不懈地追言却这么久。

赵芊的口若悬河、谈心教育在江只只身上没起到什么作用，一个小时过去，她依旧坚持自己的观点。

赵芊和这个圈子里各种各样的人打交道，江只只年纪这么小就这么难搞着实让她意外。她欣赏江只只的才华和这份坚持，但江只只确实不太适合这个圈子。

江只只走了，还有上百个实习生想进组。

“赵姐给你句忠告，人有时候还是要会变通一点，你还年轻，路还长着呢。”

“谢谢赵姐。”江只只松了口气，也许以后她会变成赵姐说的那样的人，但现在，此刻，她逼迫不了自己去降低底线。

她大概还是有文人风骨的。

热血不可笑，坚持也不可笑，今天的江只只觉得自己是这条街上最酷的崽。

只是可惜，这个暑假剩下的日子她还是要和言却告别了。

江只只回房间收拾了下东西，把剧本的相关资料发给了赵芊。

雨后天边出现了一道彩虹，下午季禾子要拍进组之后的第一场戏，和顾知洲有对手戏。

季禾子扮演二院一个古灵精怪的小护士何小禾，顾知洲则演毒舌嘴贱的院草、外科医生林息。

顾知洲本人就很符合林息的人设，但季禾子要演古灵精怪的角色，江只只实在想象不出来。趁着还没走，江只只跟着季禾子去拍摄场地满足一下好奇心。

最主要的是，顾知洲的情报说，这一场戏拍摄时言却也在。

天气好转，剧组出发去拍摄场地——城郊的流心湖边。《对你何止中意》分 A、B 组两边同时拍摄，言却跟着 B 组副导演郑导对完第一场戏主要演员的走位和镜头后，一转头就看见探头探脑，正四处寻找着什么的江只只。

那一刻仿佛福灵心至，江只只的眼睛像单反镜头一样蓦地扫过来，精准对焦言却的脸，随后像是按下了快门键，笑眼立刻弯起来。

言却仿佛听见了那一声“咔嚓”。

江只只朝着言却的方向前进，刚走到一半，郑导喊着：“各部门注意，action！”

这部剧现场收音，为了效果，工作人员都要保持安静，江只只抿紧嘴巴，将脚步放得极轻，走到言却身边。

众人都在全神贯注地看拍摄中的顾知洲和季禾子，可江只只的注意力都在言却身上。

还有一小时，她就要离开剧组回家了，这一个小时内的每分每秒都是她和言却的夏日限定记忆，以后应该不会再有这样的机会了。

江只只蹑手蹑脚地走到一边，从带来的背包里拿出几样东西。

言却的视线从显示器画面上微微挪开，余光里那只“小猫”拿着签字笔不知道在写些什么。

他的喉头滚了滚，强迫自己将注意力再次集中到监视器画面上。

何小禾拿着个兔耳朵发卡往林息头上戴，挑着眉头，五官都沁出得意：“愿赌服输，刚才在CS赛上你输给了我，按照事先的约定，你得帮我要到陈医生的微信，还要穿女装发朋友圈。”

林息嗤笑一声说：“有个这么帅的在你面前，你居然还去要别人的微信？眼角膜如果不需要，可以捐给有用的人。”

后一句是顾知洲自己加的，无比地贴合他的角色。现场一阵压抑的闷笑声中，有人戳了戳言却的胳膊。

江只只半蹲在他旁边，手点在A4纸大小的速写本上示意他看。

第一页——

“明人不说暗话，我想你。”

言却的眸色暗了暗，江只只翻开第二页——

“加我的微信。”

第三页——

“小禾这个女四号都四舍五入要到了男主的微信，我也应该努力。”

第四页——

“毕竟，我是立志要做你生命里的女主角的。”

第五页——

“Ball ball you（求求你）给个机会，别让我一出场就杀青啊，好惨的。”

她眼睛水汪汪的，仰头凝视着他。

言却伸手抓住江只只卫衣的帽子，轻轻一扯将她扯得站起来。江只只蹲了这么一会儿，小腿都酸了，意识到言却是在关心她，她脸上的笑更灿烂了。

言却侧过脸没再说话，等郑导喊出一声“咔”之后他才开口：“改完十集了？”

之前言却听到江只只和赵芊提起要走人，之后赵芊就拉着她去谈心，言却应该还不知道她已经确定要退出《对你何止中意》剧组了。

说起这个事情，江只只还是有些伤心：“我和制片人说了我改不下去，一会儿我就离开剧组了。改十集是没机会了，所以，能不能换个条件？”

“为什么改不下去？”

江只只没想到他居然会感兴趣，努努嘴说：“也没什么，只是如果我加入剧组的目的是把整个戏的剧本改烂，我觉得我的工作没有任何的意义。我没办法说服自己去做违背我初衷的事情……简单来说，这可能是叛逆。”

言却再看她时，表情有细微的变化，他从口袋里摸出一张纸条，是之前江只只落在他那里的。

“你自己说的，改十集，要微信号，改完再说。”

江只只：？？？

她怀疑刚才言却短暂性失聪了，她都说了要走人还怎么改哦？！

背包里的手机振动起来，自从咖啡厅那一闹之后她就把铃声关了。

是制片人赵芊。

“我去接个电话。”江只只拿着手机跑到一边，“喂，是我……什么？那好，可以……”

她的声音透出雀跃的心情，挂断电话之后跑回来：“我不离开了，我这就回去改，十集！列表见！”

江只只背着包转身风风火火地离开，言却垂眸看了看掌心上的纸条，片刻后，五指收拢，将纸条握在掌心里。

他抬头看着天空。

夏日的下午，天边像是一碗水果冰，从上到下，一层樱桃红一层芒果黄，最下面铺着一层淡蓝色的苏打冰块。拿着小勺一搅拌，碗里所有的东西就揉碎在一起，组成薄荷味的月亮来之前的那道甜品。

———— ///////

从前的言却，撑着一把带着小缺口的伞，他用手堵住那道缝隙，拒绝外面的所有。

他怕麻烦，怕外面的骤雨打湿他的衫。

可手一旦挪开一点点，涌进来的却不是想象中的苦涩，而是那样甜的夏日。

他食髓知味，总是忍不住移开手，再将手放回去，就这样周而复始。

一抿一口甜的西瓜，吱吱呀呀转的风扇。

午后的一场酣眠，夜晚的门口纳凉。

其实夏天并未真正承担这么多美好。

只是在一个夏日里，恰好有美好的人出现，所以才会让人念念不忘。

/////// ————

（五）

夜一深，就找那颗星星

1.0

“凌音有别的项目，和导演协商之后退出《对你何止中意》的拍摄，不过推了他们公司另一个新人小花过来。所以她的戏份就不用再做大幅度的修改，我觉得综合各方面来说你最合适，所以还是想让你留下来继续参与项目。还是先试稿，导演看过后如果没问题，我们就签实习的合同。”

没了凌音的加戏，那江只只的工作就是针对导演和演员们的正常意见进行剧本的修改。

她守住了自己的底线，也想抓住这次的机会。

凌晨一点半，江只只将前十集的批注意见修改完，捶了捶发酸的肩背和腰部。

“感谢凌音的新项目，祝你们红出宇宙，火上银河。”

不过她也很好奇，凌音到底有什么好项目才会放弃《对你何止中意》这部从班底到制作都一流的剧集？

“算了，等之后有新闻出来就知道了。”江只只搓搓手，迫不及待地去加言却的微信。其实顾知洲之前就已经给她言却的微信号了，但是她知道，以言却的冷漠，十集没改完，就算她去加好友，他也不会同意。

有微信号却加不上，和没有微信号对比起来，前者更令人心酸。

追人，讲究的就是一种自欺欺人。

言却的微信名是一串英文：meisbieka。

江只只百度了下，没找到这个词，心道，她喜欢的男人果然高深莫测。

江只只留了备注信息：十集已经改完，我来你列表一游啦！

发送消息之后，她关上电脑，准备刷一集综艺节目，微信里突然弹出提醒——【对方已经同意添加您为好友】。

江只只顿时精神一振，7月21日1:36分，这个神圣的时刻，她要铭记。

【只只呀：你这个时间还没睡吗？】

【meisbieka：嗯。】

【只只呀：你可以和我多说两个字吗？】

【meisbieka：可以。】

江只只："……"还真是两个字。

行吧，比"不可以"三个字好多了。

江只只噼里啪啦地打字准备给言却发个段子，不料顾知洲先发了消息过来。

【在河知洲：言却失眠，在楼下散步，我困得顶不住了，你来接个班？】

【在河知洲：我刚才瞄到他回你消息了，兄弟可以啊！】

江只只骨碌一下爬起来，随手套了卫衣就冲出了房间。半分钟后她又折回来，台风过境一样扫了一堆东西塞进背包，这才又下了楼。

言却有轻微的失眠症，每到一个陌生的地方，前几夜都难以入眠。

别人不知道，顾知洲是知道他这个毛病的，不放心他一个人在下面，只能跟着他。

"要是让人知道我这个未来娱乐圈的天王现在在酒店边上给人做随从，那得多丢脸。"

言却反唇讥讽他："安心，除非娱乐圈的人都转行，你才会有这个机会。"

陪他出来喂蚊子还被怼，顾知洲快要气死了。

"言却，你简直没有心的。"顾知洲拍了拍手臂，就一错眼看见从酒店门口有一大颗红心飞过来，"我去！什么东西啊？"

言却跟着看过去，今晚是弯弯月，月光不算亮，红心飞近才能看出那是衣服上的图案。

他想起那天雨夜的房间里，落在江只只脸上的红心光晕。

江只只微喘着在两人身边停下，离得这么近，顾知洲这才看出来是谁："只只啊，你这衣服哪个牌子的？穿着它站在发布会舞台上，一定是全剧组最亮眼、最抢镜的存在。链接分享给我，下一次上头条的就是我。"

那颗红心亮闪闪，江只只整个人简直是行走的路灯一样，要多扎眼有多扎眼。她扯了扯衣袖，笑着说："这是我弟弟弄的，他说这样晚上穿出去就不用拿手电筒，比较方便。"

她边说着边从背包里取出花露水往言却露出来的胳膊上喷，再拿着酒店刚拆封的大浴巾展开。她对着言却比了比，说："你低一点儿。"

言却皱眉："你做什么？"

"你太高了，我够不到你。"

"够到我要做什么？"

"这里蚊子太多了，你遮上一点儿。"

"不需要。"

"遮上嘛，让蚊子都去叮顾知洲。"

言却若有所思地看了顾知洲一眼，在顾知洲的记忆里，言却第一次听江只只的话弯了腰，任她把浴巾搭到自己肩膀上，将露出来的皮肤遮住大半。

顾知洲：？？？

他再也待不下去，嚷嚷着回去睡，赶紧逃离这可恶的撒狗粮现场。

受伤男孩顾知洲走后，江只只的心思又飘了起来。

"我爸说，蚊子喜欢叮智商高的人，受蚊子欢迎证明你聪明机智。"

言却"嗯"了一声："不过我的智商不用蚊子证明。"

江只只竖起大拇指，言却真是聊天鬼才。

她衣服上的红心随着她的步伐一跳一跳的，在地上投出的光斑跟着一跳一跳的，似是这样能跳进人心里。

言却的声音变低："你怎么出来了？"

江只只虽然伤害了队友顾知洲，但不能出卖他，她指了指天，说：“来看星星呀，市内很少能有机会看到这么多星星。”

天上星星眨了眨眼，地上的她跟着眨眨眼，坦诚道：“不过嘛，这只是来和你偶遇的借口。”

言却低头看她，天上的那颗星落在她眼底。

他再次将手从伞的缺口上移开，这一次挤进来的不只夏日的甜，还有光，温柔又灿烂的光。

江只只歪着头，如实说：“毕竟星星哪里比得上你好。”

于是夜深了，我来找你这颗星了。

2.0

导演对江只只改过的剧本很看好，当即就定下来，让江只只留在A市继续跟组。拿到实习合同时江只只感慨良多，虽然经历了些波折，但最后坚持还是得到了好报。

B组在流心湖的戏拍了五天之后转场到医院，《对你何止中意》作为一部医疗爱情剧，半数以上的戏份都在医院拍摄。剧组专门按照A市医大二院的布置，一比一还原搭建了一间医院以供拍摄。

江只只本来打算留在酒店码字，对于她这种深夜修仙党来说，上午的时光是用来补觉的，下午才是一天的开始。一大早就去剧组这种事她是拒绝的，但昨晚看剧组工作人员群的消息，她又可以了。

【小中意－选角导演：明天上午有场急救车祸病人的戏，需要大量的群演，群里想要去客串的可以到我这儿报个名。】

江只只的演技之魂又蠢蠢欲动了。

【小中意－编剧助理：我我我！要求不多，喘着气的角色就行！】

【小中意－选角导演：没问题。】

于是这一天江只只起了个大早跟着组出发，等到临开拍前，她才意识到选角导演就是个骗子。

她演的是一个在车祸中被撞得满脸是血的路人，还没送进急救室就挂掉了，确实是喘气了，喘两分钟也是喘气。

“算了，在戏里反复死亡就是我的命。”

江只只认命跟着群演去化妆，说是化妆，其实就是往脸上糊血浆，要看不出本来面目的，看起来越凄惨越好。

江只只为艺术献身的精神永存，疯狂地将血浆往脸上一顿乱糊。

“快来来来，各就各位——”

江只只躺在一个担架床上，阖上眼。

“Action！”

导演这一声喊像按下了开关，周遭立刻陷入动乱，江只只眼睛紧闭，耳边乱哄哄的，有人指挥着将她放到医院的床上，飞奔着往急救室推。

“快，前面让开！！”

“让一下！！”

“病人心脏骤停，准备电击。”

“但病人内脏受损，电击怕承受不住。”

“……”

“脉搏停了。”

这最后一句落在江只只耳朵里的话，让她瞬间就想复活了。

很多人都会对某样东西有着特殊的感知力，譬如言却对光线的敏感，譬如顾知洲对八卦的敏感。

而江只只，则对言却的声音尤其敏感，经她判断，言却距离她不会超过半米，估计也是被拉来客串的。

江只只的心无法抑制地狂跳，怦怦怦，怦怦怦，像有小恐龙在里面练拳。

言却只有一句台词，说完就没什么事了。

他开拍前看了一眼这场戏的群演名单，知道床上躺着的是谁，瞬间就知道顾知洲先斩后奏，告诉导演他会来客串群演是为了什么。

她的脸被血浆糊得惨不忍睹，从扮演尸体来说，她还真的很专业，只不过——

言却的目光避无可避地往下移，她胸口剧烈起伏，像是下一秒就会诈尸坐起来。

言却："……"

好在他对此已经轻车熟路，之后让后期把这个穿帮的镜头剪掉就好了。

这场戏拍得很慢，导演精益求精，一直拍到下午三点才过。

江只只脸上的血浆干了又糊，糊了又干，等到三点时，脸上像戴了张面具。

顾知洲和季禾子赶拍下一场戏了，江只只就只能自己卸妆了。

她走到医院外面的空地上，拿温热的水往脸上拍，将凝固的血浆化开，再拿纸巾往下擦。擦了两下后，她掏出手机自拍了一张照片发到朋友圈。

【只只呀：持之以恒却追不到男神的我，在血泊中弹肖邦。[图片]】

江只只的弟弟江星沉立刻炸了。

【小沉沉：天杀的！哪个野男人居然敢打你？！你在哪儿？我立刻带我的八百小弟赶过去！】

江只只："……"

江星沉显然真的担心了，十来条语音发过来，每条都是两分钟。

江只只没去听他说什么，等他暂时停下，发了一句语音过去。

【只只呀：这是拍戏的血浆。对了，前几天有人夸你在我卫衣上做的灯了，说你天赋异禀，技术高超。】

江星沉的思路瞬间被带偏，忘了带八百小弟杀过来的豪言壮语。

【小沉沉：那是当然，不愧是我。】

江星沉这么一打岔，江只只脸上刚沾水化开的血浆就又被风吹干了，水凉了不好再擦，她想回去倒热水，一转头就看见站在不远处的言却。

瞧见她色盘一样的脸，言却皱紧了眉头。江只只立马拿纸巾遮住半张脸，只露出一双没被污染的眼睛看他。

言却穿着一件白大褂，脸上架着一副无框眼镜，衬得他斯文又儒雅。江只只记得前两年A市各大高校评比各专业的顶级男神，医学系夺冠的是A大的夏霁，那张照片上的夏霁就穿着白大褂，再加上早有女友，女友还是他的小“青梅”，这样神仙般的颜值和神仙般的爱情当时引起了不小的轰动。

江只只看过那张照片，当时也惊为天人，不过遇到了言却之后，言却就是宇宙银河第一帅，不接受任何反驳！

“言医生，能治治我的病吗？”

江只只挪着小碎步过去，说：“一看您就是救死扶伤、妙手回春的神医，一定知道我得了什么病。”

言却一只手背在后面，倒是少见地接上她这个戏精的话茬，问：“你有什么症状？”

“一看不见言医生就会无精打采，心情低落。言医生一出现，我就自动好了。”江只只眨眨眼，再往言却身边凑了凑，“言医生，你看我这病还有得治吗？”

“当然。”言却嘴角上扬半分，在江只只期待至极的目光里继续道，“你可以打印一打我的照片随身携带，犯病的时候就看一眼。”

江只只：“……”

她的目光瞬间变得呆滞，言却眼中的笑意则由一分漾成三分。

他将一直背在后面的手伸过来，又把热热的手帕塞进她的手里：“拿着这个去找顾知洲，让他把图删了。”

手帕在掌心暖出温度，江只只发着愣，等言却走后才回过神，摸出手机点进顾知洲的朋友圈。

【在河知洲：浑蛋言却，居然这么对一个真心真意喜欢他的小女孩，简直人神共愤，天理难容！】

配图是江只只刚发的那条朋友圈的截图，但为了保护隐私给她整个图都打了码，只能模模糊糊看出一片红。

重点是，顾知洲给她的备注是——追言却追到我都流泪的小女孩。

江只只一阵窒息，拿着手帕擦着脸。

温热的手帕贴到肌肤上，很轻易就将血浆擦干净了，这是言却让她劝顾知洲删图片的交换物。

这一次，她应该不用还给他了。

那这就是言却第一次送东西给她了，四舍五入，这手帕就是定情信物啊。

江只只端详着“信物”，自言自语：“不过白色的意蕴不太好。”

江只只回酒店前折去超市，买了瓶淡粉色的漂染剂，将手帕洗干净之后染了色。

夏日的夜晚，阳台上的绳子上，木头夹子夹住手帕，在偶来的轻风中摇摆。

【只只呀：每时每刻，让我少女心怦然而动的你。】

朋友圈设置仅【meisbieka】一人可见。

可能他根本不会看，可能他看见了也会无视。

可迟早有一天，他会回头，捡起一路上她掉落的星星。

她相信，她会等到绚烂星光汇成的银河。

这一夜深深，言却挂断了第七个来找他八卦的发小的电话。

著名大嘴巴顾知洲不光发了朋友圈，还将图片群发给了好几个他们的好友发小群，一时间所有人都知道一个可爱的女生持之以恒地追言却了，连顾知洲都感动的那种追。

言却有些头疼，其实他去找江只只是打算让她把她发的那条朋友圈删了的，但话说出口，不知道为什么变成了让顾知洲删图片。

明明他知道就算顾知洲删了图也没用。

手指往下滑着屏幕，视线触及那道在风中飘动的粉色，言却心里酸胀，这是一种从来没有过的、说不出的感觉。

言却抬起头看着房间的门。

那晚，他就不应该放她进来，之后就不会有这么多的麻烦……和已经难以控制的思绪。

3.0

@今天也要追男神：8月10号，晴。

很长时间没有发博了，私信里有人问我是不是放弃追男神了，怎么可能！地球不爆炸，追男神不放假！只是最近峰回路转，我有机会和男神在同一个地方实习。我本想等取得阶段性成果再来发微博汇报，事实证明我想多了，男神就是高岭之花，我往上爬去摘他的道阻且长。

不过男神戴眼镜真的太帅了，我每天幸福得要昏过去了，就这样吧，看脸维持我的生命甜度就可以，现阶段我不求其他了。

微博一发，底下一片“啊啊啊”的尖叫声。

@橘子草莓气泡水：啊啊啊！！我要按头，给我在一起！！

@十四不是四十：民政局在哪里？自动过来啊啊啊！！

……

江只只这个打卡微博的粉丝都是跟着她一路走过来的，平时虽然嘲笑她，但一点点进展都会让大家跟着她一起激动，场面堪比过年。

收割一轮祝福加打气，江只只觉得自己又可以朝着言却狂奔了。

她抬起头，不远处言却在和B组的郑导说话。没一会儿，扮演女主角俞秒的实力派演员、视后祝轻光也过去，和两个人谈论刚拍的戏。她的眼神时不时地落在言却身上，笑起来时嘴角的弧度亲昵又温柔。

祝轻光是圈里少有的流量与实力并存的小花，五天前进的组。每场戏她都格外认真对待，会提很多自己的想法，江只只这几天就在修改她的戏份，发现她提的每个点都堪称一针见血。

这样有颜有能力又有实绩的人，大概没有人会不喜欢吧。

江只只从没见过言却和一个女生说过这么多话，而且没有丝毫的不耐烦，也没有平时的淡漠冰冷姿态。

她不敢置信，这个暑假她和言却在一起，居然也半路杀出个情敌来。

怪只怪言却太优秀，毕竟闪闪发光的人有谁会不喜欢呢？

江只只深深地呼吸几次，努力集中精力将这集的最后一点改好，用打印机打出来后走过去交给祝轻光：“祝老师，这是改好的剧本，您看一下。”

祝轻光接过稿子仔细地看完，笑着说：“改得很好呢，完全是我想要的感觉，语气和台词都拿捏得特别好。”

隐形且强大的情敌这么夸自己，江只只不知道是该开心还是该难过。

她不想仗还没打就先自乱阵脚，和祝轻光客套了几句，抱着笔记本电脑就离开了，全程把言却当成透明人，看都没看他一眼。

“咦，之前你每次出现，江只只恨不得目光固定在你身上，今天怎么看都不看你一眼？闹别扭啦？”祝轻光笑眯眯地打趣道。

言却低头去翻手里的分镜剧本，淡淡地道：“与我无关。”

“你能不能换句台词？这么多年都是这么一句，你以为你是魔仙堡的王子吗？你这孩子怎么总是这个样子？”

言却：“……”

所谓知己知彼，百战不殆。

江只只赶回酒店之后的第一件事，就是去百度祝轻光的资料。

如果放在宫斗剧里，祝轻光妥妥就是白月光皇后的人设，才华、品性都是无可挑剔，后宫佳丽三千，却独得皇上恩宠，就算是反派妃子也要一边害她一边诵经念佛说自己是被逼的那种。

祝轻光出道五年，凭借精湛的演技成为这一批小花里第一个得到视后奖项的人。她平时很佛系，有戏拍戏，没戏就神隐，微博没有，综艺节目不参加。在这个年代，这样的人简直是异类。粉丝随偶像，她的粉丝也是圈子里的独一份，不安利、不空瓶，只在剧播的时候蜂拥而至，但如果谁攻击她，粉丝们立马下场厮杀，真是长情又能打。

@今天也要追男神：8 月 10 号，晴。

追男神路上出现了危机，肤白貌美的人间尤物姐姐出现在男神身边，还是那种我想黑都舍不得，怕碰碎她的七彩水晶泪的仙女，要不是我对男神情真意切，我都想鼓掌祝福他们了。

江只只叹了口气，放弃是不可能放弃的。

可怎么样让言却的注意力从光芒万丈的仙女身上转移到她身上，让她争取更多的刷脸机会，这是个问题。

比内涵和能力，她没什么机会，那就干脆肤浅点儿比外在吧。

【只只呀：呼叫沉沉，呼叫沉沉，坐标 101 号飞机需要支援。】

【小沉沉：干吗？】

【只只呀：帮我搞一个薄薄的灯牌，能缝衣服上的那种。】

【小沉沉：你这是在为难我胖虎。】

【只只呀：本来我可以找人定做的，但一想想我家天才弟弟 180 的智商，什么弄不出来……】

【小沉沉：Enough！】

她每次都用捧杀这一招，偏偏江星沉就吃这一套。

【小沉沉：地址给我，等着快递。】

对光线那么敏感的言却，一定会第一眼就看见她的。

江只只托腮做思考状，心想，这样就万无一失了。

4.0

之后江只只一连三天没在拍摄现场出现，顾知洲下戏之后平均一分钟叹三口气。

“她不会真的放弃了吧？”

“也是，追言却那样没有心的男人，谁坚持得住呢？只只学妹已经非常可以了。”

“不行，我还是意难平，她怎么能这么轻易放弃了？”

言却戴着耳麦坐在一旁闭目养神，什么也没听见的样子，半个字的回应也没有。顾知洲气鼓鼓的，一屁股坐在他旁边刷微博："让我看看是谁阻挡了只只学妹向前冲的步伐。"

"哟嚯，她在打卡微博里居然说你身边出现了仙女，怎么可能，我都没看见。"

网瘾少年顾知洲是偶然发现江只只的打卡微博的。

他想拥有快乐，看小号有人推荐的"沙雕"博主里有@今天也要追男神，他就去关注看了一下，确实令人心酸又有意思，他一路追得津津有味的。后来陈意和他提起江大有学妹追言却的种种细节，他惊奇地发现，那些细节居然和@今天也要追男神发的内容对得上。

这不就巧了嘛！

拥有了江只只的小号，顾知洲就有了冲在吃瓜第一线的资本。

"我去找她问问，追了这么久的连续剧怎么能结束，我不同意！"

顾知洲跑去做"瓜农"，走了叽叽喳喳的一个他，这四周的温度都仿佛降了几度。剧组搭建的医院的长椅上，言却睁开眼，望着虚空停顿了几秒，伸手将耳麦摘下来。

他的长指摩挲着耳麦的边缘，里面的歌曲早在顾知洲来之前已经停下了。

旁边的工作人员将设备往楼下撤，走廊一瞬间变得空荡荡的。

言却低着头，静默片刻后掏出手机，登上许久没登过的微博，通过顾知洲的小号很轻易地找到了那个打卡微博。

是好奇心作祟也好，是其他什么心思作祟也罢，点进主页的一瞬间，言却仿佛看见那把伞的缺口越来越大，再大一点点，一只手就遮不住了。

他的手滑到第一条微博。

@今天也要追男神：4月1日，晴。

去年在报纸上无意间看见的男神今天出现在我的真实世界里了，真的是不可思议！不过今天是愚人节，也许这是老天爷和我开的玩笑，等明天我再看看是不是真的，到时候再激动。

@今天也要追男神：4月2日，阴。

是真的！！！真的是真的！！！的的确确是真的！！！我去洗男神衣服了！！！

……

四个月的微博，言却看了两个小时。这四个多月来发生的种种，他都用另一种方式得以补充。

视线定格在三天前江只只发的最后一条微博上，言却薄唇抿紧，起身往楼下走。

八月中旬，阳光灼热，在外面走上一会儿就像在火炉里烤。谁要是在这种天气去见人，一定是真心真意。

言却一迈进酒店大堂，就看见江只只和顾知洲从电梯里出来，一边往咖啡厅走一边谈笑风生。

他停下，三秒后又迈开步子，步伐明显比之前快了许多。

言却个高腿长，在那两人刚进咖啡厅时跟到了他们的后面。

咖啡厅没什么人，顾知洲也没有控制自己的声音："轻姐治言却，那可是一绝！言却他大哥都治不了他，轻姐就可以。我时常怀疑言却他大哥和轻姐在一起，是为了让堂弟臣服于自己脚下……"

言却："……"

"所以你放心，轻姐压根看不上言却的。"

八卦完毕，顾知洲口干舌燥，转回头要喊服务员先来杯水，冷不丁撞上言却那张毫无表情的脸，笑容顿时僵硬了。江只只察觉到气氛陡然凝滞，好奇地看过去，完全没有八卦被抓包的觉悟，眉梢眼角都是见到想见的人才有的惊喜："言却！你不是在拍摄场地吗？怎么回来了？"

本来他来找她是想解释一下的，他无所谓，但让人误会他和他堂嫂容易引起家庭纠纷。

他无所谓的。

无所谓。

言却在心里默念这几个字，冷眼扫了一眼抢他所有台词并添油加醋渲染的顾知洲。顾知洲被这杀意陡生的眼神逼得向后踉跄了两步，转正身体的江只只就整个暴露在言却眼下。

她身上穿着条白色连衣裙，上半身印着字——

4 月 1 日开始追言却；

这个日期之后认识他的麻烦往后排一排；

和谐追言却，从你我做起。

她一动，那些字一个接一个地发光，看起来还是声控的。

言却："……"

无语之余，他有点儿想笑，脸部线条不自觉地变得柔和，回答她："本来回来是有些事要处理，不过现在解决了。"

"对了，顾知洲，你刚才那场戏有些问题，郑导可能会找你，你最好先去和他聊一聊。你知道的，郑导喜欢有觉悟的演员，你先去找一下他比较好。"

言却突然间的关心和照顾让顾知洲有些摸不着头脑，后背有阴风一阵阵往上蹿。

多年来与言却的斗智斗勇让顾知洲感知到危险的临近。

他犹豫着，言却兀自一笑。

顾知洲被言却的微笑吓得连连退步，这个时候走未尝不是件好事。

顾知洲去找郑导了，本来的八卦小聚变成了江只只和言却的"临时约会"。

江只只心里一喜，看来江星沉这装备果然起作用了。

落座后，言却开口："关于我大哥和轻姐的事情……"

视后祝轻光早就结婚了，这分分钟就能让微博热搜爆掉的消息居然被他们瞒得滴水不漏。江只只知道轻重，急急地表忠心："我会保密，不会和任何人说的。"

"你最好这样，不然——"

江只只眼睛一亮，接得飞快："不然以身相许？"

言却抬眸道："你想得美。"

他的眼凝视着江只只，江只只抿紧下唇，顺手将服务员上的冰水一口气干了，可这也压不住脸上的热意。

“你发烧了？”

江只只摇摇头，又点点头。

她和言却对视的每一次，都是她的心往下坠一分的沉沦。

要是让他知道，光和他对视，她脑中就有一架飞机起航，飞向他们的未来，他一定会觉得她有病——斯德哥尔摩戏精附体相思病。

相对比而言，她还是承认发烧好。

她的心思已经被他知道得太多，就让她继续藏好仅有的、还没被他发觉的小心事吧。

等到之后的哪一天，她再翻出来贴近他耳朵，说给他一个人听。

（六）

嘿，可以和你牵手吗

1.0

《对你何止中意》剧组在A市的拍摄结束之后，江只只也结束了实习期回了学校。季禾子随剧组去了X省继续拍摄，言却开学就是大四学生，在学校的事情不多，就也去X省了。这一下，江只只又看不到言却了。

分离天注定，躲得过暑假，躲不过开学。

江只只整个人陷入了忧郁中。这天江大新生军训，倾盆大雨从天而降，新生们欢天喜地地往寝室楼里赶，那种欢呼雀跃的样子，好似天上下的不是雨，而是金条。

而他们的开心更加凸显了江只只的难过，高中语文课管这种表现手法叫反衬。

江只只坐在图书馆里，托着腮叹了口气，拿出手机。

【只只呀：言同学走的第一天，A市降了一场雨，你在那边能看到吗？我一个人会很好，你也保重。再见，还会再见吗，言子？再见的时候，你要幸福好不好？言子你要开心，你要幸福，好不好？开心啊，幸福！言子，没有你，我怎么活啊？！言子言子言子，你带我走吧！！】

配图是《从你的全世界路过》里岳云鹏追车的经典场面。

X省，下午三点，《对你何止中意》剧组刚进驻酒店。

导演组织大家在一楼宴会厅聚餐，言却从小看够了娱乐圈的人在这种场合是怎么你来我往，展现高超的社交演技的，就借口身体不舒服没有出席。

总导演李易知道言却这个习惯，嘱咐他好好休息。

聚餐开始十来分钟，顾知洲就从宴会厅溜回了楼上。他的酒量素来不好，但他又不甘心就这么撤退，毕竟光鲜亮丽的场合最适合他这只美丽的孔雀开屏。

顾知洲从柜子里拿出宴会醒酒神器——无敌酸醋汁，打开盖子仰头往嘴里灌，灌了整整一瓶，酸得脸都皱在一起。他缓过酒劲儿，又拿了一瓶酸醋汁灌到普通水瓶里，敲开隔壁言却的房间门。

顾知洲阴险一笑——让你上次为了和江只只单独约会骗我说导演找我碴儿，今夜就是你的死期。

门没锁，他直接进去了。

言却侧坐在沙发上拿着手机，脸上的表情之狰狞、之丰富、之无语，顾知洲和他认识二十年以来还是第一次见到。

精彩啊，真的精彩。

平时那么机灵的人连他开门走近都没感觉到，他“啧啧”两声，弯腰往手机屏幕上看。

是江只只的朋友圈。

“言子，哈哈哈哈哈哈……”

顾知洲惊天动地地狂笑，言却终于发现他来了。言却把手机一扣，顾知洲扶着他的肩笑得快抽搐了：“言子你以为你扣下手机，我就看不到了吗？我可以看我自己的……咦，我这儿没有，她一定是设置只对你一人可见了。”

“没关系，刚才我已经记住了，甚至可以反复背诵，言子你斗不过我的，哈哈哈！”

一人可见……

言却心潮涌动，方才被顾知洲抓包的窘迫只一瞬后就消失，恢复原来的冷静模样。他抖开顾知洲的爪子，蹙起眉问：“你不是忙着在下面‘开屏’，回来做什么？”

“您帅气逼人的朋友是给您带您爱的饮料来了。”顾知洲擦掉笑出来的眼泪，将手里的水递过去，“这是我二叔从南极带回来的深层冰川水，特别珍贵，不是掏心掏肺的好友我都舍不得给人尝。”

“是吗？”言却瞟了一眼水瓶，透明的水微微摇晃。在顾知洲满怀期待的目光中，他接过水瓶打开，送到自己嘴前……

然后他的另一只手出其不意地掐住顾知洲的脸，一把将顾知洲按在沙发上，整瓶饮料就顺势都被他给灌进顾知洲的嘴里了。

言却面无表情地说："南极的深层冰川水是蓝色的，没文化就多读一点书。"

顾知洲的脸都憋红了："你！言子你不是人！！"

言却松开他，抽出纸巾慢条斯理地擦了擦手："我是你爹。"

碾压了一下顾知洲后，言却暂时忘记了江只只的朋友圈带给他的冲击。

晚上他又失眠，便在酒店下散步。

他摸出手机，准备发条朋友圈。

【meisbieka：今天在剧组，周五回学校办事，下午3:23在机场T3出口落地。】

打了几个字，言却心烦意乱，又全都删除掉。

一定是被顾知洲传染的，他居然也会做这样幼稚的举动。

此时，手机震了震，江只只的消息弹了出来。

【只只呀：言却，我问你个问题。】

【meisbieka：你想得美。】

【只只呀：……】

【只只呀：不是涉及你的问题，是我一个朋友想问一下，练射箭练得手臂肌肉拉伤了，该用什么药好一点？】

【meisbieka：截肢。】

【只只呀：……】

【meisbieka：没有撕裂就先不用药，48小时之内冷敷，48小时后用热毛巾包住拉伤肌肉热敷。】

【只只呀：好的，我知道了，我这就去冷敷。】

【meisbieka：是你伤到了？】

【只只呀：不是，是我的朋友。】

【meisbieka：到底是谁？】

手机那边的江只只莫名打了一个激灵，有种高中上课被数学老师点名在黑板上做题的感觉。

“是我”两个字江只只打得艰难，指尖都有点儿发抖。消息一发送，十秒之后，她看见屏幕上视频电话的提示在闪动。

这下她浑身都开始抖。

江只只翻身下床，右手不能动，就用左手艰难地扎了头发，再化个简单战斗妆，将手机卡在支架上，摆出自认甜美的笑容，这才点下“接通”。

对面黑漆漆一片，只能隐约看到一个人形黑影。

“哪条胳膊伤了？镜头移过去我看看。”

她的准备言却完全没看到，笑容僵住，她心不甘情不愿地将支架往下扳。她上身套了件宽大的T恤，袖子往上挽，右胳膊已经红了一片，微微发肿。

言却的声音冷下去：“你伤了之后就没有采取任何措施吗？”

“我……我以为我就是用力过猛，手有点儿酸，就没怎么上心。从射箭馆回来，我睡了一觉之后才发现问题严重了，手臂抬都抬不起来了。”

言却貌似在走，听筒里传来的呼吸声加重。

片刻后他停在路灯下面，昏黄的光将他的眼衬得极亮，江只只更心虚了，这感觉就像是她在黑板上做不出题后被老师紧盯着。

江只只拿出对付数学老师的办法，虔诚又诚恳地许下承诺：“下次我一定注意。”

言却眯起眼：“还有下次？”

“没没没……没有了。”

言却居然比数学老师还难缠，这谁扛得住啊？

言却的眉头皱得紧紧的，似乎在确认她的话的真实性，之后才道：“去叫个冷饮外卖，让店家多送点冰块。用冰块冷敷，静养一段时间，这期间不要乱用右臂，记住了吗？”

“记住了记住了。”

言却好像生气了，“啪”地就挂断了视频电话。江只只像是脊骨被抽走，软绵绵地瘫在椅子上。

“可怕，言却简直是个魔王。”

“虽然这世上人魔势不两立，但是我心甘情愿将自己的肉身和灵魂献祭给言魔王，来换人界的太平。”

“言魔王，带我走吧！”

后面正熬夜刷新剧的谢钰忍无可忍，拿着男朋友林凡送的新发带，堵上了江只只的嘴。

2.0

江只只的右臂伤残事件发生在昨日雨停之后。

雨后天晴，空气中弥漫着清新的气息，之前欢天喜跑回寝室的大一新生又垂头丧气地出来，排排站在操场上方。

根据反衬定律，他们难过，现在就该轮到江只只快乐了。

她将书装进包里出了图书馆，朝着射箭馆走了过去。

雨刚停，今天也不是校队训练的日子，馆里没什么人。江只只拿学生证到器械室，很顺利地借到了一张轻量级的弓，和一袋子箭。

她背着弓箭走到最右边的场地上，言却昔日就是站在这里，挽起弓。少年如风，然后一箭射出，直中她心上。

在言却不在学校的日子里，江只只只能靠回忆过去苦中作乐。

她坐在窗边临时抱佛脚，百度了一下射箭步骤，再看了几个视频，觉得不难。

“看来我果然有天赋。”万一她将天赋发挥到极致，在射箭上训练有成，等言却回来就可以跟他双箭合并，称霸赛场。

临时突击学习完毕，江只只站在白线外，抽出一支箭搭在弓上，左手执弓，右手拉箭，用了三成的力气一放。箭歪歪扭扭地飞出去半米，凄惨地掉在地上。

江只只：“……”

双箭合并什么的，是她妄想了。

“射得不远，肯定是力气用小了。”江只只又抽出一支箭搭在弓上，用力拉开，骨节都隐隐泛白了，箭头在聚焦孔里摇摇晃晃，失了准头。一箭出去，直接越过这边的靶子，射进下一个场地的靶子上。

太难了，射箭太难了。

与言却有关的所有东西好像都挺难的。

江只只盘腿坐在地上思考了下人生，认清自己并没有天赋这一事实后，决定用努力和汗水来弥补。为了有动力，她把她和言却的微信对话框放在靶子下面。

“射中一次，就去和言却进行今日份的尬聊刷好感值。”

江只只再一次站在白线处，她凝神静气，让气息平缓，弯弓搭箭，直指靶心。

箭“咻——”地朝靶子飞去，江只只热血沸腾，这一刻，她就是再世郭靖——

在离靶子一步之处，箭无力地往下歪，精准地直戳上她放在下面的手机屏幕。

江只只的热血顿时凉凉，心也跟着屏幕一起碎掉。

她就是再世郭靖——射中的那只雕。

江只只的手机勉强可以继续用，但手臂由于用力频繁、肌肉拉伤，短时间内不能如常使用了，她管这个叫“爱的代价”。

“我看遍影视剧，不伤个筋、动个骨的怎么叫真爱，更何况我还成功地和言却有了进一步的沟通——视频通话。”

虽然那只是病症咨询，但，也是良性友好的发展。

冷敷后的第二天，江只只明显感觉右胳膊不那么酸疼了，而且能简单地活动，但言魔王有命令在前，她也不敢怎么用，就只能做独臂侠，上课码字都用左手。

谢钰觉得有些奇怪：“言却又看不见，你怕什么？”

学校的奶茶店里，江只只正艰难敲字写《影视作品鉴赏与分析》的课后作业，听到谢钰的话，她“嘘”了一声，正正经经地说：“言却在的，别乱说话。”

谢钰左右看了看，并没有看到言却：“在哪里？我怎么没看到？”

“在我心里。”

谢钰：“……”

这堂课的导师让大家自选作品进行分析，写一篇至少八百字的小论文。

一般这种作业，大多数同学都会选择素材比较多的、各大电影节上的佳作来分析，但江只只明显不走寻常路，谢钰往她笔记本电脑上瞄了一眼：“《木马之马》？我怎么没听过这个片子？”

再看文档字数，早已经甩开八百字的要求，逼近两千字了。

江只只“唔”了一声：“是言却拍的，虽然只是一个二十分钟的短片，但分镜专业度更胜某些知名导演。片子里隐喻和留白无处不在，每一帧都能截出故事，不同的分析会让整个片子走向不同的结尾。每一个观众看完都会有自己独特的体验，这就是好片子的魅力。”

谢钰正要开口，在瞄到逼近的人影时闭了嘴。

江只只补充道：“当然，言却本人就值得我写一万字去吹，我打算写八千字已经很克制了。”

“咯咯……”谢钰不住地清嗓子。

江只只左手食指敲了下空格键，抬头：“怎么了？”

谢钰的眼神往她身后送了送，她便用余光往地上瞄。午后的奶茶店，阳光从百叶窗缝隙间筛进来，映出地上的人影。

“这里——”一只修长的手指探过来，点了点她的屏幕，“这里的留白不是为了让人联想女主金子被虐杀的过程。”

江只只侧过脸，目光殷切：“那……是为了什么？”

“因为经费不足，只能拍出这结局。”

江只只：“……”

江只只赞叹：“这就是天才，随随便便一停就是艺术。”

言却下颚线紧了紧，视线在她右胳膊上停留几秒后，起身去吧台那边点东西。

江只只淡然地敲了两个字后猛地抬起头，左手捂着心口："言却怎么回来了？我一点儿准备也没有！"

谢钰摇摇头，敬佩地竖起大拇指："您在'言学'上的心理素质和语言艺术造诣已经是一绝，完全没有准备的必要。"

此处 @ 德云社 @ 各大饭圈后援会过来招人。

3.0

言却在奶茶店买了两杯奶茶，一杯原味无糖常温，一杯加了红豆、布丁、珍珠，全糖，去冰。

付了钱，他推门就走了，步子很缓慢。江只只将论文文档保存，关上电脑。

"谢钰，我……你懂的吧！"她向谢钰投去一个眼神。

谢钰点头："我懂。"

江只只脚步欢快地朝言却的方向奔跑，待会儿谢钰会把她的相关残留物都带回去。

江只只在往导演系教学楼去的林荫路上追上了言却，他手里拿着那杯无糖原味的奶茶在喝，另一杯加了满满料的全糖奶茶则拎在手里。

"既然你说我的有些分析不对，那为了准确性，我觉得我还是应该来问问你这个导演。"

"没必要。"言却说，"对影视作品的分析和解读因人而异，并没有确切的对错。"

这答案并不出江只只的意料，一个话题不成，下一个话题安排。

她眨了眨眼，说："我走之后，剧组发生什么好玩的事情了吗？禾子还天天捧着书啃吗？还有顾知洲，我和顾知洲也算是同甘共苦、患难与共过，他那个角色我真的很期待……"

江只只用这种话题转换大法一路成功地跟着言却，进了导演系一楼大厅。

“好玩的事也有。”言却揪出她第一个问题回答，说，“顾知洲每天都被导演骂，很好玩。”

江只只闭上嘴。

看她不纠结于顾知洲，言却又说：“我和苏教授约好了去开个证明。”

“听说校庆时有很多名导送了礼物过来，我是来参观导演系教学楼的。”江只只四处打量，边打量边若有所思地点点头。

江只只的演技只有在演尸体时才出众，言却看她装模作样，有些想笑。

他拎着奶茶上了楼。

江只只在一楼转了十分钟，碰上了好几拨人。得益于她和言却在江大疯传的绯闻，见到她，导演系的同学都热情地打招呼。

“一班在五楼哦。”

言却在一班。

“板报栏在四楼。”

学生会负责的板报栏，每期由言却负责手绘。

“告白墙在板报栏对面。”

虽然绯闻热烈,但还是有数目不少的言却暗恋者在告白墙上留言。

……

江只只对热情吃瓜群众感谢不已，顺着他们提供的线索直接上了四楼，那面告白墙上贴着五颜六色的便利贴。为了能吸引心上人的注意，很多人在便利贴的颜色和材质上下了功夫。江只只一眼就看到一张荧光绿的贴纸，带着巨大翅膀，上面用十八种语言写着言却的名字。

“居然有人比我追言却还要招摇，在下佩服。”江只只拍了张照片，激励自己。

在表白言却的路上都有人比你优秀，你为什么不努力？

江只只在四楼没有停留多久就下去了，等了一会儿，言却也下来了，那杯奶茶还拿在手里。

“苏教授不在。”言却单手插在口袋里走过来，“平时她最喜欢喝这家店的奶茶，我不喝带糖的，只能扔掉了。”

全糖，红豆，布丁，都是江只只的爱！

她举起右手：“不要浪费嘛，我觉得我可以再喝一杯。”

言却准备将奶茶递过去，眼神却在触及她举起的右手时猛然变冷。

带着满满的爱的奶茶在江只只指尖停留了一刻就又离开了。

“哎哎……”江只只下意识伸手去够奶茶，结果言却的眼神又冷了几分。

她、用、了、右、手。

这违反了言魔王的谆谆教诲，江只只讨好地笑了笑，乖巧且坚定地换了左手。

言却也坚定地把奶茶扔进了垃圾桶，大步走了。

那天之后，江只只和言却的绯闻版本升级。

据目击者称，那一日，在导演系 3 号教学楼一楼大厅，高冷冰山男神言却拿着一杯甜甜的奶茶，逗弄着仿佛小猫一样的江只只。

碍于身高差距太大，江只只怎么也拿不到奶茶，可怜又委屈地伸出手：“不要奶茶可以，那可以牵手吗？”

这逗弄小猫的戏码没能继续下去，言却有些不高兴，转身就走了，江只只小跑着追了上去。

……

该爆料被发在江大超话里，江只只闻风赶到，很多吃瓜群众已经先一步过来围观。

@我可以单身但我嗑的 CP 一定结婚：江只只刚开始追言却的时候，我和朋友打赌，赌她会被冷血无情大魔王言却伤害，最后对爱情失去热情。但看这情况，我输了，输得彻彻底底。

@白木木是孟哥的：江只只我稍微了解一点，是个百折不挠的性格，我想过他们成真，但没想到他们居然是这个画风……霸道酷总裁和他的小娇妻？

@柠檬树下有个我：楼上对画风的总结可以说很精辟了，有没有类似的剧或小说？求推荐！

……

微博评论成功从谈论言却和江只只转变到求书求剧，江只只切换到平时专门转发各种搞笑段子的小号，一连转发几十条微博，再去淘宝买水军，将自己那条评论点赞成最热评论。

她要拨乱反正，让大家抓住这则爆料的重点。

@成是萧何败是何萧：颜值CP是真的！！是真的！！！不接受任何反驳！

半分钟后，这条微博下突然涌进几千人，齐刷刷地评论：嘀，吃瓜观光团打卡。

江只只惊呆了，赶紧查看这奇异一幕的缔造者。就是刚刚，一个明晃晃的红V博主转发了她的微博。

@顾知洲：没错！是真的！！我作证！！！

虽然这条微博遭秒删，但顾知洲这么热血沸腾地吃瓜，还是光速引起了他的粉丝的注意。本来这是江大小范围的快乐，这下被无数人发觉。

独乐乐不如众乐乐。

更有人顺势扒出这个校园瓜的男主言却是顾知洲的发小，于是秒删吃瓜微博的顾知洲就成了“为兄弟爱情操碎了心的隔壁顾大哥”。

江只只手机一振，顾知洲发来消息。

【在河知洲：我刚才吃瓜太激动，一时忘了自己上的是大号，幸亏言却不玩微博，不然他一定会暗杀我的。但，他迟早会知道，所以等他周五回去找苏教授开证明时，你记得和我统一口径，说我的微博被盗了，这样我还能有一线生机。】

【只只呀：周五？】

【在河知洲：没错，言却周五到A市，机票已经订好了。】

可今天……是周四，言却昨天就回来了。

如果是一般人，用江只只的言情脑分析，对方肯定是为了她而来，奶茶也是他故意找借口买给她的，但是那个人是大魔王言却。

“那一定是顾知洲阶段性失忆症犯了。”

不过——

江只只收起手机，倒在床上，看着床头垂下来的小风铃，心想，如果言却真的能变成一般人，为她赶回来，为她买奶茶，那她真的会像爆料说的那样去找他牵手，去确认他掌心的热度是真实的。

以后天黑时，人潮拥挤时，即使看不见，她也不会认错。

因为她喜欢的人，不是一般人……是神仙哥哥！！

（七）

欢迎光临砂糖教室

1.0

@今天也要追男神：9 月 19 日，晴转多云。

我觉得我和男神的相处进入了一个莫名其妙的阶段，以前是我拼命创造一千零一种可能，和他进行战斗型偶遇。但是吧，我突然发现这次开学之后，他自己出现在我视线里的频率明显提高了。我现在有一点儿恍惚，觉得他可能想暗杀我，一了百了。

吃瓜群众蜂拥而至，评论区又是整整齐齐的“哈哈哈哈哈哈”，复制粘贴，长度一致。

@十四不是四十：会不会是男神终于发现你的好，反过来……算了，男神那么高冷，应该不会干这种事，可能是真的想暗杀你。

江只只忧心忡忡：“看，真的不止我自己这么想。”

按照正常的安排，言却应该在《对你何止中意》剧组一直待到杀青，最起码还要在 X 省待两个月，可言却上周从 X 省回来之后就一直什么返程的动静。

江只只抓心挠肝地想得知言却的行程安排，但几次旁敲侧击，他都反应冷淡，说待定。

这一待定，就待定到本周一，各院系接到通知，以后每周五下午会有一节公开课，每堂课的讲师都是江大的优秀毕业生，有圈内知名导演、收视保证编剧、金牌制作人，以及演技派演员。

江大开设这类公开课是为了培养出更多影视行业的精英人才，机会十分难得，而且每堂课的名额有限。学校要求各院系出三名学生代表协同校方负责人安排每一堂课的上课同学名单，以及负责接待临时讲师的到来。

戏剧文学系直接选了前三名作为代表，第一名林格，第二名江只只，还有第三名梁舒眉。

本周五的第一节公开课邀请到的是圈内低调又高产的原创编剧陈倦，而这次负责安排这节课的是戏剧文学系。

下午四点半，前三名结伴去和校方负责人碰头。

路上，梁舒眉看似目不斜视，其实注意力一直放在旁边的两人身上。江只只和林格中间的距离宽到可以过两个路人，系里谁都知道这两个人一直是相爱相杀。

其实她们不是相爱相杀，是单纯地相杀，好让自己丢脸的过去彻底埋葬。

在艺考之后，大学开学之前，江只只醉心于小说的创作，在某网站连载新书《予月光》，就是以言却为原型的那一本。这家网站有一个勤奋指数榜，是按照小说的更新字数排的，字数越多，榜单排名就会越靠前。

彼时江只只刚处在发现言却这个宝藏学长的美好期，发誓要给《予月光》最好的，打算努力更新，直到排名第一，登顶截图留念就结束，没想到榜单上居然有本同时期开的书一直在和她较量，她更新六千字，对方就更新八千；她更新八千，对方就更新一万……

榜单前两名换来换去，最后以两人齐齐手抽筋断更一个月画上句号。

后来的大一下学期，在网站的年会活动上，两个人到场，看见对方桌子前的笔名，整整齐齐地掉马甲。从此，两人的较量从网站更新转移到学校成绩。

在不明真相的群众眼里，两人就是剪不断理还乱的关系。当江只只和言却的绯闻在学校传得沸沸扬扬的时候，戏剧文学系还有人带了林格下场。

“江只只居然不是和林格走欢喜冤家校园言情路线吗？”

“这都什么年代了，欢喜冤家早就不流行了，现在流行孤傲清冷偏执男独爱软糖白月光。”

此刻梁舒眉站在两人身边，是说不出的尴尬。她轻轻地咳嗽一声，提醒着前面总要比对方走快一步的两人：“该往左拐了，在导演系3号楼。”

走过了的江只只嗖地一下掉头。

比江只只快一步的林格立刻转身跟上。

校方负责人在五楼，出了电梯往右拐，第三个教室就是。

教室门上贴着一个大大的“一”字，江只只记得上周来3号楼时有人跟她科普过大四导演系一班的常用教室就在五楼，该不会就是这个吧！

江只只的手握上门把手，犹豫了一秒。

身后的林格立刻将她挤到一边，推门就进去了。

江只只：“……”

教室里，穿着风衣的少年站在讲台上，手里拿着粉笔，在黑板上写着字。

白色的粉笔屑被西沉的阳光镀成金粉色，纷纷扬扬的，随着他的动作往下落，像是烤焦糖布丁，最后撒下的那一把砂糖。

江只只心里的小恐龙又开始练拳，她屏住呼吸，放轻脚步，生怕打扰这一刻的言却。

光随着她而动，黑板上不再反光，让她能看清黑板。

言却画的是简笔画，一个穿着白大褂，跪在榴梿上痛哭流涕的顾知洲。他认真地添上最后一笔。

江只只：“……”

言却慢条斯理地拿手帕擦干净手，抬眼看她，问：“画得好看吗？”

“言学”十级学者江只只立刻收起震惊，严肃认真地说：“如果不是因为粉笔是白色，我还以为顾知洲本人挂在黑板上了呢！”

言却收起手帕的动作僵住。

2.0

言却是前任学生会主席，对江大各系熟悉，又有作品、有能力，是在校学生中负责公开课的不二人选。按照原定计划，言却回校开了离校证明之后就要返回X省剧组，但苏教授和言却提起了公开课活动之后，言却没什么犹豫就放弃了去剧组继续实习，投身这次的活动中。

以上，是谢钰之后打听到的官方消息。

“还有非官方消息？”

寝室里，江只只拿着笔在勾画下午言却开会时说的重点。

谢钰“呲”了一声：“你现在已经被训练成左撇子了？”

“……多用左手能训练右脑，对想剧情什么的很有帮助。”

其实是下午开会的时候，她拿右手去够水瓶，言却凉凉的眼神转过来，定在她手上。江只只立刻换了左手，言却就移开了眼。

她的右手早就好了，可言却还是这个反应。

江只只get不到言魔王的内心活动，就只好开发使用左手的第二技能。

“所以，非官方消息是怎么样的？”

谢钰掰着手指说：“因为这次活动请的很多导演、编剧和演员多多少少和衡星娱乐有关，衡星娱乐你懂的，现在是国内一线制作娱乐公司。大家都知道言却出身不一般，但一直也没确切消息。这次贴吧有人顺着衡星娱乐去查，发现衡星的老总也姓言。所以呢，非官方消息说这次言却是给老父亲把关，也是给学校拉人脉，不然也不会轻易放弃那么好的剧组实习机会。”

江只只将重点圈完，感叹一声：“言魔王可真是个孝子，身上的闪光点又多了一个，闪得我都要睁不开眼了。”

谢钰：“……你慢慢吹彩虹屁吧，我去找我家林凡约会了。”

“去吧去吧！”

宿舍里原本有四个人，大二下学期有一个人出国了，就剩下了她们三个人。

季禾子和谢钰都是表演系的，江只只一直指望着有朝一日这两个人中有一个能红，然后推荐她写的剧本找言却来拍。

和言却合作，算是除了追到他之外，江只只另一个小小的愿望了。

但季禾子只想学习，早退圈早快乐，谢钰又是个恋爱脑，两个人貌似都不靠谱，这个愿望只能靠她自己慢慢努力去实现了。

开会后几人进行了分工，江只只负责统计所有戏剧文学系的在校生情况，从四个年级中挑选四十八人去上公开课。林格和梁舒眉主要负责确认上课当天同学的出席情况，以及找校记者团准备课后的提问采访。

江只只的作息习惯和大部分小说作者、职业编剧一样，白天困倦，晚上修仙到下半夜，她将重点画完之后就补了一觉，晚上十点爬起来喝了杯咖啡，打开电脑开始做统计。

她先筛出了每个年级的前二十名，已有作品且质量上乘的优先，剩下的按照其出勤率和各项考核评估择出最优的。忙到下半夜三点，她将挑选出来的名单发给言却。

这样说起来，她也是和言却参与过同一个项目的人了。

四舍五入，他们又近了一步。

江只只进行睡前的刷微博活动，将一整天错过的快乐在这一刻补充回来，结果她刚点开一个宠物博主的视频在线吸猫，言却的新消息就进来了。

【meisbieka：你还没睡？】

江只只瞬间有种中午在幼儿园休息，结果老师来查房的错觉。

【只只呀：是啊，刚做完统计调查。我，任劳任怨。我，吃苦耐劳。我，舍弃睡眠，只为了支持你的工作。】

【meisbieka：为什么下午开完会后不做？】

【只只呀：说起来你可能不信，我是属猫的，白天睡觉，夜里活动，下午回来睡了一会儿，现在起来精神满满拥抱工作。】

对话框上方一直显示“对方正在输入……”，结果输入了半天，消息也没发过来。江只只习惯了这个男人有一搭没一搭地出现，对着空气念了句“晚安”，又去吸猫了。

也许是睡前和言却聊天了的缘故，江只只这晚睡得格外香甜，还做了个梦。梦里有一个魔女拿着魔法棒，慈祥地对她说：“我可以满足你一个愿望。”

江只只：“我要言却。”

魔女念了个咒语：“哎呀，这太难了，他是咒语都没法让你得到的男人，换一个愿望吧。”

江只只：“……”

从这个神奇的梦中醒来时，江只只还觉得有点儿扎心，她歪在床上，开始每日清晨的第一件事——刷朋友圈。

这么一刷不要紧，她居然刷到了言却的动态。这是她与言却加上好友之后他第一次发动态，简直足以震撼她全家。

江只只沉默半晌后憋出一句：“言却的朋友圈……居然是这种画风。”

他分享了几个健康公众号的推文：《长期熬夜的危害》《科学健康饮食食谱》《久坐工作期间可做的简单运动》……

江只只想起言却不爱吃甜食，连喝奶茶都是原味无糖，生活得极简又健康。

怪不得他看上去身形偏瘦，但肌肉很紧实，一点儿也不羸弱，而且即使失眠症犯了，第二天照旧神采奕奕。

养生专家言却，这反差萌可以的。

江只只成功种草，兴致勃勃地点进推文，又心如死灰地退出来。

“戒咖啡？这简直是要我的命，打扰了，是我配不上言专家。”

3.0

本来编剧陈倦大大的公开课是下午三点开始，但周五上午十点言却接到消息，说陈倦的飞机晚点，预计要晚点三个小时以上。言却在女寝楼下的宣传墙边和江只只碰头，商量调整公开课的时间。

明天下午，陈倦要飞离 A 市，出席新剧的发布会，所以可以上课的时间要么是今天晚上七点，要么是明天上午九点。

“有很多大四的学长学姐们是特意为了公开课从实习现场赶回来

的，明天就要走，今晚七点大家可能普遍都有空。”

江只只拿出一份名单：“我先去联系一下，如果有人没有时间，我这还有十名备选同学的名单，应该没什么问题。”

“嗯。”言却点了下头，江只只又说：“公开课上完大概是晚上九点半，陈倦大大一向养生，那提问和采访环节就放在明天上午，顺便可以送一下陈倦大大，这样显得比较有诚意，你觉得怎么样？”

“好。”

被言却肯定工作，江只只有些飘了：“你就不能多说一个字？”

“走了。”

两个字，真的是只多一个字。星星依旧是那样的星，言却还是那个言却。

事出紧急，江只只找谢钰所在的文艺部帮忙，给已经定好的四十八位同学分别打电话。只有三位同学晚上七点不在江大，江只只的备选同学名单派上用场，她又给前三名打电话联系，终于把最终版名单确认下来。

江只只突然又发现了言却的一个优点。

她忙活这一个活动都累成条狗，以前言却做校学生会主席时要经手那么多活动，烦琐的事情不知道有多少，就这样忙碌还能稳占导演系第一名，还能抽出时间拍自己的作品，她怀疑言却的一天有四十八个小时，不愧是神仙哥哥。

今天她也要积极“营业”，在神仙哥哥面前刷好感值呀。

【只只呀：你现在应该见到陈倦大大了吧，帮忙向倦大传达我最诚挚的敬意，不用带我的名字，我不配在倦大面前被提起。谢谢 ×100！】

“之前喝茶的时候崔导还和我提起你，说以你现在的能力，自己导一部电影都没问题了，以后我们也许有合作的机会。”

从机场往江大去的路上，陈倦笑吟吟地和言却说话。他不过三十六岁，就已经把国内电影编剧类的奖项拿了个遍，言却一直很敬重他的为人和能力。

“陈老师客气了。”

“你好像有微信消息进来，先看下吧，别耽误你的事情。”

言却下颚微收，拿出手机看到江只只的消息。他眼睫下敛，握着手机的指节微动。

陈倦才擦了擦眼镜，摘掉眼镜，他的眼睛有些眯着：“明天的项目开机仪式你应该知道吧，是犯罪题材的剧《细节描绘师》，我为了写好这个题材做了一年多的准备工作，从大数据统计来观察人细节变化所折射出的内心情感。”

他复又戴上眼镜：“这个和你聊天的人，是能影响你情绪的人，你方才所有细微的动作都印证了这一点。”

言却微怔，收起手机，淡淡地说：“您说错了，她只是我的普通同学。”

“同学就是同学，如果她对你来说和其他所有同学是一样的，那你为何还要加‘普通’二字呢？”

言却很少在说话一事上碰上对手，他沉默了片刻才开口：“这么说，她倒是和其他同学不一样，毕竟不是每个同学都会像她那样肆无忌惮地在我面前晃，怎么赶都赶不走。”

“你真的赶过她吗？”

言却又沉默了。

“大数据表明，通过有效距离的肢体靠近和接触引发的心绪波动大小能判断出对方对你的影响力。如果你有需要，可以试着做个确认。”

“我不需要。”言却看向窗外，嗓音清清冷冷，“到了。”

陈倦打开车门，心里却琢磨着，等跟完《细节描绘师》这个项目，他就去写本书，叫《说话的艺术》，肯定能长线畅销。

晚上七点，陈倦的公开课在阶梯教室里正式开始。

戏剧文学系的教学楼是江大建校伊始就一直保留的老建筑，算是整个江大最富有年代感和文化底蕴的地方。

江只只、林格和梁舒眉作为戏剧文学系的学生代表，坐在教室左边靠窗第一排的位置，以应对可能发生的状况。

陈倦和言却一前一后进来，教室里响起热烈的掌声。

陈倦很放松地站上讲台，将茶杯放在一边，“唉”了一声：“中年人了，红枣枸杞水保平安，大家不要介意哈！”

台下哄堂大笑，气氛陡然变得轻松起来。

言却走向靠窗第一排，因为江只只和林格之间的“血海深仇”，梁舒眉怕他俩打起来，自己坐在了两人中间。林格靠窗，然后是梁舒眉，再然后是江只只。

言却走过来，很随意地坐在了江只只的右手位置。

江只只默默地往里面挪了个位置，坐得离言却稍微远了一点儿。

她怕离得太近，一个控制不住，心和注意力都飞向言却。在倦大的公开课上，漏听了一个字都是对倦大的亵渎。

她这个下意识的动作言却看在眼底，薄唇抿紧，下颚线条更显凌厉。

“我之前在知乎回答过一个问题，有人问如何创作一部受人喜欢的影视剧作品，当时我的回答还上过热搜，在座的同学有谁记得吗？”

江只只兴冲冲举起手：“倦大说，怎么爽怎么写。”

“没错，这位同学记得很清楚。当时有网友说我这个回答简直太随意。其实呢，我的本意并不是说可以不顾情节，不顾人物塑造，随意地乱写，而是说这个故事，首先作者自己本身要喜欢，你写得爽了，说明逻辑也好，剧情也好，都是游刃有余的，那它已经是一部及格线往上的作品。悦己，就有很大的概率会悦人，这样的作品才是有个人灵魂注入的，才是会被人记住的，就可以从及格的作品中脱颖而出，拿到高分。这样的作品，不会像那些流水线产品，看过就被人遗忘。”

江只只听得很认真，听到关键的地方还用笔记下来。

她的字如旧，幼圆字体，圆圆鼓鼓的样子，写得倒是很快。

言却的思维像一条射线，从他那一点发出，触碰到江只只又弹回来。他跟着移开眼，试图将注意力拉回到这堂公开课，可听着听着，射线又一次发出去。

她怎么还有咬笔的坏习惯？

射线再次从江只只那里弹回来，言却半垂着头，看着课桌上浅浅的纹路，是上一堂课坐在这里的学生拿着铅笔写的字。

——祝我美梦成真。

美梦成真，多幼稚又多难得的四个字。

言却嘴角微弯。

就在这时，阶梯教室的灯闪了闪，随后“刺啦”一声轻响，整间屋子陷入黑暗之中。

“倦大不要慌，只有帅的人来，这栋楼才会跳闸。”漆黑中有男声调侃说，教室里响起一片闷笑声。

这栋楼建筑老旧，虽然已经修过许多次，电路还是偶尔会短路，大家已经很习惯了。

江只只平时这个点都在补觉，刚才靠着倦大支撑精神，现在黑暗陡然来临，她不自觉地犯困，趴在桌子上闭目养神，等着一会儿来电了之后认真听课。

她的手垫在右脸下，指尖在深秋的空气中有些发凉。

突然，凉凉的指尖触碰到一片温热。

江只只听见低沉的男声，轻轻似呢喃。

“确认一下。”

暧昧的气氛一触即发，教室里的灯在这一刻亮起。

陈倦笑着叹气：“看来我还是帅得不够彻底，才停了一分钟就又来电了。”

“只只，你睡着了吗？”

梁舒眉叫着江只只，她还趴在桌子上，发着愣看着自己的手指。

刚刚……是错觉吗？

可如果是错觉，怎么会那么逼真？如果不是……

她的视线稍稍错开，落在拿着笔的言却身上。他依旧和一座雕塑一样，完美又冷漠，轻易不泄露半分情绪。

如果不是，言却又怎么可能那么幼稚，在断电的时候偷偷牵她的手？

江只只深呼了一口气，坐起来。

那大概是她恍惚睡过去后出现的幻觉吧！

星光从窗缝里溢进来，上完课的教室，随着灯的开关被人按上，又回归于安静。

月光也赶来支援，和星光一起，将教室里的一角照亮。

第一排最边上的位置，“祝我美梦成真”几个字的旁边多了幅画——用简笔勾画的心电图，从无甚起伏，趋近于横线到大起大落的波浪，再归于平静。

“有效的肢体接触所带来的心绪波动可以作为参照依据，波动越大，证明对方对你的影响就越大。”

今夜有人确认过了，这个数据接近准确。

指尖接触时，有人正难以抑制地开始心动。

（八）

一天、一天贴近你的心

1.0

陈倦的公开课，给江只只在故事创作上指引了一条新的道路。

首先要自己喜欢，才能让读者、让观众去接受并热爱。

公开课结束后一周，江只只还时不时地回忆起陈倦的话，以及公开课第二天的采访环节中自己和陈倦的对话。

“收效快、成本低的甜宠剧目前是主流，大批编剧也投入这类题材的创作，那些大制作的职场剧、古装剧反倒没有那么多人去写。我想问倦大，您创作新项目的时候会不会考虑到题材和市场这类问题？”

“我会考虑，但是在真正想写的故事面前，这些外在因素都显得无足轻重。写故事的人，会毫不犹豫地想让自己喜欢的东西呈现在大众面前。尽力而为，写好故事。”

江只只翻出在电脑里放了很久，快要积灰的文档《予月光》。

这是她对文字、对故事最初的热望，也是她遇见言却之后，对他最初的描绘。后来因为和林格较量，再加上大学后主修的是与小说完全不一样的文学形式，她就把《予月光》搁置了。

陈倦的话让她又想起这本书，她应该把这本书圆满完整地呈现给大家。

她觉得等这本书完结，她对自己要从事的文学事业可能会有一个新的认识。

江只只整理《予月光》前面的故事线和后续的大纲，难免又习惯性熬夜。连着三天，江只只都会在凌晨十二点零一分收到言却的微信消息。

【meisbieka：陈倦的签名书，要吗？】

【只只呀：要要要！】

她秒回之后，言却就不说话了，然后一分钟内，她就在朋友圈看到言却新分享的健康推文。

第二天几乎同一时间——

【meisbieka：顾知洲最近不太对劲。】

这么劲爆的消息，江只只立刻冲过去八卦。

【只只呀：怎么不对劲儿了？被人拍到恋情了吗？不过他最近不是闭关在剧组拍戏？】

言却又不说话了，依旧在朋友圈分享新的健康推文。

第三天……

【meisbieka：下周五的公开课是有关制片人的，学校没有太对应的院系，名额平分，你统计下你们系的名单，下周给我。】

这次江只只没有秒回。

小区楼下，言却在路灯边站了一会儿，江只只还没有回，应该是睡着了。

言却收起手机，手插在大衣口袋里，在寂静的秋夜里漫步。最近他的失眠越发频繁，几乎到了每周只有一两天能睡好，剩下的几天都只能睡两三个小时的程度。

他去医院检查过，没有什么病，只是他的脑子一刻不停地紧绷着，即使吃药调节，效果也甚微。

医生说这种状况，只有放松心态才能有所好转。

可他从小到大都是这么生活的，不知道什么是停下来，怎么样才是放松。

大概像现在这样，在本该忙着思考正事的夜里，他却在想一些别的事情、别的人，都是一种变相的放松了。

口袋里的手机振动，本该睡着了的江只只回了消息。

【只只呀：好，等我回去就统计。】

【只只呀：言却，我……】

【只只呀：算了，你早点儿休息，晚安。】

她的反应和平时很不一样。

言却迅速地捕捉到“回去”两个字。

【meisbieka：你没在寝室？】

【meisbieka：你在哪儿？】

江只只三分钟没有回消息，言却直接一个语音电话打了过去。过了好一会儿，江只只才接起来。言却首先听到的，是对面的吵闹声。

“你在哪儿？”言却重复了这一句。

“在二院。”江只只像是在跑，声音有些喘，过了会儿，旁边安静了很多，应该是跑到了外面，“不关我什么事情，其实是谢钰晚上……”

江只只还没说完，言却直接挂断了电话。

江只只：“……”

她收起手机，折身往回走。

1001病房外站了五个男生，小的看起来也就二十出头，大的也不到三十岁的年纪，每个人脖子上都戴着手指粗的金链子，挽起来的袖口露出一截花臂，浑身上下都透着一股“老子非常不好惹”的气质。

江只只经过几个人时，见站在最前面的那人眉眼疏阔，倒是长得周正又和善。他盯了她一会儿，她连忙加快脚步进了病房。谢钰正面无血色地瘫在病床上，手上挂着点滴。

“我爱林凡，林凡爱我，你一亲我，白敬亭算什么。”

谢钰声音沙哑：“你自创的这首歌仿佛有毒。你唱言却，结果你现在都没追到他。我唱林凡，结果发现他是个渣男。我呸，他有什么脸跟白敬亭相比！”

江只只：“……我觉得自己现在有被冒犯到。”

谢钰病恹恹的，平时的猛虎变成了病猫，江只只就没再和她计较这个。

“对了，门外面站了几个看起来像大佬一样的男生，是林凡找来的？”

1001隔壁就是林凡的病房。

谢钰和林凡年初开始谈恋爱，感情一向很好。但最近谢钰突然发现林凡脚踏两条船，果断决定分手。林凡也是个奇才，说要和谢钰喝一顿分手酒，然后说再见。谢钰本着“想看你还作什么妖”的想法就去赴了约，结果林凡找的那家街边小饭馆不太正规，酒里掺了假酒，两人喝到最后双双被送进了医院。

谢钰最后的通话记录是和江只只的，医院就直接打给了她。江只只赶过来时，没喝多少的谢钰已经清醒，倒是林凡，为了壮自己的怂人胆灌了好几瓶，直接被送去洗胃，现在还没醒。

谢钰往外看了一眼，很平静地说：“哦，他们啊，是我找来的。”

江只只惊了：“你还有这门路？”

“其实是我堂哥谢唐，和他几个室友。”

“你……堂哥？我记得他是 A 大医学系的研究生吧？”

谢钰点点头。

江只只满脑袋问号：“那花臂？”

“是文身贴纸。”

“金链子呢？”

“五块钱一条，在地摊上买的。”谢钰说，“谢唐打算等林凡醒了从精神层面吓吓他，也算是给我出口气。”

江只只：“……你堂哥，真是个人才。”

“咚咚咚”，病房的门在这一刻被敲响，江只只走过去开门。

背着走廊的光，来人的面目落在视线里有些模糊，但江只只对他的气息太过熟悉：“你怎么来了？”

言却走进来，身上带着风尘仆仆赶来的凉意，视线扫过床上瘫着的谢钰，再落到行动自如的江只只身上，凝滞的表情才松缓下来。

看来她没什么事，言却心道。

“没什么，睡不着而已，但又不想浪费时间，索性来医院做个复检，顺便想起你说你也在这儿，索性就过来看一眼。”

“复检？你哪里伤到了吗？”

言却“嗯”了一声：“以前的伤。”

江只只的注意力全都集中在他说的“伤”上，根本分不出心去想他话里的漏洞。

安静下来的外面突然又开始吵吵闹闹，一声比一声高，听着有点儿危险。江只只好奇，要出去看看，言却却先一跨步挡在她面前：“现在看完了，我要走了。”

他出门，顺手将门合上，人还堵在门口，将江只只要去看热闹的路给封了。

江只只：？？

半分钟后，言却又把门打开了。

江只只探出个头，看见外面的一幕，表情登时扭曲。

谢唐的几个朋友为了撑住不睡，力求林凡醒来的第一时间要他好看，头悬梁、锥刺股，拿鞋带一端绑住刘海，另一端挂在门把手上，结果林凡醒来一拽门，鞋带一下把他们的头发扯掉好几根。

当代秃头青年人，头发是本命。于是谢唐几个人一拥而上，冲进病房，开始吓唬林凡，说要用八四消毒液洗洗他满脑袋的污秽，再把他泡在福尔马林里做标本。

江只只感叹：“现实永远比剧本精彩得多。”

2.0

谢唐几个人出气的目的达到，就从林凡病房里出来了。今夜已经太晚了，二院附近的酒店又一向是爆满状态，几个人商量了一下，决定找个通宵营业的KTV包房待一晚，想唱想睡觉都可以，第二天一早再各回各家，各自美丽。

“江只只是吗？谢钰总和我提起你，反正离天亮也没几个小时，你不如跟着我们一起去唱歌？”谢唐看着江只只，心里蠢蠢欲动，遂提议道。

这个时候回去，寝室阿姨肯定会骂她的，反正她还不困。作为KTV麦霸，江只只有些心动。但是言却在这儿，她肯定要顾虑他，他应该不会喜欢那种场合。

她用眼神询问一小时前就“看完了，要走了”的言却：走吗？

谁料言却一个眼神也没有分给她：“刚好我回去也没什么事，一起去吧！”

江只只：？？

这怎么和她想的不一样呢？

KTV离二院步行只有十分钟，几个人订了个包房。谢唐拉着江只只去点歌：“谢钰说你唱歌特别好听，今晚一定要露一手。”

江只只之前参加选秀的时候五音不全，后来专门去学过一段时间发音，其实她嗓音条件很好，又甜又萌，只是乐感不好，跟不上调。江星沉有时候打游戏就让她在旁边说话，这样队友就以为江星沉是个萌妹子，各种照顾他。

知道自己的缺点和优点之后，江只只后面唱歌就唱调子简单、突出嗓音特质的歌，也算是在寝室K歌界占有一定江湖地位。

本来言却在旁边，江只只还想矜持一些，奈何实力不允许她低调，她点完了歌，大大方方地站到前面小舞台上立麦的位置前：“喂喂……下面呢，我给大家带来一首我最近很喜欢的歌。”

她说着瞟了一眼言却，言却坐在小舞台对面的沙发上，坐姿端正得像是拿直尺比着。撞进她的视线里，言却目光淡淡，被她盯了一会儿也没有像平常那样移开目光。

江只只心里突然有种莫名的感觉，就好像最初她写了一个男主角突然从天而降，和她相遇，这一刻的感觉和那一刻一样，好像真的有什么从天而降了。

轻快的前奏缓慢地响起，是一首甜甜暖暖的歌曲《第二杯半价》。

江只只忍住鼓动的心跳，扶着立麦。

“每天每天，都路过那家奶茶店 / 每天每天，它都把广告念一遍 / 第二杯奶茶，全部半价 / 可是，却没人陪我兑现……

“小橘猫天天，坐在那家奶茶店 / 有时候我也会，偷偷地去看一眼 / 第二杯奶茶，全部半价 / 每一天每一天，这么念……”

谢唐几个人拿着手摇巴掌在下面激情欢呼，江只只每一次停顿，他们都会接着唱半句，像极了狂热的追星女孩。

气氛渐渐变得热烈，整个包房都充斥着快乐的因子，只有沙发上连姿势都没换的言却，与这氛围格格不入。

“我多么想有一个每天陪我喝奶茶的人 / 不要波霸只要仙草这句话讲特认真 / 我多么想能和你一起分享这一杯快乐 / 这样你就可以独爱我一个。”

江只只扬起笑，看向即使在昏暗的包房里也能让她一眼捕捉到的言魔王。

之后的歌词被江只只轻声念出来，带着猫一样的奶音：“乌龙玛奇朵，奶茶配 coco，葡萄柚多多，我爱你很多。”

“安可安可！！再来一首！！”

江只只低声咳了咳：“目前我只擅长这一首，如果唱别的，你们今夜都将被我吓走。”

包房的灯光只将小舞台那一方照亮，每分钟是三十秒的温柔暖光和三十秒的霓虹彩光交替。

她说着从小舞台上跳下来，刚好暖光切换到彩光，她周身由温柔过渡到绚烂。

江只只走向言却，离得近了，发现他的姿势还是稍稍变化了一些的，后背靠在沙发垫上，把头歪向一边，仿佛睡着了。

谢唐接过江只只的接力棒，站上小舞台：“我刚好最近也很喜欢一首歌，和你唱的那首很契合。嗨，要不怎么说我和只只学妹有缘呢！”

“有缘的只只学妹”没怎么听进去谢唐学长的呼唤，她正像猫一样，睁着琉璃珠子样的眼，暗戳戳地盯着自己的猎物，然后缓慢地匍匐靠近。

她伏趴在沙发另一边，一点点靠近言却的位置。

书里总写，女主角在男主角睡着时轻轻靠近，观察他的睡颜。

男主角虽然醒着，但装作还在沉睡，在女主角靠近时内心波涛汹涌：这个女孩子好单纯、好可爱，和我见过的那些有目的接近我的那些完全不一样。

言却有失眠症，江只只觉得他肯定没睡着。

她越靠越近，脸上是精心调整的完美表情，靠近一点点，再一点点。

下一秒，一只大手扼住了命运的脖子。

江只只的靠近之旅就这样中途夭折。

江只只眼睛往上翻看着按住自己脑袋的大手，再看手的主人，在偶尔灯光切换时有微弱的亮光扫过来一缕，看得清言却眼底确如她所想一点儿睡意也没有。

“想暗算我？”

江只只：“……”

“你闻到什么了吗？你一出现，空气就甜炸，手里拿着哈密瓜冰沙/想要和你第二杯半价，这样甜甜的爱情啊，小姐姐请了解一下……”

此时谢唐正在激情献唱，他的嗓音清透，隐隐有引炸整个包房的势头。

言却坐正，眼睛看过去。

江只只跟着看过去。

台上的谢唐看不太清下面江只只在哪儿，就干脆双臂举过头，往四面八方散发爱心。

言却眯了眯眼，还按在江只只脑袋上的手一扭，把她的视线从谢唐身上又扭回来。

谢唐往这个方向比的爱心“啪叽”一声掉在了地上。

江只只睁着无辜的眼看言却，问：“怎么了？”

“这是我刚去做复检时医生教我的一个手法，多扭扭，对肩颈好，尤其适合你这样长时间坐在电脑前的人群。”言却说着收回手，江只只下意识又扭了扭脖子。

那厢谢唐闭着眼睛，握着立麦唱到忘情，言却站了起来："我要去外面走走。"

江只只自然不会放过这种机会，笑得眼弯弯："顾知洲不在，我陪你好了。"

言却淡淡应了一声："嗯。"

"你实在太可爱，要不要跟我来 / 有你的存在 AiAiAi，生活都被你萌翻 / 有你的存在，没别的期待！"

谢唐完美收尾，"啪"地打了个响指："开灯！"

他的手做邀请状，脸上的笑容在灯光亮起的一刹那凝固住。

"江只只人呢？"

室友答："刚跟着和她一起来的那小子出去了。"

"啪叽——"谢唐的满腔热情一瞬间和他比的爱心一样掉在了地上。

3.0

出了 KTV，就像出了熙熙攘攘的闹市，来到静谧安和的郊外。

后天就是中秋节，农历八月十三的月亮已经接近满月。

银辉遍洒，人间也似天堂。

言却走路的时候不爱说话，或者说他本来就没什么爱说话的时候，他沉默着，江只只跟在他身后也不说话，安静地踩着他的影子一直往前。

本来她是个爱热闹的人，可这一刻发现这样沉沉的夜景更让人心中疏阔。

不知是夜色动人，还是前面她喜欢的人太动人。

蹦着跳着踩了一会儿影子后，她终于开口，问前面那个她喜欢的人："你喜欢什么馅儿的月饼呀？"

"我不吃月饼。"

"也是，你喝奶茶都不放糖，更何况是月饼。"江只只往前快走几步，跟上他的脚步。

"中秋节只有三天假，我家不在A市，只能国庆节再回去。你虽然不是A市的人，但家就在隔壁市，中秋节就可以和家里团圆了。"

"我不过中秋。"

江只只一怔，言却的侧脸看上去依旧清冷，还透着几分孤寂："我父母都忙，除了过春节，其他节日在他们眼里都不算节日。"

他没有转头，却将她的反应猜得一清二楚："不用这么可怜地看着我，可怜是给无能的人，不是我。"

江只只："……"

如果一般人说这话，会让人觉得有夸大的成分，但言却说，怎么听怎么贴切。

江只只一抹脸，迅速换上目光灼灼的倾慕脸。

言却也不回家，那是不是说她可以跟他一起团个圆？

言却这回转头看她，她依旧是那个表情生动、情绪秒切换的江只只。

"你应该是演技最好的尸体演员。"

江只只拿这个当夸奖了："谢谢言导肯定，以后请言导在您的大作中为我留一个扮演尸体的角色。"

言却在这条街尽头停下脚步，问："你就只有这一点追求？"

"主业是追你，其他追求都是顺带的。"江只只对月喟叹道，"人，不能太贪心。"

"光主业已经很贪心了。"言却毫不留情地开口戳穿她。

江只只装模作样地"唉"了一声："生活不易，只只叹气。"

晚风轻轻地吹，一路沾染秋的气息。一片刚刚泛黄的叶子被风吹到言却头发上，他摘下来拿在手里。

旁边树枝沙沙作响，一道黑影"嗖"地窜过，江只只尖叫一声，拉着言却撒腿就跑。

言却完全不知道发生什么，被她拉着跑了几百米到宽阔的大路上才反应过来，反手扣住她的手腕，微用力将她拽回来停下。

“怎么了？”

江只只喘着粗气，手紧紧地揪着他的袖口：“那棵树下，有……有……”

“有蛇？”

“有……有……”

“到底有什么？”言却的声音有些发紧。

江只只喘匀了气，说：“有一个想邀请你来我心里的我。”

言却唇抿得紧紧的，她的情话说得那么顺口，像是储备到心里，随时随地就可以抽出来一句。

月亮那么好，他胸口翻涌的情绪那么渴望出来见光。

他喉头一滚，将所有躁动按压。

言却松开她的手腕，折身往回走，江只只小碎步跟上。

“你生气了吗？

“其实我是真的被吓到了，跑了几步才意识到那是猫，就想着跑都跑了，干脆拉着你跑远一点儿。

“你生气归生气，可千万要记住刚才我的表白，那是冒着被你拉黑的风险创造的名场面……”

江只只企图用插科打诨来分散言却的注意力，让他快点儿消气。

这是和言却相处这么久以来，她摸索出来的小窍门。

言却却一言不发，只是径直往前走。

今天的言却，怎么不吃这套了呢？

江只只纳闷，还是锲而不舍地追了上去。

相同的路灯，相同的追逐身影。

前面的影子偶尔放慢，等后面的影子快要追上时再不露痕迹地加快速度。

言却没有一刻像现在这样焦虑又不安。

因为他不仅记住了江只只说的那句话，还记住了她站在月亮下的模样。

她的情话比月光更柔和。

虽然在教室里，他对这一切已经有了准备，可什么准备，都敌不过心中的慌乱怦然。

这超出他从小到大的认知，未知的所有都带着不确定的因素。

而言却，要的是确定。

按照往常，他早就该停下，不应该走了这么远后，依旧控制不住自己的脚步。

月亮往西走，再不久，就会沉下。

言却的人和心，跟着月亮一起沉沦。

（九）

可盐可甜，入股不亏

1.0

@今天也要追男神：农历八月十五，中秋节。

听说男神今年中秋和我一样形单影只，本来我策划了一揽子陪同计划。在阖家团圆之际，他孤单寂寞，我暖心陪伴，好一段大好姻缘就此展开。然而就在这时，杀出一个不速之客。为了男神的人身安全考虑，我决定独自面对这个棘手的麻烦。各位，我们山水有相辶……

@棉花乡里说丰年：好，看最后那个半个“逢”字可知今今被麻烦抓走了，散了散了。

@我将带头考研：一楼不担心麻烦是男配角吗？会抢走今今的那种。

@棉花乡里说丰年　回复　@我将带头考研：以今今对男神丰沛的爱，在她眼里，男人分为两种，男神，和男神之外的人形物体。

@我将带头考研　回复@棉花乡里说丰年：……不得不说，你说得有道理。

然后评论去又是一片“哈哈哈哈哈”。

“说吧，那个男人是谁？”

江只只停下刷微博的手，抬头。

她的对面坐着一个少年，一身运动装，头戴棒球帽，眼角稍稍耷拉着，下巴微抬，朝气蓬勃的脸上满是和这个年纪不相符的不耐烦。

江星沉面前已经空了一个全家桶，江只只把手边的吮指原味鸡推过去，试图转移他的注意力：“你没吃多少，要不再点点儿别的？”

面对这样极致的诱惑，江星沉居然拒绝了：“不必了。”

那这事情可就严重了。

江只只正襟危坐，江星沉掰着手指头细数她的罪状：“本来说好这个假期你陪我，但你临时说不能回了，让我自己浪去。我，作为一个身心还在成长的少年，你这样的放鸽子行为给我幼小的心灵带来了极致的创伤。我就是来看看，到底是什么样的野男人，能让你舍得伤害我这样可怜又可爱的弟弟。”

江星沉比江只只小四岁，智商奇高，今年刚上高三，就早早拿到了 A 大的保送通知书，现在成天没事就蹲在家里做实验。

天才少年做实验做累了也想找点儿别的事情调剂，“江只只和她的野男人”很明显成了江星沉新的研究对象。

江星沉没有事先通知江只只就来了江大，打了江只只一个措手不及。

自家古怪弟弟有多难缠，江只只心里是有数的。她顽强坚守阵营：“胡说什么呢，哪里有什么野男人？”

她倒是想有，但是言却不承认，真是闻者伤心，听者流泪。

“哦？没有吗？”江星沉点点头，说，“不过你也老大不小了，是时候给我找个姐夫了。我今晚就突破一下各大恋爱网站的门户，把你的信息悄悄地加进去。明天一早，你将就带头相亲。”

“停！”江只只心里“咯噔”一跳，咬牙道，“算你狠！确实有野男人，但不过是我单纯追他并没有追上罢了。”

江星沉露出看穿一切的表情：“算他有审美。”

“江星沉你——”

“叮铃铃”，微信的语音通话提示音打断了江只只接下来即将对江星沉发起的一连串诅咒，她窜到江星沉身边，一只手猛地捂住他的嘴，另一只手接通电话。

“呜呜呜……”

江星沉的挣扎被江只只无情忽视。

语音通话接通，言却的声音砸过来：“你在哪儿？”

怕言却有事过来找她撞上江星沉，江只只随口说：“我在图书馆。”

“我现在就在图书馆，你不在。”

江只只：“……”

“嗨，其实我在射箭场，上次练得胳膊抻了怪丢人的，这次也不好意思和你说。”

言却：“我十分钟前刚去过射箭场。”

江只只：“……”

“我，其实我在……”

“季禾子二十分钟前回去，说你们寝室没有人。奶茶店老板回家过中秋，半小时前关店。”言却笑了，“所以你在哪儿？给你三分钟，现编。”

江只只：“……”

江星沉怒了，这人敢这么嚣张地欺负他姐，四舍五入就是欺负他！

他一把掀开江只只的手，抢过她的手机，恶狠狠地开口：“她在我身边，怎么着？知道我是谁吗？A市你小沉哥，不服就过来受死！”

江星沉“啪”地将电话挂断，粗声粗气地说：“对付这种男人就要硬气一点，告诉他什么是规矩，什么是体统！”

江只只额角青筋突突地跳。

她就知道，让江星沉撞见言却就是这种悲惨下场。

“是不是感恩你拥有我这么可爱的弟弟？”

“是啊，感恩。”江只只微微笑，下一刻，她一个如来神掌劈向A市小沉哥。

2.0

江只只把江星沉暂时安顿在江大附近的一家旅馆里。

本来她是想第一时间找言却将“小沉哥”的事情解释一下，但言却不回微信，手机也关机了，她只好先回寝室，等之后能联系上他再说。

季禾子在《对你何止中意》剧组杀青，从X省回来。

江只只进门时，她已经将东西收拾好，捧着一本厚厚的刑法书在看了。

这学习觉悟，真的令人动容。

“谢钰已经订好了地方，晚上我们去吃火锅为你接风。”

“好。”

江只只翻着桌子上季禾子带回来的礼物，X省特产的手工编织小挂件，送她的是一对黑白相间的猫咪，她把稍微小的一只挂到自己的钥匙扣上，另一只打算给江星沉，算是封口费，省得他回家添油加醋地造谣。

她往季禾子那儿瞄了一眼，有些诧异："你怎么一直在看这一页，还是课后习题部分？"

季禾子的手一扣，将书合上，脸上有些不自在。

"我先去洗澡了。"

江只只看着她还没干的头发："你不是才洗完？"

季禾子默了默，回："没洗好，我再洗一遍。"

她匆匆地进了卫生间，江只只觉得她整个人都怪怪的。一向对学习无比专注的季禾子居然会在看书时走神，简直像是在 X 省被人掉包了。

卫生间内，花洒开得很大，冷水喷洒出来，浇得人无比清醒。

季禾子闭上眼，仿佛还能看到那个人将手搭在自己肩上，笑得勾魂夺魄，颠倒众生："这位仙女可以帮忙修个水管吗？"

酒店里的水管哪用他们修，这明显是借口。

季禾子关上花洒，一切企图打乱她学习计划，影响她实现律师梦的，都是阶级敌人。

晚上的聚餐在江大校外的一家火锅店。

江星沉这个天才少年唯一的弱点就是，他是个吃货。

肯德基全家桶堵不上他的嘴，那火锅一定可以。

"吃火锅的时候你不许提野男人的事情，能做到就带你去。"

江星沉眉头紧锁，在火锅和八卦之间挣扎，末了深沉道："那些无聊的事情我其实并不感兴趣，我只是担心你被人卖了，现在猪肉很贵的。"

"你居然去菜市场买猪肉？"

"不是，是我拿家里的一块猪肉做实验，老江发现后骂我的时候说的。"

江只只：“……”

暂时堵上了江星沉的嘴，姐弟俩放心赴约。

几个人订的位置从大堂转移到了单独的包间，江只只推开门，包间里的几个人齐刷刷地看过来。

江只只平缓地眨了眨眼，将门又关上。

“怎么了？”

“我好像出现幻觉了。”里面怎么多了两个人？

“怎么可能是幻觉。”江星沉挤开她，再把门推开，“我都闻到牛油火锅底料的香味了。”

江星沉拉着江只只进去，本来就莫名怪异的气氛变得更加诡异。

包间里的桌子是方桌，谢钰和季禾子坐在一边，季禾子在刷司法考试APP的题，谢钰则在闭目养神。季禾子对面坐着顾知洲，他手臂支着下巴，桃花眼中眼波流转，一眨不眨地盯着对面的季禾子看。

而顾知洲身边的人……

在江只只和江星沉到来时，他摘下耳机看过来，眸色陡然变得阴沉。

江只只：？？

言却的脸色是怎么回事？怎么仿佛她欠了他一百万一样？

江只只一脸莫名，江星沉的手从她手臂上挪开，然后旁若无人、亲密无间地搂住了她的肩膀，带着她坐到空座上。

顾知洲瑟缩了一下，旁边这人身上的煞气都快要把他淹没了。

他暂时把注意力从季禾子身上挪开，心道，没想到有一天还能看到言却主导的修罗场，果然人活久了，什么都能看到。

他努力为修罗场添砖加瓦：“只只啊，这位是——”

“不是亲人，胜似亲人。”江星沉飞快地接口，手则一刻不停地下羔羊肉，眼皮不经意地一抬，瞟了一眼顾知洲，“是你怎么也比不过的关系。”

顾知洲：？

江只只：？？

言却全程不发一语，手时不时地摩挲着水杯上凸起的纹路。

江只只偷瞄了一眼，他周身气息凛冽，脸色比她刚进来的时候更难看了。

这就不是欠一百万，倒像是欠了一百万之后还让他出卖了身体的样子。

江只只脑子乱成一团麻，江星沉还要给她添乱，他大马金刀地坐着，下巴对顾知洲扬着："喝雪碧多没追求，要一打酒，我和你不醉不归。"

顾知洲：？

江只只：？？

这局势的发展有点儿超出她的理解范围了，她挤出笑："我去看看鸭血来没来。"

"你跟我一起去！"江只只扯着江星沉往外拖，江星沉犹在说着："记得把酒安排上！"

"啪"的一声，门将他的声音阻隔，房间重新陷入诡异中。

顾知洲用胳膊肘杵了杵言却，小声说："只只身边突然多了个仅次于我好看的小哥哥，是不是有危机感了？"

顾知洲是跟季禾子一趟航班回的A市，他从江只只那儿知道今夜的火锅局后就不请自来，还特意殷勤地给升了包间。

他的目的清晰而明确，就是来找季禾子的。

可言却也跟来让顾知洲摸不着头脑。

要知道言却一向不怎么吃这些味道浓重的东西，就算是真的想见江只只也不至于非要跟来这儿，之后哪里见不到？

等看到江只只带来的小哥哥，顾知洲才恍然大悟。

原来，言却是吃醋了。

顾知洲越想越爽："哎，也是，人家比你年轻有为，比你活泼可爱。更重要的是，你不喜欢只只，人家喜欢，只只抛弃你转而投向他的怀抱也是不错的选择。"

言却眸子眯了眯，嘴角松弛笑了笑："你对江只只，是感同身受吧。我听崔导说，你在片场跟在别人身后，结果人家理都不理你。江只只至少还能得到我的理睬，你呢？”

季禾子翻书的手一顿。

“你坐在这儿孔雀开屏这么久，人家看你一眼了吗？”

顾知洲捂着心口，差点儿吐血：“你……你……”

这个恶毒的男人！

言却拿着帕子擦了擦手，从清汤锅里捞出一块煮得软烂的豆腐，吃的姿势优雅矜贵。

吃完这块豆腐，人还不回来，他就要出去抓了。

3.0

不知从哪一天起，那个总比她矮一头的少年一夜之间暴风刮过似的长大，她每次和他说话都要仰着头；每次想暴揍他，都会被他轻松躲开。

“江星沉你抽什么风？”

江星沉将帽檐压低，躲过江只只击来的一掌：“酒后见人品那野男人到底怎么样，喝大了之后你就能看清。我这是舍身为你，你居然还不领情。”

“我亲爱的弟弟，别以为我不知道你就是想找个借口尝尝酒的味道。”

江星沉下个月才满十八岁，在十七岁这一年，他无数次跃跃欲试想喝酒，结果都被老江无情地镇压。

想法被拆穿，江星沉摸了摸鼻子：“可我说的是事实。那野男人一双桃花眼，长得还特别眼熟。这种大众长相，十有八九就是欺骗你们这些无知少女的渣男。苦海无涯，我劝你早日上岸。”

“你等等——”江只只总算搞懂天才少年的脑回路，“你以为顾知洲是‘野男人’？”

“呵，他叫顾知洲？这种大众名字，渣男无疑了。”

“他是个明星，你觉得眼熟多正常，而且他不是我追的那个人。”江只只揉了揉胀痛的脑壳，叹了口气，“是坐在他旁边的人。”

江星沉闭了嘴，回忆了一下言却的样子又说：“那你的眼光还不错，不过那人虽然看着人模人样，但也不能代表他真的就那个样，我还是要喝个酒试探一下他。”

江只只一个千斤坠将他固定在原地：“你不要对他为非作歹，我追他并不是真的想跟他在一起。”

江星沉回头：“那你想暗算他？”

江只只：“……”

言却之前也这么问过她，果然优秀的人，脑回路都是相通的。

江只只咬咬唇，半垂着眼，无辜且可怜：“你也知道我参加过很多选秀，我亲眼见过所谓的偶像真实的一面到底是什么样子，追星实在是有风险的事情。但是这年头，不追个星没个精神寄托，生活实在太难了。所以……”

“所以？”

江只只在手机上翻到自己另一个生活号微博，她刚刚申请了言却的超话主持人。

“江大导演系的骄傲，电影界翘首以盼成长的天才，大一就凭短篇作品获得专业奖项的怪物新人，可盐可甜可高冷，入股绝对不亏。趁现在他还没有正式走入大众视野率先追星，在他落到低谷时不离不弃，这样他站在高峰时才会依旧记得我，这叫伪养成式追星。”

江星沉用他 180 的智商思考了一下这个逻辑：“所以，你追那个野男人不是恋爱的‘追’，是追星的‘追’？”

江只只支吾着：“差不多吧！”

毕竟谎言和真相差百分之九十也不算多。

江星沉靠在墙上，网上追星可以打投、可以刷榜支持，那现实呢？她能做什么，又想得到什么？他不懂。

“你想得到什么？”他不耻下问。

得到什么？

江只只想着那些饭圈粉丝的言论，真情实感地说：“我想他站在巅峰上闪闪发光，做我永远的太阳，照亮我前进的道路。”

姐弟俩促膝长谈完再回包房，里面的气氛因为少了个散发煞气的人而变得祥和了不少。

江星沉说：“你的太阳丢了。”

江只只问顾知洲：“言却去哪儿了？”

顾知洲往锅里下芝士虾滑，应道：“好像是去抓人了。”

“抓人？”

“别管他。言却嘛，偶尔不正常很正常。”

江只只心里七上八下，言却今天奇奇怪怪的，是不是还在因为江星沉之前中二病发作时的话生气？

她本来打算吃完火锅之后找机会解释，没想到言却就这么直接走了。

江只只喝了一口冰雪碧压了压不安的情绪，顾知洲指了指下面的酒：“这位兄弟不是要喝酒吗，我已经叫来了。”

江星沉老神在在：“刚才不是我说的要喝酒，那是我的双胞胎弟弟，我喝雪碧就好。”

“哟嚯！”顾知洲赞叹，“小兄弟反应很快嘛，比言不正常正常多了，怪不得只只想抛弃言却，转移到你的怀抱里。”

“噗——”江只只一口雪碧吐出来，“什么鬼？这是我弟。”

“这年头弟弟遍地走，我懂的。”

季禾子实在听不下去，今夜第一次搭理顾知洲：“这是江只只的亲弟弟，江星沉。”

顾知洲“呃”了一声：“所以今天不是三角恋修罗场，而是未来姐夫和小舅子亲情会面？完了，我到底给言却传输了多少错误思想！对不起，我为我的莽撞自罚一杯。”

三角恋修罗场……言却到底误会了什么？

江只只的眼前一黑。

“禾子你看着点儿江星沉，别放他出去害人。”

季禾子点点头，江只只转身撒腿就跑。

江星沉没有想害人的打算，很听话地吃火锅，他和江只只长得有六分像，不说话时就是清朗乖顺的少年。

他吃了几口停了停：“顾知洲？”

“朕在。”

“你应该和言却关系不错，也认识我姐吧？”

顾知洲点头，问：“怎么了？”

“如果我姐以后因为追不上言却难过，请你想办法通知我。”

“这弟弟真是好，放心，我会通知你过来暗杀言却的。”毕竟他想这么干很久了。

“不是暗杀。”江星沉抬头，脸色深沉道，“是来求他。”

顾知洲：“……”

“大丈夫，能屈能伸。江只只脸皮薄不好意思，我这个弟弟也该做些什么，反正我不要脸的。”

顾知洲：“……”

这弟弟，果然不是一般人。

顾知洲呵呵一笑：“吃菜，吃菜。”

4.0

言却讨厌火锅店，不只是因为他不喜欢吃味道太浓重的东西，更是因为只要进去一会儿，这种地方的味道会长久地沾在身上。

那些太喧闹、太有烟火气的地方，是他从小到大最抗拒的。

只要不靠近那些地方，他就不会觉得自己孤单。

言却为自己竖起高墙，拒绝看别人的眼光。

"江只只她们寝室要去火锅店聚餐，嗨，我知道你不会想去的，我只是告诉你让你羡慕我能去罢了。"

顾知洲的激将法并不高明，他一眼就能看穿，可他最后还是去了，是因为什么？因为语音通话里那个幼稚的男声？还是因为江只只为了掩盖和那个人在一起而找的种种借口？

言却分辨不清。

他只知道他跟着顾知洲去了，知道他看着江只只和那个男生亲昵地走在一起时整个人都不舒服，知道五分钟后那两个人还没回来，自己去抓人时听到江只只所谓的"追星宣言"时失落得莫名。

当初他遮挡自己的伞早在风雨中不见踪影，竖起的高墙也在日复一日的接触中出现了裂缝。

"所以，你追那个野男人不是恋爱的'追'，是追星的'追'？"

这句话跟着风声一起灌进耳朵里，让他心烦意乱，他遂在林荫旁边的长椅处停下。

江大图书馆东侧有一片小树林，平时来的人不多，言却想寻清净时会在这儿听着歌坐一会儿。

耳机里播放着一首大提琴曲，是舒曼的《梦幻曲》。

他坐下，手机在口袋里震了震。

白天他已经把常用的社交软件提示音关闭，却忘了自己还有个很久不用一次的微博。

在剧组发现江只只打卡号的时候，他鬼使神差地点了"悄悄关注"。

此时她的动态推送，成了他在隔绝世界时外界传进来的唯一消息。

江只只刚发了一条微博。

@今天也要追男神：

好多人私信问我到底被谁抓走了，这些私信中还夹着一条质疑我对男神的感情和目的不纯的消息。其实我刚刚和男神在一起吃饭，可等我出去再回去，他人已经走了。我找了一会儿才发现我对他根本不算了解，除了平时我们经常偶遇的地方，我不知道他还会去哪里。今天抓走我的人问了我一个问题，说追男神，我想得到什么。我说，我希望他做我永远的太阳，我并不是真的想跟他在一起。

虽然这话编造的成分很多，但这是我刚刚追男神时的真实想法。男神太优秀了，追逐一下就好了，我追逐一下也能沾染一些光。然而后来我意识到，我并不仅仅想要追逐男神，我还想要靠近他，我想和优秀的他在一起，不然我也不会在找不到男神时像个琼瑶剧女主拍MV一样泪洒西湖。

总会有人能拥有他，为什么这个人不是我呢？

这就是我的目的，我的感情，再有来质疑的，一律拉黑。追男神已经很难了，我不想再看这些给自己添堵。好了，我继续找男神去了。生活不易，今天的我一口接一口地叹气。

……

耳机里的大提琴曲进到欢快的节奏里，舒曼写这首曲子时正在热恋期，因为克拉拉对他说的那一句“有时候在你面前我真像个孩子”，他写了这首《梦幻曲》。

言却逐字逐句地看完江只只的微博，世界地动山摇。

高墙崩塌，温柔和怦然一起来打扰。

江只只在江大校园里漫无目的地寻找，其实她知道言却并不住在学校里，她今夜的寻找注定是一场空。

可除了江大，她确实不知道她还能在哪里遇到言却。

自己那条微博的评论会爆掉，江只只早就料到了。

其实平日里她也会听到一些不和谐的声音，无非是骂她不矜持倒贴言却，或者是只顾着言却优秀，一心想做梦。她是个很豁达的人，看见也一笑了之。

可今夜这个特殊的时候，设想中本来应该和言却一起度过的今天，她被言却误会，找不到言却。江只只心情低落，就没能忍住反击了。

在新消息里，有一条转发的微博映入江只只眼底。

@meisbieka：已阅 。/ @今天也要追男神。

江只只怀疑自己的视力出了问题。

她滑到她和言却的微信对话框，一个字母一个字母地比对，这个微博ID和言却的微信号一模一样！她的视力没问题，这真的是言却。

【对方正在输入……】

江只只的呼吸像被偷走，整个人傻在原地，静静地等着他接下来要说的话。

【meisbieka：你在哪儿？】

消息刚发过来，下一秒，语音电话响起来。

江只只抖着手按下接通键，言却的声音在这寂静的夜里似被搅碎的清澈泉水。

“你在哪儿？”

仔细感受，这泉水还有撞击到山岩回荡的效果。

江只只掌心发烫，声音支支吾吾的：“好像在图书馆附近……”

“嗯。”这一个字沉沉，带着些鼻音。

江只只再往前走，拐过一条小路，走出遮蔽天空的树林，能看见完完整整的月亮，也能看到从树林里出来，走到月亮下的人。

她不知道言却有没有记住自己在月亮下的表白，反正她这一生再难忘记他在月亮下的笑。

言却的右手拿着手机，唇角少见地微弯，话筒里和现场的两个声音交叠在一起，直击江只只的灵魂。

他朝她走近，一步，又一步，步伐坚定。

他终于站在她面前，笑比方才更深了一些，他说：“抓到你了。”

中秋夜月亮圆圆，飘来的乌云遮住了一点点边缘。

江只只怀疑是言却偷走了月亮的那一角。

不然冷漠如他，怎么会笑得比月光更温柔？

（十）

你悄悄来，我悄悄心动

1.0

江星沉准备在江只只这儿逗留十天之后再离开。

其实他想待更长时间，但“十一”假期前一中有运动会，他作为班级里啦啦队的主要成员，自然不能缺席。

江星沉返程前的这些天对江只只来说犹如世界末日，让人压抑又恐慌，因为A市小沉哥一反之前的作妖本性，不八卦、不找碴，只是安静地跟在她身后，上课时跟着她一起听课，下课时跟着她一起浪。

事出反常必有妖，江星沉这么跟了她三天之后，她用一顿纯正的四川菜作为突破口，企图撬开小沉哥的心房。

那一日，江星沉一边不慌不忙地嚼着冷吃兔，一边接受她的专场采访。

江只只：“请问这几天你跟着我有什么企图？”

江星沉：“抓紧每一分每一秒的时间，和我亲爱的姐姐进行亲情交流罢了。”

江只只：“……”

她又加了一桶串串香，再问一遍：“这几天，企图。”

“我明年就要到A大上学了，A市的两大高校A大和江大一直不和，我想来亲身感受下江大的气氛，知己知彼，方能百战百胜。”

江只只咬咬牙，使出了撒手锏。

“服务员，再加一份沸腾水煮鱼。”

江星沉的眼睛有些发直，江只只顺势逼问：“几、图。”

江星沉内心剧烈挣扎，末了却放下筷子，老气横秋地叹了口气：“我吃饱了，告辞。”

江只只：？？？

居然连水煮鱼都逼不出他的答案，这孩子是怎么回事？

专场采访被迫中断，之后的三天，江星沉一如既往，无时无刻不跟着江只只。

江只只唯有在回寝室之后能得一方自己的空间，就这个时候，江星沉还要跟她语音通话，因为他说自己在这儿只有她一个亲人，如果她拒绝，他就要以破坏家庭和谐为由回家告状。

在江家，破坏家庭和谐的人会在年度大会上被揪出来的。

江只只怕了他了。

下周五来江大上公开课的圈内知名制片人江只只也很熟悉，就是《对你何止中意》的制片人赵芊。

按照之前言却说的，这次的名额会平分给各个院系，戏剧文学系有到十个名额，晚上江只只将确定下来的名单发给言却。放在桌面上的手机里，江星沉在线质问："你十分钟没说话了，是不是在背着我偷偷地和野男人联系？"

江只只注视着电脑上自己和言却的微信对话框，敲字的手一顿。

别说，还真是。

"我找言却是有正事的。"

"呵，正事需要偷偷摸摸的？"

江只只无言以对。

对话框里言却接收文件后，过了两分钟才回复。

【meisbieka：辛苦了。】

【meisbieka：今天和江星沉去哪儿了？】

江只只的掌心微微发热。

自从中秋节那夜之后，变得不太正常的不只江星沉，还有言却。

虽然碍于江星沉的存在，两人这几天都没有好好地见过面，但每一天晚上，言却都会发消息过来，问她这一天的情况。这种每日结束前的汇报，让江只只无比期待晚上的到来。

"喂喂，江只只，你别以为不吱声，我就不知道你在干吗！"

江星沉还在锲而不舍地想拉回江只只的注意力，结果江只只完全听不进去，眼弯弯地对着电脑屏幕。

【只只呀：去了汇安广场那家最大的乐高店，江星沉在那儿玩了

一个下午。】

【meisbieka：那你呢？】

【只只呀：我带着电脑在旁边码字。】

她顺完了《予月光》的大纲，稿子已经在网站上更新了三分之二，剩下的三分之一她可以慢慢地、趋近完美地写完。

文里的严尔在江只只的脑海里已经有属于他的结局。

现实里的严尔，好像离她越来越近了。

对面的言却好一会儿没再回复，江只只在这个空隙里去抚慰十二次扬言要告状的自家弟弟：“言却刚说我整理的文档内容有问题，我重新做了一份。唉，我太难了，你就不要让我难上加难了。”

江星沉沉默了片刻，一下把电话挂了。

江只只：“……”这孩子真是缺少社会的毒打。

电脑上言却的头像闪了闪。

他一连甩了六七篇健康推文过来，内容总结起来就是一句话：早睡早起身体好，不喝咖啡活到老。

【meisbieka：你看下，领悟一下，之后写个三百字读后感给我。】

【只只呀：？？为什么？】

【meisbieka：写完再告诉你。】

江只只点开其中一篇推文，看了三行字，才想起一件事。

“哦，我好像又忘了问言却他是怎么知道我微博小号的了。”

账号“今天也要追男神”发的微博被疑似言却的网友转发之后，江只只三天没敢上微博。她追言却是一回事，让言却一条一条翻看她过去的微博则是另一回事。

这种公开处刑，谁扛得住？

但很显然，和在意这些相比，确认他转发微博的动机更为重要。现在江星沉的声音不在，言却又在线，这是个绝佳机会。

【只只呀：我想问你一下……】

她打字的手一顿，还是没能扛住羞耻心作祟，直白的提问变成了侧面打听。

【只只呀：你玩微博吗？】

【meisbieka：不玩。】

江只只："……"

她知道言却是不屑于说谎的，那那个账号估计就是乱码打字，碰巧和言却的微信名撞了。

我国十四亿人口，ID 名撞一下也不算奇怪。

幸亏她是侧面打听的，不然就尴尬了。

【meisbieka：有事？】

【只只呀：不玩就好，微博害人，你看顾知洲，就是刷微博刷得不正常的。】

另一边，言却看见这条回复，轻轻地笑了笑。

顾知洲扒着他的肩膀凑过来："有什么好笑的笑话能让你这个冷面魔王笑出声？给我也瞧瞧，让我这伤心人也开心一下——"

他喝了些酒，反应有些迟钝，看了十几秒才看懂江只只的意思，"啪"地一拍桌子："江只只个浓眉大眼的，没想到居然叛变暗害我这个队友，我要找她算账！"

言却收了手机，慢悠悠地说："要算账，得过我这关后再去找她。"

顾知洲："……"

他悲愤地伏在桌子上，今天他是不会快乐了。

2.0

第二天是周末，一大早，江只只撑着沉重的眼皮下楼，陪江星沉吃早餐。

江星沉今天的胃口不太好，只吃了两屉小笼包，外加两碗桂花小圆子就撂下了筷子。江只只撑着脸差点儿睡着，江星沉有些气闷："言却昨夜把你折腾得这么累，真是个无情无义的渣男。”

他这天真无邪的上半句让江只只打了一个激灵，陡然清醒：“沉沉啊，有些话不要乱说哈。”

江星沉嘴角抿平，好家伙，不仅累，还不给他言论自由。

他心里的酸泡泡一个接一个地往外冒，眼皮轻抬说：“今天你不用陪我了，我想自己去科技馆看看，你要是去，我还得给你讲解。”

“哦，谢天谢地，就这么定了！”江只只一扫方才困倦，兴奋地快速结账，和江星沉告别后飞也似的跑回寝室补觉了。

眼前的座位一瞬间空了，江星沉心里越来越不是滋味。

顾知洲昨晚在言却家喝到断片，之后就人事不省地睡下了。

作为一个公众人物还是一个逢喝必喝多的公众人物，顾知洲甚少能这么随心所欲地喝酒，除了在家，也就只有言却这儿能让他毫无顾忌地做回自己。

他睡到快中午才起来，顶着一头乱糟糟的头发到卫生间洗漱。

路过客厅时，他张大嘴打了个哈欠：“早啊，言缺德。”

顾知洲欢快地飘过，几秒钟后又飞快地飘了回来。

“哟嚯，这什么情况？”

言却的客厅和他本人一样风格简单冷淡，原木的布艺沙发上，给顾知洲留下深刻印象的江只只弟弟正和言却对坐着。

江星沉脚边，还放着一箱啤酒。

言却很淡然：“你来找我有什么事？”

江星沉打开啤酒箱，拎出一罐放在茶几上，手指一推，推到言却那边：“喝了这个，我们再谈。”

他还是想看言却酒后现原形。

言却想起昨夜他也是用这样的理由哄骗江只只去看健康推文的，这个固执又古怪的少年，在某些方面倒是和他很像。

顾知洲激动地拿着湿毛巾擦脸，善意地提醒道：“这位小哥，如果你想看言却喝大，搬空楼下超市的啤酒都不够，所以，你可以试试白酒。”

江星沉懊恼地嘟囔：“大意了。”

“顾知洲，你应该还不知道我在屋子里新安了个监控摄像头。”言却只说这一句话就停下了，没说的一句顾知洲很容易就脑补出来了——所以你在这儿喝酒喝大后一边哭一边喊季禾子名字的鬼样子，都被清清楚楚地录下来了。

顾知洲擦脸的手一顿，随后高举着往房间退：“好嘛，我撤退。”

少了顾知洲这个碍事的，这场谈判会顺利很多。

“顾知洲说得没错，你这一箱酒不足以让我醉。”言却伸手一掷，把啤酒扔回箱子里，才去看江星沉，“你为江只只找到这儿也不容易，如果不问出些什么，岂不是白来了？”

他打蛇打七寸，江星沉脊背挺直，复又往下一沉，肩膀耷拉着，神情一瞬间变得萎靡：“我这智商 180 的天才都被你牵着鼻子走，更何况是江只只。以后，她怎么斗得过你？”

他说着抬起头，牙根紧咬：“江只只虽然没有我聪明可爱，但是，在我家里，从来没有人敢让她受委屈。”

这一周时间，江星沉见识到江只只对言却到底有多迷恋、多喜欢。

那天吃火锅的时候，即使她刻意收敛，目光也时不时地飘向对面。

和他一起出去的时候，她偶尔会托着下巴，笑得眼睛亮亮的。

她先喜欢言却，本来就落了下风，而言却这个狗男人，居然还敢让她大半夜重新整理文档！

这不是欺负人吗？

想到这儿，江星沉霍地一下站起来，气势汹汹地瞪着言却。

言却恍然，原来江星沉是来给江只只讨公道的。

他觉得有意思，起了心思逗江星沉，兀自说：“顾知洲昨天来的时候带了一箱大闸蟹。”

“公的母的？”江星沉下意识开口，又觉得不对，重新绷着脸，“你不要转移话题。”

这姐弟两个的变脸技艺真是一脉相承的精湛。

言却站起来，单手插在口袋里，上下仔细地打量着江星沉，末了下定论说：“你姐比你要可爱。”

江星沉：？？

“放心，我不会让她受委屈。

“如果你不放心，不如去说服江只只放弃追我。

“不过，她不会放弃，所以你只能放心了。”

江星沉：？？？

这三连击把小沉哥瞬间击沉，言却走到客房门口敲了敲门：“听够了吧，听够了就出来煮蟹。”

顾知洲：“你听听，你说的是人话吗？”

3.0

江只只补完觉醒来，一边码字一边等待着小沉哥从科技馆出来后的下一步指示。

只是今天他格外安静，一直没联系她，不知道是不是看展览的时候被外星人抓走了。

这时，谢钰风尘仆仆地冲进寝室，卷走柜子里的一沓传单丢进背包里：“今天美术社招新，人手不足，社长让我拉人过去。他说有门路能搞到A大草莓音乐节的门票，只要是去帮忙的，人人有份。”

草莓音乐节是A大规模最大、人数最多、场子最嗨的活动，音乐节期间，江大的同学们会一反针对A大的常态，积极动用自己的人脉关系去抢票，是以草莓音乐节被称为两所高校走向和谐统一的桥梁。

只不过等音乐节一结束，这桥梁就迅速崩塌了。

江只只对草莓音乐节也神往已久，她保存好文档关上电脑，到谢钰那儿报到："我可以。"

谢钰又问季禾子："你呢？反正你最近书也看不进去，不如做些有意义的社会活动，譬如帮你可爱的室友这个忙。"

季禾子少见地叹了口气，点点头："走吧！"

从图书馆往寝室去的那一条主路上热闹非凡，学校各大社团支着棚子，成员们使尽浑身解数拉新生入团，大喇叭里各种招新口号此起彼伏。

"现在加入我们围棋社，立刻可获得棋盘、黑白棋子豪华三件套！"

"篮球社招新，报名即可拥有身高一米九的社长的拥抱，如果你够瘦，还可以举高高！"

"学习社学习社，汇集各大院系的头牌精英，进来学习，江大的明天有你！"

"……"

听到这句，江只只摇摇头："想学习，在哪儿都行，为什么非要加入个社团？学习社不可能招到人的，是吧，禾子？哎，人呢？"

方才站在她身边的季禾子突然间不见了踪影，她四下扫了一圈，见穿着美术社专属服装的季禾子正在空荡荡的学习社棚子那儿和对方社长探讨问题。

江只只："还真的有人去。"

"……还又来了一个。"

一个头上裹着丝巾遮住大半张脸，脸上还架着一副墨镜的神秘人士走到季禾子身后。

季禾子往后看了他一眼，又转头继续和学习社社长认真地探讨问题。

神秘人士就一直站在她旁边，时不时附和着点个头，一副"虽然听不懂你们在说什么，但是点头就完事了"的样子。

江只只发传单的动作缓了缓，这人，不会是想追禾子吧？

胆子这么大的？！

“美术社招新有什么要求？”

这声音太过熟悉，江只只的耳朵微微发麻，注意力瞬间就从季禾子那儿被拉回来了。她脸上是瞬间漾开的笑，在视线触及言却旁边的人时又猛地凝固住。

江星沉很不满她这见了鬼的表情：“你就是这么对你的可爱弟弟的？”

“不是，你不是在科技馆？怎么会在这儿？”

而且他不是一直防言却甚于防川，怎么会和言却一起出现，而且气场看起来还很和谐的样子？

她到底错过了什么剧情？

言却淡淡地道：“江星沉从外面回来，在校门口碰到了我和顾知洲，我们就一起进来了。”

“顾知洲？在哪里？”

言却往旁边学习社的方向点了点头，“神秘人士”顾知洲正靠在栏杆边，姿势帅气撩人，江只只仿佛看到他身后隐形的孔雀尾抖了抖，准备一次绝美开屏。

顾知洲……在追禾子？

这是什么令人世界观碎裂的爱情？

江只只震惊的时间有点儿长，很少被晾着的言却，和一直被晾着的江星沉几乎同时开口。

言却：“上午做了什么？”

江星沉：“看看你可怜的弟弟吧！”

言却：“……”

江只只转回头，言却已经将一瞬间崩裂的表情藏好，他伸出手：“听说美术社社长有音乐节的门票，我表妹一直想去，剩下的传单给我，我来发。”

江只只将手上一沓传单的一半分给他。

“嗯？”言却有些疑惑，江只只狡黠地眨眨眼，说，“你的表妹，四舍五入就是我的表妹，我也想为表妹的梦想成真助力，而且……”

而且——

此刻的天蓝得像画布，云是挥洒上去的水彩，偶尔路过的飞鸟是墨色点点。

下面的他们，一个穿着白色连衣裙，一个穿着白色衬衫，站在来来往往的人潮中。

这样的他们，真的很像一对情侣。

江只只弯弯眼，往前一步，和言却并肩站在一起，鬼扯了个理由，接上那个“而且”：“而且我要是半路走了，谢钰一定会暗杀我的。”

路过的一个学妹走上前，江只只递出传单：“美术社了解一下。”

“你是言学长吗？”学妹完全没听到江只只的话，目光黏在言却身上，“我看了学长导演的江大的宣传片，立刻就决定来这里了。我还关注过学长的超话，现在在努力申请做超话的小主持人。学长在美术社的话，我也想加入，可以吗？”

“不可以。”

“不可以。”

江只只和江星沉同时开口。

学妹的表情瞬间变得尴尬，言却伸手接过江只只递出的传单，再递给学妹：“我不在美术社，我是来帮她的忙的。”

“这样啊……”学妹看了看江只只，表情失望，并没有接传单就走了。

“帮她的忙”这四个字化作细小的电流穿过血管，一路游走，直往江只只的心里钻。

她的整个心脏微颤，喜欢的情绪变得炽热，她的目光也灼灼。

言却垂眸，将那张传单叠成纸飞机：“我用你来做挡箭牌挡走不相干的人，你不介意？”

江只只摇摇头，这并没有什么可介意的。

“但我介意。”

他简单的三言两语，轻易让江只只的脑子又开始乱作一团。

言却伸手一抛，纸飞机乘着风，往远处飞走。

我介意，是因为你好像确实是让我不再看别人的理由。

所以，你并不只是个挡箭牌而已。

（十一）

你不用追，我就会喜欢你

1.0

@今天也要追男神：9 月 27 日，晴。

送走了这些天缠着我的“麻烦”，终于有时间来更新我和男神的日常了。其实我很爱这个“麻烦”，我看着他从小长到大，知道他虽然总是装成老气横秋的样子，但其实他比谁都要幼稚。他努力隔开我和男神，和我单独相处，应该是吃醋了吧？可最后的两天，他逐渐妥协，和男神相处和谐，我知道他是为了我在改变自己。这两个男人呀，我都喜欢。

……

送走两个男人中幼稚的那一个，江只只在公交车站边发了微博，顶着言却同款 ID 的网友第一时间转发。

@meisbieka：已阅 。/ @今天也要追男神。

虽然知道这不是言却，但江只只心里还是下意识地“咯噔”一声。

她回了学校，买了杯奶茶直接奔着图书馆去，准备找资料写之前言却留给她的作业——三百字以上的健康推文读后感。

对于江只只这种经常熬夜的人来说，仔仔细细地将推文看完并不会有多大的感受，但事关言却，她也不想敷衍过去。

既然没有感性层面的认知，那就从专业角度入手好了。

江只只上了图书馆四楼，西边六个书架上放着的都是关于健康的专业书籍。

落地窗前有可看书的吧台，后面是整齐摆放的桌椅。江只只本来想借的书被人拿走，她只能再挑几本书，到一张空桌旁准备在知识的海洋里徜徉。

只不过她这条小帆船还没下海就被巨浪拍了回去。

她收到了一条私信。

@盛阅文化：今今老师你好，这里是盛阅文化传媒有限公司的小编饺子，我们是一家做图书出版、IP 运营、作者规划的公司。小编关注今今老师很久了，一直特别喜欢看今今老师和男神的日常。如果有机会的话，今今老师可以考虑一下将这些日常集结成书出版，让更多的人来喜欢你们，小编非常期待能和今今老师合作！

江只只还从来没想过把自己追言却的日常出一本书这种事。

可她真的疯狂心动，她迫不及待地想让更多的人知道她喜欢那个人。

谢钰曾经问过她一个问题，在和林凡喝分手假酒之后出院的那一天。

“你追言却也这么久了，你有没有想过追到什么时候为止呢？”

没有回应的等待实在太煎熬，人都有个极限，再多的喜欢，也会有不想再蹉跎下去的那一天。

江只只想了会儿，说：“我不想藏着掖着，我想让很多很多人都知道我喜欢言却，这样即使没有什么结果，除了我之外，还有那么多人都记得我喜欢他。

“我想在一个特别的时候对他最后一次表白，盛大得让他以后也能记起我。这次之后如果还不行，以后我就不再表白了。但是喜欢言却这件事不是我可控的，不是我说哪天不喜欢他，就可以哪天不喜欢。我大概会从明恋转为暗恋，一直到我不喜欢他为止。”

眼下，那个“特别的时候”貌似要来了。

江只只把书从图书馆借走，带回了寝室。

她百度了一下盛阅文化，是国内很大、做书很精良的一家公司。江只只没再犹豫，很快和盛阅文化的负责人联系上，对方是@今天也要追男神的粉丝，对出书一事显得比江只只本人还要激动。

【盛阅－饺子：今今！只要你给我帮你出书的机会，我愿意把身心都献给你！】

【只只呀：倒也不必如此。不过按照现在我微博上日常段子的字数，集结成书还差不少。】

【盛阅－饺子：没关系，我们可以先签约，然后你慢慢发微博，

等到字数够了就出。】

【盛阅－饺子：本来我打算等你的微博再多一点再来联系你，但是国庆假期的时候，公司会举办几场签售会和见面会，这个机会还挺难得的，我想让你也参加，今今你觉得可以吗？】

这“特别的时候”就在眼前了，比江只只想象中的要早太多。

像是感知到这一场轰轰烈烈的倒追快要结束，江只只的心跳得极快。

她能感觉到言却对自己态度的转变，他的每一个笑、每一句算得上温柔的话都让她有一点点蠢蠢欲动。

等到每一点的蠢蠢欲动汇集成江河，在她四肢百骸间奔腾，她那么渴望地想去确认，确认那是不是心动，是不是喜欢。

只不过这样的确认注定会伴随着毁天灭地的危险。

江只只犹豫了一会儿，就坚定地敲下一个字。

【只只呀：好。】

晚上，这一天快要结束前，江只只如常收到了言却的消息。

【meisbieka：今天做什么了？】

【只只呀：做了件和你有关的大事。】

【meisbieka：嗯？】

【只只呀：就是想你。】

【只只呀：国庆假期期间你还在A市吗？10月3号，我想约你去一场我很喜欢的博主的见面会。她真的可爱又努力，见一面绝对不亏，见两面快乐无边。】

【meisbieka：不亏而已，没什么吸引力。】

【meisbieka：我有什么实质性的好处？】

江只只：？？？

言却居然也开始讲条件了，肯定是被顾知洲带坏的。

A 市机场的 VIP 候机室，顾知洲打了个喷嚏：“是谁在思念我？”

“不会是思念，肯定是在骂你。”言却放下手机，将风衣的袖扣扣好。

顾知洲嗤笑一声，说：“你现在自身难保，我劝你把讽刺我的力气省下来，好和家里对抗。不过谁能想到江大的那个公开课居然是你打着家里的旗号自己搞的，还拉了那么多业界大佬们参与。

“来，快让我多看你几眼，等你被家里扒层皮回来，可能就不长这样了。”

言却做事一向滴水不漏，这次被他爸言衡逮住，是因为参与这次公开课的某些业内大佬打电话给言衡，夸他怎么怎么出色，怎么怎么能撑场子。

言衡这才发现言却背着他干了什么，立刻怒气冲冲地喊儿子回家。

顾知洲为了季禾子在 A 市已经逗留了太长时间，经纪人一直催他赶紧回去复工，他的飞机比言却的先飞，广播里已经在播报他那一趟航班开始登机。

顾知洲抖了抖机票：“不过我倒是很好奇，之前你一向不屑动用家里的关系做事，这次怎么一反常态了？”

言却语音沉沉：“为了母校做些事情而已。”

顾知洲摸了摸鼻子，这理由听起来冠冕堂皇，但还真像是言却能干出来的事。

“走了。”顾知洲挥一挥衣袖，顺走了言却的新袖扣。

偌大的候机室，就只剩下了言却一个人。

手机震了震，江只只终于编好了“好处”。

【只只呀：好处就是，你大概，会收获一个，特别特别好的女朋友。】

窗外深深夜色里，一架飞机远航。

言却闭上眼，眉头皱紧。

10 月 3 号，他还在家里。

2.0

江大的运动会结束后，“十一”长假正式开始。

谢钰和季禾子都没有回家，一个每天去美术教室赶画稿，一个日常在图书馆安营扎寨般地学习。

江只只的见面会被安排在10月3号，汇安广场三楼的弗西书店。

她只把这个消息告诉了言却。

这样即使言却没有答应她，她还可以在现实生活里扮演一个情绪稳定的成年人。她不想做萎靡不振的落魄人，她是要做仙女的。

对于喜欢言却，她从来不后悔，也不心酸，所以不需要别人的同情。

@今天也要追男神：9月30日，晴。

唔，10月3号，有小伙伴们在A市吗？我在汇安广场三楼的弗西书店有一个小小的见面会，如果有时间，可以来找我玩儿。我给大家准备了一个小彩蛋：如果幸运，它就是彩蛋：如果不幸运，它就是炸弹。

反正，我喜欢男神，他永远是我的白月光，是我的心上人。

微博一发，评论里有人嗅到不寻常的味道。之前有粉丝说他们是属狗的，还真的很贴切。

@橘子草莓气泡水：我怎么觉得男神也会去？？

@十四不是四十：我也觉得，除了男神外，也没什么可以称为彩蛋的了吧？除非现场展现他们的结婚证。

@蒸饺煮饺都是我：骄傲挺胸，我在A市，3号我将带头见今今，有需要让我现场直播的小伙伴来交流，加QQ号进群：23457002。

@我爱今今一万年：楼上打广告的，举报她！

过了一会儿，饺子来找江只只哭诉。

【盛阅－饺子：今今，我小号被封了，本来想给来不了的粉丝们现场直播作为福利，没想到……唉，我太难了。】

【只只呀：办法总比困难多，不然用我小号？】

然后江只只一连三个小号都被封了，包括她做言却超话主持人的那一个。

江只只搬起石头砸碎自己的脚背骨，手忙脚乱地到微博小秘书那里递交材料，争取早日解封。

她怎么样不要紧，主要是她和言却的超话一刻也不能分割！

江只只弄完微博的事情已经是下午，她才来得及翻资料书写小作文。

前天言却例行听她汇报一天的活动时，对她说："你写好了小作文，如果拿了高分，我们再见面。"

这让江只只对这个小作文的态度更加谨慎，没有十足拿高分的把握，她是不会交的。

寝室里有一台小型的咖啡机，江只只把咖啡豆倒进去，放到启动按钮上的手停了停。

言却健康推文第一篇：喝咖啡次数太多对身体的危害。

高剂量的咖啡因能使人短暂地心律不齐，刺激胃黏膜，促使胃酸分泌，导致胃病等等，还因为会影响人习惯，使作息颠倒，导致熬夜，因此所诱发的潜在病症更是不胜枚举……

江只只的手收了回来。

看推文，一两次没什么感觉，三四次，文字会在脑中风一般地吹过，七八次会稍稍记住几个关键词……等到几十次，就会形成习惯记忆，俗称洗脑。

被洗脑的江只只放弃挚爱的咖啡，倒了杯热水，坐在桌子前看书。

这本书不厚，江只只翻了几页，惊奇地发现其内容和言却给她转的推文内容居然差不多。

而且微信推文的排版、措辞都更加简洁凝练。

江只只又注意到每隔几页，书右下角的页码都会有用铅笔轻轻点的一个小圆点，刚好和推文的每个节点对得上。

"我懂了，一定是这本书的作者在出版界混不下去，来公众号界发财了。”出版界这么难混，让她这个一脚踏进去的新人有点儿慌。

江只只“弃旧从新”时，今日份言却的健康推文又如期而至。

【meisbieka：[转发]】

【meisbieka：[转发]】

【meisbieka：这两个推文也可以选作写小作文的角度。】

言却每天会加新的内容，这也是江只只迟迟没写小作文的原因。

万一新的推文一来，小作文写起来更简单呢？

不过今天的她不想看了。

因为她已经有四天没有见到言却了，她不想再往后拖时间了。

【只只呀：不必了！！今天我就交！明天我就要见到你！】

【meisbieka：如果见不到呢？】

【只只呀：应该的应该的，下次重写时再努力。】

但是 3 号，她一定要见到他！

她相信，她会见到他的。

临市淅淅沥沥地下着小雨，露天的大阳台上，言却坐在椅子上，握着手机的右手上有一道结痂的伤口。

“倒真的是心里有数极了。”他轻笑一声。

“哟，我找了半天没看到你，居然跑这儿来了。”推拉门被拉开，祝轻光拿着一瓶纯果实酿的白酒坐在他旁边，“进门前故意把手擦破皮来让爸心软，现在还想将自己冻感冒继续卖惨？”

言却将手机收起来，没有搭话。

前天祝轻光跟着丈夫言佑一起回家里时，除了在国外的言母外，一大家子都到齐了。言衡坐在客厅里，眉头紧锁，一根接一根地抽烟，时不时蹦出一句：“那个兔崽子，等他回来，看我不宰了他煲汤！”

言佑将烟灰缸挪走，换上一杯言衡最近挚爱的奶茶：“爸，消消气。”

言佑的父母在言佑幼时出了事故双双过世，言衡便将大哥唯一的儿子接到家里悉心照顾，言佑也当言衡是另一个父亲。全家也就只有言佑，能让言衡的暴脾气收一收。

结果言却在言衡把奶茶里的珍珠都挑光时到家了。

“啪——”言衡一巴掌拍得红木桌子闷声响，他横眉冷对，喝道，“你个兔崽子，给老子跪下！”

言却抬起右手，把肩上的包放下，虎口上一道伤口明晃晃地亮出来，血珠还在往外渗。

言衡的气焰一下消散一半。

“兔……言却，你这手怎么回事？”

言却淡淡地道：“下车时不小心刮到了，没事，我已经拿矿泉水洗过了。”

“都出血了还说没事？这伤怎么能用矿泉水洗，简直是胡闹，晚上再化脓了怎么办？”言衡剩下的那点儿气焰也没了，整个人恹恹的，但他亲自致电叫回来的家人都在这屋子里，他这么轻易就举白旗投降简直丢人。

“啪——”红木桌子再次剧烈晃动，言衡指着楼上，“你给我用生理盐水洗好伤口、涂上药、缠上绷带，之后滚回你自己房间去闭门思过！”

祝轻光想起这场面就想笑，不过她并不觉得意外。

她公公那个人只有在商场上才精明，在家里就是表面暴躁奓毛，实际内心软甜。言佑常说，言衡是言家唯一的公主。

“刚才在和江只只聊天吧！”

这句话一说，一直安静装乖的言却眼中总算有了一丝波澜。

祝轻光敲了敲酒瓶：“喝一杯？”

3.0

祝轻光是和言佑一起长大的“小青梅”，在言却幼年，她就经常到言家来做客。

言却的酒量，都是被祝轻光锻炼出来的。

对着小雨和被乌云遮住的月光，姐弟两个喝完一瓶酒。

“卖惨是聪明做法，但老拿自己身体开玩笑就很傻了。白酒喝完暖身体就不会感冒了。”祝轻光目的达到，裹着披风往回走，扶着推拉门时她想到什么，对着言却眨眨眼，“其实如果你真的想回 A 市呢，我倒是可以让言佑和爸求个情，把你放出去。”

“你怎么会无缘无故地帮我。”言却眸色沉沉地看过去，“最近有媒体在跟你的行踪，你一定是想让我帮忙打掩护吧！”

“真聪明，这么说——”

“我不同意。”言却转着酒瓶，瓶口旋转几圈停下，正对着自己，“我也不想回 A 市，在家里很好，回去之后，又要整天被人烦。”

“啧啧，小却你可真不可爱。”祝轻光颇为失望地摇摇头，拉开推拉门走了出去。

雨势渐收，等彻底停下后，乌云轻纱就能从月亮上被扯下来。

明天，一定是个好天气。

言却真的像他说的那样，对回 A 市完全没有想法。

被言衡关禁闭，他就在房间里自娱自乐，将珍藏的绝版 DV 拿出来看了几部，翻出之前看了一半的书继续看，只不过张阿姨一天几趟送上来的饭菜他几乎没动过。

“言却是不是要修仙？”祝轻光今天要去见新戏的导演，临走前特意过来看了一眼。

言却那个不动如山的样子，让她都有点儿相信他昨晚说的话是真的了。

言衡正在吃早点，听见祝轻光的话，残暴地用刀叉将一根油条肢解：“你管他干吗？饿死还省心了。”

话是这么说，等午餐还是原封不动地被端下来，言衡炸了，夺过张阿姨手上的餐盘就往楼上冲，房门几乎是被他踹开的。言却正坐在地上安静地看 DV，听到动静他转过头，很平静地问：“有事吗？”

言衡把餐盘往旁边一撂：“吃饭，天天让张阿姨给你做了热、热了做，好玩吗？”

“我不饿。”

“放屁，你三天没吃几口饭，怎么能不饿！”言衡恨不得掰开这个兔崽子的嘴把饭塞进去，这家伙从小到大又闷又冷，一点儿也不好玩。爹活泼、妈优雅，也不知道这兔崽子是隔代遗传到了他家哪个祖宗的脾气！

“快吃饭，吃完饭把问题交代一下，然后连夜团成一团滚回 A 市去，别在老子面前碍眼。”

言却将 DV 暂停，坐到沙发上，看都没看一眼饭菜：“我不饿，直接交代吧！”

言衡：“……”

“打着家里的旗号拉人到江大上公开课，是因为这样比较方便又直接。您教过我的，时间不应该浪费在无用的事情上，中间步骤能省就省，只要结果好就行。和他们周旋费时费力，但只要搬出衡星来就可以省下百分之七十的时间。”

言衡额角青筋都在狂跳：“那省下的百分之七十的时间你干吗了？”

“这不在交代的范畴里。”

言衡：“……”

“至于原因，也没什么，学校需要这么一个让之后很多届学生都能有所受益的活动，我又刚好有这个能力，就答应苏教授帮忙了。”言却微笑，说，“当然，如果您觉得我打着您的旗号却没给衡星带来利益是不对的话，我可以公开说清楚这件事，不会让您为难。”

言衡：“……”

公开说清楚，然后让所有人议论他只知道钱，笑话他被自家儿子蒙在鼓里？

言衡恼羞成怒，抓起一双筷子扔在言却腿上，冷冷一哼，道：“你看你这不以为耻，反以为荣的样子，给我继续反省！”

言衡起身，“咣当”一声砸上了门，气势汹汹地走了几级台阶，走一步恨恨骂一句：“这兔崽子牙尖嘴利的，可气死我了！”

言家的动静闹得很大，顾知洲通过自家太后娘娘的传话七拼八凑地顺好剧情，伏在化妆间的桌子上笑得双肩颤抖。

新来的助理小罗进来，急忙把顾知洲翻过来，伸手掐他人中：“顾哥，稳住！”

顾知洲：？

顾知洲躲开：“你干吗啊？”

“顾哥不是抽了吗？”

顾知洲：？？

这小助理蠢萌蠢萌的，一点儿也不随他。

顾知洲还记得去嘲笑言却，获得双倍快乐。

【在河知洲：“牢饭”好吃吗？要不是我这儿有工作要忙，我立刻带着水果飞奔着去“探监”。】

等了好一会儿言却没回复，顾知洲志得意满地站起来往外走：“让言却哑口无言的感觉就一个字，爽。”

顾知洲要拍一个香水广告，场地在室外，只有一个单独的化妆间。他作为目前很有热度的流量小生，自然是第一个用化妆间。他和小罗走出去，与他合作的几个艺人都在外面等着。

顾知洲的志得意满，在瞄到某个熟悉的清冷身影时，顿时变成不知所措。

秋意已从风中来，季禾子穿着一条单薄的青色纱裙站在那里，顾知洲看着都觉得冷。

“那个，你怎么在这儿？”他不记得这场拍摄有她啊。

早知道有她，他就盛情邀请她和他一起快乐地用化妆间了。

季禾子抱了下手臂：“临时过来救场。”

顾知洲舔舔嘴角，这才记得把外套脱下来给季禾子披上，结果外套没触到季禾子的手臂就被她躲开。

“我去化妆。”

顾知洲完全不知道什么叫“尴尬”，笑吟吟地跟上：“我去补妆，刚好一起。”

其他人面面相觑，目光中有羡慕，也有八卦的激动。

不过顾知洲再次坐到化妆间里，看着季禾子面无表情地拍粉，猛然间想起一件要紧的事情。

明天就是3号了，可言却今天还在家里闭门思过，根本走不了。

这岂不是说，江只只的期待要落空了？

不，他不允许自己追的连续剧以悲剧结尾！

季禾子去拿眉笔的手腕猛地被攥住。

她下意识握住那只手，然后猛地一扭——

“啊！”

季禾子蹙着眉：“我还没用力呢！”

而且他的叫声怎么听着那么古怪？

顾知洲把手抽出来，眉眼间第一次有了认真：“等拍完广告，我们一起回A市吧！”

季禾子一贯地不想和他多有交集：“不用。”

“江只只明天会在A市办见面会，你知道吗？不知道也没事，这不重要。重要的是，她在等言却回去，但是言却被困在家里不可能去，所以我想去给她救个场。”

“那我呢？”

顾知洲深吸口气：“我要是出现，一定会有不良媒体说我和她有一腿，我不想你误会，你亲眼见见就知道我清白得像只白斩鸡一样。”

季禾子倒是有些诧异顾知洲的想法，她用一贯的无坚不摧让自己忽视心里骤起的波澜："我不喜欢吃白斩鸡。"

"那红烧鸡、叫花鸡、麻辣鸡、药膳鸡……"顾知洲一连说了十几种菜名，"你选一个。"

季禾子看顾知洲的眼神终于有了变化。

这人，真的好闲。

4.0

10 月 3 日，早上五点半。

江只只把最后一版的小作文修订完，沐浴焚香，虔诚地发给了言却。

【只只呀：作业已经写完了，请言老师查收。】

见面会上午十一点开始，言却每天七点吃早餐，这之后肯定会立刻看她的小作文。

充满希冀的每分每秒，她都像一只在糖浆里打滚的蜜蜂，时间越临近，她的心跳越快。

七点五十九分。

她浑身沾着的糖浆在这五十九分钟里逐渐凝固成一座小小的牢，将她锁在里面，让她一动也不能动。

江只只几乎是眼睛一眨不眨地看着手表的秒针一小格一小格地往前跳动，最终跳过"12"的关卡，进入下一个小时。她固执地把时针往回拨了一个小时，再看分针、秒针争先恐后地往下一个小时那儿赶。

直到她接到饺子的消息，说到时间了，该去书店了。

江只只揉揉眼睛，打破身上那一层看不见的蜜糖禁锢，回到了现实世界。

季禾子临时有事离开了 A 市，谢钰一大早也不知道去了哪里，一个人的寝室里，江只只站到镜子面前，绽开甜甜的笑，无声地说：没关系。

这样我也不会后悔。所以，都没关系。

恰逢国庆假期，汇安广场上有很多商家在做活动。

从弗西书店的窗户往外看，下面广场上有很多穿着玩偶装发传单的学生。这地点，这环境，都和她撞进言却怀里的那一天很像。

江只只心满意足，从进书店的那一刻起就笑弯了眼。她和粉丝像是相识许久的灵魂朋友，聊喜欢的明星、聊化妆品，一群人迅速打成一片。

饺子用江只只申诉回来的小号终于建好了群，她对着江只只比了个“OK”的手势，点开了直播。

“很感谢大家来我的见面会，这是我第一次和这么多未曾谋面的好朋友们见面，我真的特别开心。”江只只穿着自己最喜欢的白色连衣裙，踩着一双红色玛丽珍鞋，绑带一直缠到小腿那里，衬得一双美腿笔直纤长。

她笑起来就像是在撒娇，让每个人都想亲近她。

书店的门口，两个穿着玩偶服装的学生走进来。

“哆啦A梦”和店长说了几句话，一边说一边指着里面见面会的方向，“加菲猫”则一直拿着气球站在原地。

店长点了点头，两个学生走进来，从座位的后排开始给每个人发气球。

江只只看到熟悉的加菲猫玩偶装稍稍分神了片刻，之后被粉丝的提问拉回注意力。

“今今，我一直很好奇，你是怎么坚持不懈地一直追男神的？坚持真的好难。”

“这个问题我在微博上回答过了，文字版可以去翻一下我之前的微博，语音版我现在告诉你。”江只只说，“因为男神真的是个特别优秀的人，他的存在，大概就是为了让我意识到造物主在造人时确实是不公平的。当然，我是带了十八层滤镜，把他自带的那些缺点，比如说太冷漠、嘴太毒等等给过滤掉了，之后得出的这个结论。”

在倒数第二排发气球的“加菲猫”动作一滞，“哆啦 A 梦”撞了一下他，差点儿把自己的头套撞飞。

两个二次元玩偶间的小动乱没有几个人注意到，江只只坐在窗边的高脚椅上，一只脚的脚尖点着地。

“他很好很好，我很喜欢很喜欢。”江只只说，“这是正反都成立的一个因果关系句式。”

已经在倒数第三排的“加菲猫”发气球的动作明显加快，像赶着要去结算薪酬一样。

“那今今，你在微博说的彩蛋是什么呀？”

这问题明显是今天来的每个粉丝最关注的点，江只只感觉整个书店一下安静了三分，大家都在屏息等着她呈上最大的惊喜。

“加菲猫”慢慢走向前一排。

江只只从高脚椅上下来，鞠了一躬：“谢谢大家一直关注我和男神的进程。”

她直起身，脸上还是从进门来一直不变的笑：“以后我可能不会明目张胆地追男神了，我会试试暗恋，万一男神陡然发现我的好，我再回头明恋他。”

现场陷入死一样的寂静。

大家都记得今今说的话，如果幸运，彩蛋就是礼物；如果不幸，它就是炸弹。

一片安静里，不大的女声显得很清亮：“今今，你要放弃男神吗？”

“加菲猫”顿在原地，跟着其他人一起看着前方那个站在阳光里的人。

江只只身上甚至没有一丝名为“悲伤”的因子，她的眼睛里仿佛盈着从不黯淡的星光，声音很轻，却很坚定：“不是我要放弃他，是他不会喜欢我。”

话音刚落，屋子里响起一片齐刷刷的回击声：“谁说的！”

江只只像一个移动的雷达装置，在众多声音中精准捕捉到了那个总能让她心跳怦然的声音。

她一直定格在脸上的笑，终于在这一刻卸下。

她的眼神飞快地在书店里寻找，试图找到那个发声的人。可那么多张脸，没有一个是她想要找的言却。

“那就是幻听了，唉……我最终还是变成不争气的哀怨失恋少女了吗？”

江只只小声嘟囔着，将注意力拉回正事上，试图用调侃的语气来结束这怎么听怎么悲惨的放弃宣言：“是我说的嘛，毕竟我叫人家，人家也不来；我追人家，人家也不应。这样的他，以后怎么可能会喜欢我呢，对吧？”

“不对！！”又是一片齐刷刷的反击声。

这次她精准捕捉到的声音，比上一句离她更近了。

那只“加菲猫”站在第一排，和她隔着三五步的距离，即使隔着那么厚重的头套，她也能感知到，他正在看着她。

他手里剩下的彩色气球飘啊摇啊，从他的掌心飞向天花板。

三五步的距离，他只用两步就走完了。

“江只只。”他兀自开口，这低沉的声音让她心尖颤动。

他说：“这个头套很难摘，你帮我一下。”

江只只的手伸出去，又像烫到一样收回。不知道为什么，她突然想逃开，好像见到真实的世界，才能让她认清眼前的一切并不是幻想。

好在先她一步，言却自己把头套摘下来了。他的发丝被汗水浸湿，人却不显狼狈。

“你不用追了。”

江只只心里恍惚，他两只软绵绵的“加菲猫爪子”捧着她的脸，像从没做过这样的事情，动作有些小心翼翼。

江只只眼睛睁大，看他忽然靠近。

轻柔的触感，有些陌生，带着试探，最后化为尘埃落定，落在她的额角。

他说：“你不用追，我就会喜欢你。”

（十二）

不如来我心里一游

1.0

@今天也要追男神：10月4日，晴。

我和男神……貌似……在一起了？还是我的错觉？

十四不是四十：不是错觉，是真的，你们是真的！！

橘子草莓气泡水评论十四不是四十：删了让我发！颜值CP是真的！！我昨天亲眼见证了男神吻今今额角啊啊啊！！

“橘子草莓气泡水”一路高歌，把珍贵的照片散播给每一个在底下“嗷嗷待哺”求合照的同胞。

江只只也是第一次看到这张照片。

彩色气球飘飘荡荡，言却穿着她曾经穿过的同款加菲猫的玩偶装，笨拙地捧着她的脸，轻轻地靠近。

“我也太不上镜了吧！脸都被挤歪了！”

只有言却独自在照片里美丽。

江只只昨天经历了大起大落，再到大起，一天撑下来，有点儿用力过猛，晚上回寝室后整个人就瘫软了下来，从外面回来的谢钰捞了她一把，她才站稳。

江只只脑中纷乱，将言却送她到楼下时说的话一直重播：“你今天太累了，好好睡一觉，不许再熬夜了。”

江只只的脑子就像生了锈，她原本想趁热打铁逼问一下言却的心理活动，可两瓣唇沉沉，张开都费劲儿。

言却的手碰了碰她的脸颊，他素来是个好学生，经过白天的笨拙，动作很快变得熟练。

“别乱想，去睡吧。”

江只只点点头，这一觉，睡得香甜。

她不记得自己有多久没有这么早睡过了，一睁开眼，脑子跟着清醒了。昨天的一幕幕在眼前闪过，江只只消化了很久，才后知后觉地捂住嘴。

她怕笑声太大，把还在睡的谢钰吵醒。

江只只试图用各种方法确认昨天那一幕的真实性，包括看饺子的直播回放，包括去微博一条条看粉丝们的评论……

@meisbieka：已阅。/@今天也要追男神

江只只：？？

这时候还发“已阅”，这位网友很叛逆嘛！

“你还是笑出声来吧，你憋笑憋得好像要背过气去了。”谢钰从床上坐起来，江只只放下手：“哈哈哈哈，对不起，除了笑，我不知道怎么表达我自己的激动和狂喜，哈哈哈哈哈哈哈哈哈哈……”

“你还可以给我发红包，毕竟昨天我也帮了你忙呢！”

江只只的笑声一滞：“哈？你昨天不是去画画了？”

谢钰伸了个懒腰下床：“本来是打算画画的，不过言却联系了我。弗西书店的老板我刚好认识，言却想让我去和老板说说，让他们进去发气球。”

“他……们？”

谢钰点头：“言却和顾知洲。”

谢钰说：“据我得到的消息，顾知洲和季禾子本来在拍广告，拍了一半赶回A市来救场，然后在机场碰到从临市回来的言却，顾知洲就从主角变成了言却的跟班。”

“……禾子也回来了？”

谢钰点点头：“是这样没错了。”

江只只表情裂了，也就是说，她一开始瞒着的人，不仅全都知道了，还正面或侧面地参与了这次的见面会。

这就叫，万万没想到。

“真好，苦尽甘来。”谢钰一把抱住江只只，差点儿把她勒吐血，“真的特别为你开心，禾子赶回去继续拍广告了，临走前她让我带上她的祝福。”

“然后顺便让你时不时地在言却旁边吹枕头风，让言却想办法让

顾知洲从她身边消失。”

江只只刚涌上来的感动泡泡“噗”的一声破了。

谢钰放开她，打着哈欠去卫生间：“你要笑就快点儿笑，不用不好意思，我关上门听不见。”

江只只：“……”

寝室里落地镜里的她真的在笑，嘴角弯弯，眼睛弯弯。

“嗡嗡嗡”，手机在桌上振动。

【meisbieka：醒了吗？】

昨晚是言却这一个多月以来第一次没有在睡前问她一日行程。

江只只有理由怀疑他是想让她睡好。

她小碎步走过去拿手机，全身心都在娇羞。

原来，这就是谈恋爱的感觉。

【meisbieka：醒了就买点吃的送到我们系教学楼，我还没吃早饭。】

江只只：“……”

这谈恋爱的感觉，好像有点儿不对劲。

导演系整个大四都没有课，同学们都在实习和准备毕业作品。

三楼教室里只有两种人，一种是打算出国和考研的，另一种是因为暗恋要出国或考研的人而在这儿假装学习制造机会的。

而言却，很显然不属于这两种人。

是以当八百年不见一次的他出现在一班教室时，在看书，或者看心上人的七八个同学都是震惊脸。

言却和不熟的同班同学点头致意，走到最后一排靠窗的位置，然后拿出手机玩。

众人：“……”

大家本来以为言神不食人间烟火，没想到居然这么叛逆，装不良少年在大家学习的时候玩手机。

言却给江只只发了微信之后，就开始刷微博。

他玩手机时脸上会有些表情，让人很容易联想到影视剧里古代皇帝批阅大臣们的请安折子时的那张脸，严肃认真，又有走流程的敷衍。

言却转了江只只一半的微博，再打上“已阅”标签时，耳朵动了动，听见走廊外的声音。他退出微博登录页面，到知网找了篇论文。

江只只没想到来给言却送饭这么简单的事情做起来却一波三折。

首先是言却很挑食，她不确定他喜欢吃什么，就只能多买了几样。

其次是“十一”假期结束后的第一个周五，来上公开课的是一位神秘导演，导演系教学楼从这周起不让带食物进门。

她使出浑身解数，软磨硬泡，并承诺吃完会把所有垃圾带出去，做了登记才进来。

等江只只出现在一班的门口，她双手提着两大袋的东西，张望着往里看。

捕捉到言却的身影，她眼睛一亮，将东西放到门口，进去找他。

江只只和言却的绯闻已经传遍江大，教室里的人看似还在认真地看书，实际上早就斜着眼睛跟着江只只的脚步在动，看她停在言却身边，弯腰小声跟他说话。

两人的距离很近，而且不是“追和被追”那种没有实质性关系的近。

众人想知道真相却碍于言却的气场不好八卦，气氛凝滞间，说完话的江只只先一步出了门，言却起身，脚步缓缓地跟在她身后。

江只只一只脚迈出门提起袋子，言却的一只手伸出，从后面拉住了她另一只手腕。

“等我一下。”

言却的声音是教室里和他相处几年的同学们都没听过的温柔，江只只听得也愣住了。

言却的手顺势向前，从她的手腕处下滑，拇指穿过她的指缝，与她十指相扣。

此时此刻，江只只想吟唱——

盼望着，盼望着，东风来了。

江只只的春天来了！

她红着脸，扭扭捏捏地被他牵着往外走了几步，还是没忍住开口："言却，我有点想笑，但是感觉很丢人。"

"想笑？"

"和你秀恩爱这么美梦成真的事情，不应该笑吗？"

言却沉默了三秒，没什么表情地接过江只只手上的袋子，另一只手从她脖颈后绕过去，然后捂住了她的嘴。

"我帮你捂着，笑吧，别人听不到。"

江只只："……"

江只只往下拉了拉他的手："可是你能听到。"

言却觉得奇怪："我是'别人'吗？"

不是，是男朋友，嘻嘻。

2.0

江只只上三楼前特意留意了一下哪间教室是空的，怕食物太香打扰其他同学在知识的海洋里徜徉。

四班今天没有人来，江只只一边按住言却捂在自己脸上的手，一边一样一样往外拿东西。

班尼蛋三明治，煎得酥脆的生煎包，烙得金黄酥脆的芝麻饼，还有热牛奶。

在《对你何止中意》拍摄期间，酒店断电那一次，言却就发现江只只看着大大咧咧，其实心很细，一进门就把他房间里所有的电器的插头都拔掉，忙得像只小陀螺。

江只只将言却的手移开一点，问："看看你喜欢吃什么。"

然后她又迅速将他的手移回去按住她的脸。

言却看着她："你这是做什么？"

江只只又拿着他的手移开一点，回道："怕你跑了。"

她还没从那种在云端散步而飘飘然的感觉中出来。

言却还是把手抽了出来，他今天的穿着打扮和往常无甚差别，暗色的长款休闲西装外套，纯色的内搭，但袖口的那枚袖扣很特别，是一片小树叶。

言却将“小树叶”摘下来，放到她掌心：“这个给你做担保，我不会跑。”

“以后你可以按你自己的口味去买。”言却用江只只打包来的小盒，将每样都分出来一半，放到江只只面前。

“为什么？”江只只舀了一个小馄饨放进口里，含糊地问，“难道你会跟着我改变口味吗？”

“不会。”

好，依旧是冷血无情言魔王本王。

言却端着热牛奶喝了一口，没放糖，她记住他的喜好了。

他心中有艳阳高照，声音也柔和了三分：“因为你以后只有自己一个人吃饭时需要买单，其余我们在一起的时候我会买。男朋友，不就是用来给女朋友买东西的？”

男朋友，女朋友。

这六个字从言却嘴里说出来，不亚于冰川上燃起火焰。

他这座冰山，真的不知不觉开始融化了。

江只只舀馄饨的动作顿住，勺子落到了碗里。

“言却。”她仰起头，看将最后一口牛奶喝完的人。

“你说你喜欢我是真的吗？

“你还说我们是男女朋友了，这也是真的吗？”

言却眼皮向下，好整以暇地看着她：“你希望我怎么回答你？”

“如果你说是真的，我立刻冲上去亲你。如果你说不是真的，我会立刻冲上去强吻你。”

“我没有被人强吻的经验，这么刺激的事情我倒是很想尝试。”言却拿出手帕，擦了擦嘴，又说，“不过我也没被人亲过，还是从平淡慢慢过渡到刺激的好。”

江只只已经非常迅速地做出言却出的阅读理解题，她觉得自己可太棒了。

能让冰山解冻，这是多少科学家都望尘莫及的事情。

他将手帕叠好放到一边，唇角微翘："我擦干净了，过来吗？"

江只只坐到课桌上，将将够到他的下巴，一下扑了过去。

她柔软的唇触碰到他的嘴角，像冰凉的草莓果冻。

言却不喜欢吃甜的，他自觉那种东西很腻人，可当她的唇一靠近，他就想偏头将她衔住，让她再也走不开。

还没等言却偏头，江只只就先往后退了退。

言却："怎么了？"

无糖不欢星人江只只瞄着他嘴角的眼神有一丝丝嫌弃："你喝的牛奶没放糖，味道好奇怪。"

言却："……"

@今天也要追男神：10月5日，小雨。

一个不算惊喜的消息，我和男神确实在一起了。怎么说呢，我之前其实幻想过，有一天我真的和男神在一起了，我们会是怎么样一种相处模式。为此，我翻阅了市面上多本高冷男主的言情小说，大致可以分为这么两种：一种是霸道宠，女主眼睛里只能有男主一个人，如果看别人，就把她扔到不可描述的地方不可描述一下；另一种是向日葵宠，永远朝着女主盛开，分分钟把得罪女主的小明星封杀。

男神呢，很明显是不一样的花火，这两种他居然都不是。我们在一起不到三天，奇葩已经处处开遍，让我真的期待明天的到来呢。[微笑]

@抚养两个孩子的伟大单身母亲：我赌两根小鱼干，男神就是个洋葱男，你一层一层拨开他的外衣，每剥一层都会有惊吓或惊喜，好期待今今每天直播男神变身日常呢！

@我嗑的CP必须结婚：变身日常可还行，姐妹儿真的是个鬼才。

江只只不想暴露这个羞耻的小号，考虑到和言却在一起时微博新消息会不停地闪，她发完微博就把有动态的提示关掉了。

今天下午，8号将在江大上公开课的神秘导演到A市。

言却作为校方负责人，又是导演系的学生，自然要去接人。

他们在一起之后，走到哪里都是同框出现，这是言却第一次单独行动。

江只只留在寝室里赶稿。

《予月光》里，严尔和女主角沈月光的感情到了一个复杂的阶段。

一方面，严尔自己对沈月光心动；另一方面，艺术至上的他，自觉心动后会影响他对画面、对色彩的判断，哪怕是一分一毫都不行。所以严尔压抑着内心的躁动，一次次地推开沈月光，又一次次地忍不住接近她。

他像根弹簧被拉扯着，左边是艺术，右边是心上人，整个人陷入极度的痛苦之中。

写作者，要经历笔下人物的心路历程，是以江只只写得也很痛苦。

文档上她刚敲完一行字，是严尔内心的质问——是独生，还是和她共死？

严尔的人设是根据言却来的，准确地说，是早期的言却。现在的言却应该不会有这种内心独白，有的话，大概也是这样——今天带我女朋友到哪里遛？是导演系大楼全五层豪华双人游，还是图书馆、影音室播放设备全体验？

这三天，言却带她绕了大半个江大。

江只只很怀疑言却以后想往导游圈发展。

将文档保存，江只只收到一条新好友添加申请。

【堂堂正正一把手术刀：我是谢钰的堂哥谢唐，之前我们在KTV对唱过的。】

【堂堂正正一把手术刀：最近唱歌找不到好搭档，所以想和只只学妹来一场专业的歌手间的沟通。】

江只只点了通过申请。

【堂堂正正一把手术刀：我刚到你们楼下，谢钰说你在寝室里写

东西，不会想出来的，我说我不信，和她赌上尊严说你一定会出来玩。学妹，请可怜可怜老大哥的尊严。】

楼下适时响起嘹亮的歌声。

“唱山歌嘞……山歌好比春江水……”

画画的谢钰笔刷一停：“对不起，我不认识外面的人。”

“我劝你也不要认识他，否则——”

否则你的家庭可能会变得不和谐。

3.0

谢唐一个人，就是一个小分队。

有他在，不管有几个人，不管在哪儿，都能营造出一种场子嗨爆的氛围。

江只只善良，不忍心谢唐一个人在下面丢人，就同意了和他出去玩。谢钰恨铁不成钢，跟着出来了。但地点要她选，就是校门口的铁板烧摊子，露天，接近大自然。

“我跟你们说，之前我们去山里烧烤，两百人的烤肉都是我一个人做，就我的手艺，真的是吃到就是赚到。”谢唐从老板那儿借了围裙穿上，自己当家做主，抄着铲子在铁板上煎牛肉。

“只只，你喜欢吃老一点还是生一点的，加洋葱还是加蜂蜜？”

江只只觉得谢唐有点儿像自己的老大哥。

她笑着说：“都可以，拣谢大哥拿手的来！”

谢唐搓搓手：“得嘞，您就请好吧！”

谢钰全程都在玩手机，偶尔抬起头看他们就是一张五官扭曲的脸。

江只只压低声音问：“你对你哥怎么这么不友好？虽然我和江星沉也是塑料姐弟情，但在外人面前，我们还是保持良好的关系的。”

谢钰无语，视线在触及停在校门口的那辆熟悉的车时暗自松了口气。

总算回来了。

其实车还没停下，言却的眼睛就一眨不眨地透过车窗看着坐在摊子边的女孩。

他几乎是一眼就看见了她。

她喜欢穿白色带设计感的裙子，今天是一件长袖的泡泡袖裙，脖子上系了一条蓝色的丝巾，一头长卷发披散着，眼神发光地盯着前“滋滋”作响的铁板牛肉。

牛肉被煎至金黄，浇配上柠檬酱，铲子将其切成几小块，推到江只只面前。

顺着那只拿着铲子的手往上看，那个不知姓名的男路人甲的眼睛也在发光，不过不是对肉，而是对人。

言却的眼神一下冷下去。

他心里越不高兴，面上就表现得越冷静，这是他很小就养成的习惯。他很冷静地和司机说把导演送进江大，很冷静地下了车，很冷静地走到江只只的身后，然后在她将那块牛肉用叉子递到嘴边时猛地凑近。

“好吃吗？”

突然出现的言却，就和天上派发的糖果一样，每次都让江只只惊喜。

她瞬间笑弯眼，说：“我还没吃呢，不知道味道，不过肯定很好吃。”

言却没忽视江只只说这话时那个男路人甲不自觉露出的得意微笑，眼皮轻抬，注视着江只只，轻声说：“我想吃。”

“顾知洲说你从来不在这种地方吃东西的。”

“是顾知洲了解我，还是我了解我？”言却挨着江只只坐下，肯定地说，“我吃。”

“那……你先吃。”

万事万物，言却优先。

江只只把那一整份牛肉都推给了言却。

谢唐的笑顿时冻在脸上了。

他又拿了块小羊排到铁板上：“只只学妹，羊排喜欢吗？用蒜蓉调汁，是我的拿手菜。”

江只只小鸡啄米般地点头：“喜欢喜欢。”

言却以一种极其优雅、赏心悦目的姿势，和一种极其诡异的速度将牛排吃完，赶在谢唐将煎好的羊排递给江只只前截下它。

他的声音很低，气息绕在她耳边，就像小蝴蝶落在她心尖，他说：“我想吃。”

“给你，都给你，你要什么都给你。”

之后都不用言却再开口，她就自发地将面前的菜一股脑推到言却面前。

谢唐在做好一道炙烤香菇时，直接端给了言却。

他的脸上又不自觉地露出得意的笑。

言却叉了一块香菇，在谢唐满怀期待的眼神中一松手，香菇跟着叉子一起掉下去了。

“哎呀，手滑了。”

谢钰：“……”

谢唐：“……”

言却看了看自己的右手，上面被情敌牌香菇蹭上了一点黑，“好像烫到了。”

“是吗？”江只只立刻着急了，“那要赶紧去医务室上一下药。”

“那我们先走了，你们继续吃。”江只只抱歉地说，谢钰点点头：“快去吧快去吧！”

江只只送“病号”去上药，铁板烧摊子前剩下谢家兄妹大眼瞪小眼。

“看见了吧，这就是你要面对的情敌。”谢钰摇摇头，说，“我早和你明里暗里说过几次你斗不过他，没想到你还来主动送人头。现在他们在一起了，你更没得机会了。大哥，你清醒一点啊！”

“他们在一起了？”

“今天是第三天。”

谢唐周身活泼又热闹的气氛骤然一紧，铲子在烤焦的菜牙上轻轻戳了个洞。

“可明明是我先喜欢她的。”

谢唐在谢钰的朋友圈里对江只只一见钟情。

“这么可爱的女孩子，好像我下午刚解剖的那只兔子，让我心动。”

谢钰叹了口气，纠正道：“第一，如果论先后，是江只只喜欢言却在先，她在上大学之前就中意言却了。”

“第二，你确定你那是喜欢，而不是职业病作祟？”

像解剖的兔子什么的，真的很诡异啊。

谢唐掰掰手指，若有所思：“好像是这么回事……”

谢钰没觉得意外，她这个堂哥，就是个憨憨。

4.0

还没到医务室，言病号就把江只只拐走了。

图书馆东侧的小树林，落日的余晖遍洒，细碎的金光从树叶的缝隙间筛进来，地上脚尖追着跳动的光斑在往前走。

江只只一脸蒙：“你带我来这干吗？难道这里有去医务室的近路？”

言却没说话，只是拉着她径直往前走。

今天言却很不对劲儿。

江只只视线往下，看着他捏紧自己手腕的手，大拇指有一下没一下地往前翘。

他好像……很开心的样子？

受伤了还这么开心，他是真的很乐观了。

言却还是不说话，江只只就开始习惯性没话找话：“导演接到了吗？是谁啊，这么神神秘秘的，一直不公开？哎，你说你们导演系的公开课我能过去吗？好的导演对剧本的把控甚至比编剧还要好，感觉可以学到不少东西。不过机会这么难得，你们系肯定没有空位置给我。要不打个商量，我长得瘦，可以和你挤一挤，或者，我坐你腿上……”

江只只越说激动，脑补了下坐他腿上的画面，差点儿笑出声。

言却的脚步在这一刻停下。

早一刻知秋的树叶已经有几片枯黄落了地，林子深处一条石子路横穿，两边有几排长椅。

“这里原来是给美术生写生用的，后来美术写生馆建起来，来这里的人就少了。”言却松开她的手，右手大拇指无意识地动了动，问她，“那个袖扣呢？”

“哦哦哦，差点儿忘了，我一直想还给你的。”江只只从口袋里拿出一个小袋子，里面是小心存放的袖扣。

言却抬起胳膊等着她。

江只只疑惑地看着他。

言却垂眼看了看自己的袖口，江只只才会意，把小树叶扣到他的袖口上。

“你把它留下来了而不是拿去卖了，我很欣慰，决定给你个奖励。”言却一伸手，掌心躺着一枚树叶形状的发卡，和他的袖扣同款。

言却伸手将她右侧的长发撩到耳后，将发卡轻轻地别了上去。

树叶的每条纹路被打磨得各不相同，栩栩如生是它，千姿百态也是它，就像他遇见她之后的整个世界。

江只只摸着发卡，这就是传说中的情侣款了，属于她和言却的情侣款。

“谢谢你呀，不过我还没准备什么。”

“你现在可以准备一下。”

江只只：？？

言却双手伸进口袋里，再握成拳伸出去：“选一个，选好了就可以开始准备了。”

“这里面是什么类型的东西？”

“别管，选就好了。”

好，这样的他终于有点儿霸道总裁的感觉了。

江只只便选了右边的。

言却张开手，掌心是两颗糖，樱桃味的夹心糖。言却给了她一颗糖，剥了另一颗扔进嘴里，坐到长椅上，面无表情地吃着。

言却居然吃糖了？

“过来，一起吃。”

言却居然还邀请他欢快参与吃糖 party！

江只只掐了下自己，疼的，不是做梦。

她莫名其妙地坐过去陪言却吃完了一颗樱桃奶糖，最后一点甜味在口腔内扩散开，她眼前骤然压下一片黑影。

更浓的樱桃甜味压过来，与她嘴里的糖融合在一起，就是双倍的甜。

江只只心里的小恐龙在捶着小鼓，砰砰砰，咚！

最后那一下重得……是他贴上十秒后，无师自通地往更深处游走。

江只只恍惚间明白言却为什么要吃了糖再吻——为了避免上一次不加糖的牛奶吻的悲剧。

这个男人还有点小记仇，不过，好可爱啊。

江只只又想笑了——

笑樱桃味初吻，笑黄昏与和风；

笑今夜星子落满空时。

随后她便被他抱在了怀里。

5.0

周五，导演系教学楼的五楼大展厅内，所谓的神秘导演终于即将露出真容。

神秘导演会在一段历年作品集锦的影像播放完时出场，视频播放过程中，展厅的灯都熄灭了。

江只只打算在这个时间段偷偷溜进展厅蹭课，她准备了个小马扎，到时候进去后就可以坐在言却座位旁边。

之前的那个吻抵了小树叶发卡。

江只只想起之前为了堵住江星沉的嘴，留给他的猫咪手工编织挂件还没送出去，就带来打算送给言却抵这一次的蹭课。

江只只固执地不跟言却一起进去，只在楼下等，等五楼的灯关掉，她迈开步子进了楼里。电梯直达五楼，展厅的门留了一条缝，在等着想要来偷师的“小猫咪”。

熟悉的背景音乐响起，是江只只很喜欢的一部电视剧《裂心》的主题曲。这个导演江只只刚好也算认识，就是她和言却都参与过的《对你何止中意》的导演，李易。

李易是现在市场上收视率和质量的保证，今天他来上课，可以说是意料之中的惊喜。

江只只的期待值瞬间“噌噌噌”往上升，她将门往里推了推，放轻脚步挤进去，搬着小马扎往言却的位置迅速靠拢。

视频接近尾声，背景音乐也逐渐变小。

突然响起的男声不高不低，但足以让整个展厅里的人都能听见：“只只，这里。”

“唰——”瞬间几十双道视线射过来，定在江只只身上，她弓着腰僵在原地。

展厅的灯亮起，江只只努力维持着面部表情不崩掉，说：“那个对不起，我走错教室了。”

“哎哎哎，这不是只只吗？”李易认出了她，很热情地迎上去，“来都来了，坐下听一听。喏，你坐在言却旁边好了，之前在剧组，你不是总坐他身边吗！”

“哇哦——”教室里充斥着此起彼伏的激动声音。

其实在外人看来，江只只和言却在一起之后，和之前相比是没多大区别的，毕竟她和往常一样，仍然是追着言却跑。

所以他们频繁同框出现在学校引起的风暴不大，除了谢钰几个知情的人之外，就只有言却他们班几个忙着考研和追人的同学知道，而这些人并不是八卦的主力军。

但今天来上课的一部分人，是言却精挑细选过的，保证今夜之后，江大的每一个学子都会歌唱他和江只只的神仙爱情。

江只只对现场的这种八卦之目光太敏感，敏感到她可以迅速分辨出他们的等级和战斗力。今天这群八卦群众的能力集中起来，大概可以摧毁一个小论坛。

江只只觉得，以言却高冷的性格，他不会喜欢这么张扬高调的交往，而她不知不觉被他感染，总是下意识地想维护他，跟着他的节奏走。

“我约好给人补一节他缺的课，就不打扰了。”

江只只往后迈步，打算退场。

这时她的少年言却猛地站起来，眉眼间没有她想的低调，反而是张扬和肆无忌惮：“关于你，我缺的课何止一两节，之后有时间慢慢补吧。”

“哇！！！！！！！”

一室的八卦之火熊熊燃烧，而言却在绚烂的火光中将呆傻的江只只牵回自己座位边。

有关于你，我曾猜得太多，想得太多，顾虑太多。

等我不再有顾虑，就只想莽莽撞撞地将你拉近。

我从来不知道，层层冰壳包裹着的我的灵魂被你融化后，也是赤诚天真的。

有关于你的这堂课，现在开始。

（十三）

男朋友的头号粉丝

1.0

言却的选人计划效果显著，在公开课之后的三天里，新建的“颜值 CP”超话的活跃度超过了江大的官方超话。超话里各路真的假的爆料、各种同人文段子让人应接不暇，仿佛过年一样。

江只只刷超话刷到大半夜，灵魂升仙之余，确定本校肯定隐藏着多位娱乐圈同人文写作大神。

江只只用自己的生活号 @只只点灯申请了颜值 CP 小主持人，申请理由就一个：江只只本人，现场产糖。

既然言却都已经不低调了，那她就没必要再刻意压抑自己想秀恩爱的心了。而且，有的爆料把言却说得仿佛一个渣男，这她就不能忍了。

第二天，江只只的申请就被批准了。

@只只点灯 [颜值 CP 超话]：大家好，为了言魔王的声誉，我特来打假，评论可提问！

@三年二班周奶茶：Oh my god，这护夫的霸道感是怎么回事？

@爱我麻麻别走：有人传，言却最终接受你是因为你组织了一场活动现场逼婚，如果他不答应你就和世界说再见，这是真的吗？

江只只：“……”

她猜到料假，没想到假成这样。

@只只点灯　回复　@爱我麻麻别走：并不是，我们在一起，水到渠成，没有什么公关手段。

虽然她也不知道，言却为什么突然转了性。

但是，这么说总不会出错。

@旺仔被我暗鲨：听说你也参与了《对你何止中意》的剧本，在现场一定经常见顾知洲，他那么那么绝美，你有没有为顾知洲的美色倾倒那么几分钟，从而移情别恋呢？

@只只点灯　回复　@旺仔被我暗鲨：你的这个猜测，仿佛是顾知洲小号。

遥远的顾知洲脸发青，迅速找人注销了这个小号。

他被经纪人管制，不让他拿手机上微博自己浪，他还是抢了小罗的手机注册的小号，没想到居然这么快就暴露了。

江只只这个女人，跟言却在一起之后变得一样可怕。

真是夫唱妇随呢，呵。

预言之神·只只继续自己的打假料活动时，那边言却在和李易小聚。

李易虽然人已到中年，却网瘾极重，每天积极学习网上的新鲜事物，之前拍戏时经常问B组的导演言却和江只只进展到哪里了。

“我是从临市过来的，你家老爸和我骂了你两个小时。”李易刚到江大，就隔着车窗看到言却在吃铁板烧，言却的口味刁他知道，能让言却纡尊降贵到街边去吃，那铁板烧肯定很好吃。李易惦记了几天，终于把言却拉过来了。

铁板烧摊子流动作业，今天没挤到江大门口的黄金地段，就在对面那条街的街口摆摊。

这里人少，倒是适合说话聊天。

李易吃了几块先煎出来的蔬菜，说：“我没想到你居然会干出从阳台上跳下去逃跑这种事，小言啊，你还有多少事是我不知道的？”

之前还在关禁闭的言却，放话说对回A市一点儿兴趣也没有的言却，在言衡放松警惕之后，趁着夜深人静时拿着证件从二楼阳台上翻下去跑了。

等看到监控摄像头里的画面，言衡差点儿气得心梗。

“这小兔崽子，还敢和我玩声东击西！等我再抓到他，一定宰了他做冷吃兔！”

李易带着好奇到了A市，想找找让言却变化的原因。

江只只在导演系展厅一出现，他就明白了。

言却细嚼慢咽，将一口黄油蛤蜊咽下去，说：“我爸教我，做事情不用看过程，目的达到就好。翻阳台并不是上选，却是达到目的的捷径。感谢我爸，让我在和他的对战中一直不落下风。”

李易不厚道地笑出声。

对于言却，李易是欣赏与感激并重。在现在这个圈子，因为资方牵扯，导演的话语权并不像外人想的那么大。想要好作品，就得有投资的钱去做好的服装和道具，请好的演员。可往往这些投资会伴随着一些额外条件，比如之前被塞进《对你何止中意》剧组的凌音。

李易对她的所作所为心知肚明，可人在江湖，身不由己，他只能尽量保持剧的整体质量上乘，可哪个导演喜欢这样？

他有遗憾，也有不甘。

江只只和言却，一个不掩饰自己的不甘，毅然放弃那次实习经历所能带来的未来事业上的帮助，而另一个，则将李易的遗憾弥补。

凌音的退出，是连带着后面的资方一起的。取而代之的，是衡星娱乐的资金注入，还追加了一个亿。

而在其中牵线的，就是言却。

当时李易也问过言却，为什么要这么做？

言却的回答倒是很像他：“‘中意’是我参与的第一个电视剧项目，我不想被这种人毁了。衡星最近在寻找有潜力的新作品，我只是把资料给了副总，让他顺带看一下而已，其实并没做什么。我爸要是问起，你也不要说这其中有我的参与。”

当时李易很感动，不过现在他有个大胆的想法。

“你牵线衡星娱乐投资《对你何止中意》，也有为江只只出头的原因在吧？”

言却身形一僵，片刻后恢复原样：“之前没想过，现在想，可能。”

他不避讳，是因为他并没有因为这份当时还没发觉的、潜藏的私心而影响大局。

《对你何止中意》需要更好的伙伴，衡星娱乐，也需要一个好的投资项目，而江只只，是一个好的意外，也是上天给他的惊喜。

两人陷入短暂的沉默中。

言却是性格使然，不喜欢多说话，而李易则是在消化和他的认知不相符的言却的“人间神仙男友”设定。

消化完，他才开口说起另一件事：“其实我这次来不仅是为了上课，还有别的任务。和纵想签你，三年三部戏，如果你答应加盟，第一部戏搭档编剧陈倦，女主祝轻光，头部顶级配置，这个项目已经在进行了。这次我是以和纵的导演身份来和你谈的，条件你可以随便开。”

一个不会受资本制约的导演，如果做他自己的项目，一定能将自己的才华发挥到极致。

以言却在江大导演系的成绩和履历表，很多公司应该向他伸出过橄榄枝，但他一直都没定下来，或许是想毕业之后自己单干，是以这次李易也只是尽力一试。

但意外的是，言却没怎么犹豫就点了头：“不过我有个附加条件。”

“你说。”

“我想江只只和我一起签过来，当然，前提是她的能力被和纵认可。”

李易问：“如果她的能力没被认可呢？”

言却回答得理所当然：“那我也不去了。”

李易无奈地笑了笑：“公司有陈倦这位高产的编剧，之前确实没想过再独家签谁。不过我也很欣赏江只只，你放心，我会和把你的想法传达到的。你为了你女朋友的事业真是尽心尽力。”

言却喝了一口特意加了糖的温牛奶，说：“其实并不是。”

他盯着面前的铁板烧，想起那天殷勤给江只只烤肉的男路人甲，下颚微收，说：“我只是不想和她分开太久，会很麻烦。”

李易：“……”

2.0

言却忙正事的时候，江只只不会去打扰他，不过有时候也想让他陪。谢钰给她推荐了叨叨记账APP，说可以完美地解决这个问题。

眼下言却到导演系苏教授那儿办事，江只只就在导演系一楼等着言却，实在无聊就顺手点开之前下载好的叨叨记账 APP。

叨叨记账是以对话形式记账的一款软件，下载之后用户可以设置对方的头像、备注名、性格特点。每花的一笔钱记录之后，对方就会根据自身的性格特点来和用户聊天。

江只只从之前剧组里一张还算清晰的合照中将言却的脸截下来，设置成对方的头像。

备注名：金主男朋友。

性格特点：高冷毒舌总裁。

设置好之后，江只只迅速从淘宝买了一大盒笔，然后去记账：买好看的笔花钱 28 元，打九五折。

【金主男朋友：是我平时给你的零花钱不够多？怎么还买打折的东西？退了重买。】

【被养小娇妻：我觉得倒也没必要吧。】

【金主男朋友：我不要你觉得，我要我觉得，听我的，给我退了。】

江只只：“……”

这个属性，好像有点儿不太对的样子。

言却从苏教授那儿下来，就看到江只只捧着手机傻笑。

天气渐凉，她的连衣裙外面搭了一件大翻领的毛衣外套，坐着的时候下摆垂到小腿，随着她狂笑而一下一下颤抖着。

她笑得太投入，连言却走近都没发现。

他就那么轻易地靠近，然后看清了她在干吗。

【被养小娇妻：为什么要退？你这个月养我的钱还没有打给我，你是不是破产了，言总？】

【金主男朋友：呵，还不知错，你很倔强嘛！】

江只只又开始狂笑，言却伸出手，压了压她的肩膀：“控制一点，再笑你人就要滑下去了。”

江只只笑得半截身子拖在地上，闻言笑声猛地一收，退出软件，做端庄矜持状坐回去，整套动作行云流水，完全不知道刚才那个癫狂的人是谁：“办完事情了咩？”

言却已经习惯江只只的“变脸”，点点头说：“办好了。”

“从下个月开始，我男朋友就是万众期待的新款爆剧导演、业界冉冉升起的新星了，骄傲，自豪！”

“男朋友”三个字从她嘴里说出来，每个字都拖着糖丝。

他已经在尝试吃糖了，可以很好地消化，然后是满心的甜。

言却把和纵和他合作的事情告诉了江只只，却并没有提他向对方提的要求。

江只只视陈倦为偶像，又一直想要和他合作，他以为以江只只爽朗的性格，应该会很积极地争取个机会，或者暗示点儿什么，可她没有。

她只是单纯地为他高兴。

以前别人找言却办事，他的表情淡淡，心里更淡，觉得所有人都是带着目的靠近他，让他无比厌烦。

可轮到江只只，他几次暗示她，结果她完全不感冒。

言却又开始无比烦，烦她居然不来找自己帮她，还像什么也没发生一样继续赞美自己。

江只只的“言学”发言让言却的周身气压一低再低，江只只感觉不到他内心诡谲莫测的想法，只能试探着靠近他，问他：“苏教授骂你了？”

“没有。”言却硬邦邦地回道，站起来，“走吧，去吃饭。”

江只只跟在他身后，拿着手机“噼里啪啦”地打字，开始百度搜索。

问：男朋友情绪变化太大怎么办？

答：如果他长得帅，当然是选择原谅他并么么哒他啊！

江只只：“……”

这话说得好有道理。

言却在前面刻意放缓步子，也等不到江只只过来和他一起走。他一回头，看她还捧着手机在看，气了个半死，伸手去抓她：“走路不要玩手机，看路。”

江只只顺势抓住他的手指，乖乖地收起手机：“好的，我超听话。”

言却的周身气压有所回升，皱紧的眉头舒缓了不少。

江只只眼珠转了转，不确定是她说的话顺了言却的心，还是说……她的动作。

她的手指往他的掌心游移，最后扣住他的手，与他十指相扣。

言却的嘴角弧度很小地勾起。

没想到他居然喜欢她一点点地靠近。

这不是巧了吗，她刚好也喜欢靠近他。

江只只一米六八的个子，在女生中算中上等，但在高大的言却身边，只能称为“小鸟依人”。

她凑到他跟前，叽叽喳喳地说话，他的余光时不时地扫过，视野里满满的都是她。

言却将要窜出他视野一个衣角的江只只拽了回来。

算了，不找他就不找他吧，和这么招他喜欢的女朋友计较什么呢？

女朋友不主动找他，他主动帮女朋友就好了。

言却带江只只去了江大附近的那家西餐厅，就是之前江只只因为戴发套脸上过敏时，两个人来的那一家。

她之前说过，如果以后和言却在一起，一定要过来吃一次。江只只没料到，先想到这一茬的居然不是自己，而是言却。

他的脑子可真好，她都不记得了。

言却和江只只点了一样的菜，酸梅酱蘸煎羊小排、奶油蘑菇汤，甜点是起司酸奶乳酪。

这三样东西，都是以前他碰都不会碰的。

江只只有点儿担心他：“你吃这些可以吗？”

言却扣上菜单，让服务员上菜。

“吃个饭，有什么可以不可以的？”

得，气压又开始降低了。

江只只双手捧着脸，目光灼灼地盯着他：“我以前一直很好奇一件事。”

言却倒了杯水，用食指推到她面前：“什么事？”

“这么优秀，你不累吗？”

言却紧绷的肩膀一松，嘴角微弯：“能者多劳罢了。”

高冷淡漠、不近人情的导演系大魔王言却，在谈恋爱之后，内心好像住了个幼稚的小甜鬼……

江只只不经意窥破了他的真相，目光更加炽热。

言却明察秋毫，一下就发觉了她的变化：“这么看着我做什么？”

“随时随地在我心里更新最新的你。”

江只只眨了眨眼，看见言却的嘴角不经意弯得更深。

现在每时每刻的你，好像都是我之前不熟悉的你。

我曾隔着层层白雾看你，现在我拨开了所有的遮挡，再去看你。

我比所有人都看得清你，也比所有人更喜欢你。

3.0

接到和纵公司的邀约时，江只只正因为《予月光》最后的大情节卡住而在寝室里焦虑不安地唱歌。

谢钰被她鬼哭狼嚎般的歌声给震走，她一个人在寝室里为所欲为，电话响了三遍才听到。

从一开始的不敢置信，认定这是诈骗，到后来的勉强相信、战战兢兢，等到最后开始谈合同，她整个人才后知后觉地傻掉。

“和纵出品”这四个字，就是现在娱乐圈高质量话题大作的代名词。和纵旗下的导演都是人手几部年度大戏的名导，譬如李易，编剧却只签了陈倦一个人。

这一次和纵向江只只邀约，是让江只只先以助理编剧的身份参与陈倦编剧工作室的项目，之后再单独做项目。江只只简直不敢相信自己会有机会和陈倦大大合作。

偶像成了上司的快乐，不是寻常人感受得到的，江只只觉得自己快升仙了。

别说助理，做他手下的键盘她都乐意！

“你可以考虑一下……”

“不用考虑，我可以，我什么都可以。”

“待遇什么的……”

“你们随便，我不配提待遇。”

对方负责人也是第一次见到这样的合作方，在电话里憋着笑说：“那之后我们见个面，谈一下独家编剧的合同细则。下个月，我们即将开一部新戏，你方便跟组吗？”

“方便方便。”江只只满口答应下来，等挂上电话在寝室快乐蹦迪了半天，才突然想起一件事。

下个月开机的新戏，和纵出的，陈倦编剧的……那不就是言却做导演的那一部？

所以说，她不仅要和偶像做上下级，还要和男朋友共事了？

这双倍的快乐是真实存在的吗？

江只只还是有些云里雾里，便用微博小号刷屏求签。

她一共有三个小号，@今天也要追男神用来更新她和言却的日常，@只只点灯是她混迹于言却超话和颜值CP超话的本人号，另一个，之前因为求签太多被封了。

她只能用粉丝相对少的@只只点灯求签。

为了不让人发现，她用的都是拼音缩写。

@只只点灯：wkyhyqzjzxam？ @求签

我可以和言却在剧组相爱吗？

十秒钟后，@求签的结果自动发到她微博里。

@求签：凶！

江只只：“……”

@求签的“凶”出现概率很小，江只只这一年只求到过三次：第一次是问言却会不会喜欢她，第二次是问期末考试会不会考过林格。

这两次的“凶”都被无情的现实验证过，确实特别准，这次江只只觉得自己跟和纵的合同大概率会有什么波折。

事情没定之前，她决定安静地待着，什么也不说。

可无尽头的等待，让她本来因为卡文而生的焦虑翻倍。江只只关上文档，打算到射箭馆去放松一下。言却之前给她发的健康推文之三，讲的就是运动对身心的好处。

得益于对言却的爱，江只只爱屋及乌，喜欢上了射箭。

她没事时偶尔会来射几轮，射箭馆的门卫已经认识她了。

“哟，小姑娘又来了，不过今天你常用的那块场地被校射箭队占了，要是不介意，你可以换一个地方。”

“好的，没关系。”江只只用校园卡去拿装备，再去到射箭队旁边的场地。

江大的射箭队和A大的击剑队并称为A市双雄，在学校里很有人气。校队所占的那块场地除了来训练的射箭队员之外，还围了不少喜欢射箭队的同学和校队的粉丝。

江只只一个人站在旁边的场地上，调整了下靶子的位置。

围观群众中有人认出了江只只：“哎，那是不是言却的女朋友？”

旁边的人回应：“确实是哎，上次在导演系大楼里，我见过她和言却在一起。”

“言却射箭那么厉害，他女朋友肯定也很厉害，不然他们怎么有共同语言？”

隐隐约约听到这句话，江只只拉起弓的手微微颤抖。

原来和优秀的人谈恋爱还有这种“他优秀，所以她也必须优秀”的压力。

江只只平时都是射着玩儿的，没什么把握能射好，她放下弓箭，从带来的包里拿出纸笔，写了张字条贴在靶子上，才又站回去。

那上面写着五个大字：言却喜欢我。

所以我要加油，不能给他丢人！

江只只聚精会神，眼睛直盯靶心。

旁边有人恍然大悟地“哦”了一声：“我记得谁说过，射箭队的队长今天请了言却过来，江只只肯定是来这儿等他的。”

尾音刚落，江只只一紧张，箭“咻”地脱手，直接杵到地上。

围观群众：“……”

江只只：“……”

射箭馆门口，言却已经站了一会儿了，见状单手提着弓箭走过去，手揉了揉江只只的脑袋。

“别伤心，射空了，我也喜欢你。”

围观群众的下巴都要掉下来了。

原来言魔王居然是这种情话制造机的人设吗？

4.0

言却这几天把所有事情全都推掉，将时间都腾出来，待在公寓里，一个手机，一个他，等着江只只来告诉他她签和纵的事情。

和纵找上江只只的当天，他就知道了。但已经过了两天，江只只已经完成了剧本的试写，和纵派过来谈合同的负责人也已经到了A市，江只只还是完全没有告诉他的打算。

"我算是什么男朋友？"

这句话这两天言却反反复复说了三十九遍。

他第四十遍说这句话的时候，新上任的射箭队队长周方玉就联系上他，想让他配合比一场友谊赛，帮队里做个系统的比赛示范。

言却本来打算直接拒绝，但他心里窝着一股闷气，这时候送上门来的人头他为什么不要？

于是言却答应下来，在二楼休息室做准备时，他已经在脑中想了单方面屠杀周方玉的一百种方法。

他出了休息室，隔着围栏往下一看，密密麻麻的人群中，一眼就认出了江只只。

只有她拿着箭的姿势，像握着一把枪。

言却很快地下楼，看到靶子上"言却喜欢我"这硕大的五个字时，心里的闷气散得一干二净。

言却的到来，以及他跟周方玉即将开始的比赛，让射箭馆的气氛陡然变得热烈起来。

江只只虽然因为在言却面前射空靶子有些不好意思，但这种羞怯和给言却应援相比，简直不值一提。

"星光璀璨，你是银河！"

"梦里花落知多少，今天爱言却也不少！"

"风里雨里，梦里心里，是你是你都是你！"

"今天言却的优秀之光也要闪瞎我的眼了呢！！"

……

江只只一人敌对方射箭队整个粉丝团，真情实感，应援词花式不重样。

众人不由得惊呼：如果这都不算爱，那什么是爱！

江只只的应援，让言却打比赛的速度明显加快。

他下颚紧绷，眼神锐利，每一箭都又稳又快，而这靠的是多年的肌肉记忆。周方玉在这样的经验上和言却差的不是一星半点，再被言却的快节奏一带，整个人乱了阵脚。

射箭比的不只技术，还有心态。

言却最后一箭正中十环，周方玉六环压线，脑门上全是汗。

“啊啊啊！太棒了！！”江只只快要在人群里蹦出来，不过言却没怎么看她，为了克制自己额角的青筋暴起。他尽量语调平和地和周方玉说话：“平时多在嘈杂的环境里练一下适应能力，这样比赛的时候，不管出什么状况，都不会影响到自己。”

周方玉受益匪浅，真诚道：“谢谢学长。”

“我先把噪声源带走了，麻烦你了。”

自己的偶像第一次这么和自己说话，周方玉简直受宠若惊，连忙说：“不麻烦不麻烦，学长太客气了。”

“嗯。”言却转身捂住江只只还在杜鹃啼血的嘴，半拖半搂地把她带上了二楼休息室。

一进门，言却放开了江只只，将腕带、臂环一件一件地卸下去。

江只只仿佛夸夸群群主附体，看向言却时，眼里的星星都快掉下来，砸到他的脸。

“之前你射箭的时候，每次我都离你有点儿远，今天近距离看，我才知道什么叫天神下凡一样的操作。你为什么没有去做职业射箭选手啊？如果今天你加入射箭队，那明天就去省队，后天就进国家队，大后天——”

“江只只。”

他卸完了装备，冷声叫她。

“嗯？”江只只望向他的瞬间，他的脸就压了下来，将她的喋喋不休尽数堵回去。

他的手绕上她的腰身，掐着她将她按在门边。

这个吻不同于之前，有携风带雨之态，顷刻间将江只只的理智摧毁。

几分钟后被他放开时，她睁着迷迷蒙蒙的眼，眼神都有些涣散。

言却的额头贴着她的，嗓音有些哑然：“我喜欢听你夸我。”

他得了人间至味，少有地将心声倾诉分毫给她听。

江只只缓过神，发现了一个盲点：“那之前我夸你的时候，你怎么没反应？”

言却闭了闭眼，情绪逐渐平复。他松开手，一如既往是一副若无其事的样子：“往事如烟，我不记得了。”

江只只：“……”

情绪大起大落之后，言却又想起了特别在意的那件事。

“你没什么话想跟我说？”我再给你一次机会。

江只只捂着泛红的脸颊，弯眼看他：“我今天好像更喜欢你了。”

在别人面前，她是他的头号粉丝。在他眼前，她是头号喜欢他的人。

言却喉头滚了滚，轻吐一句：“算你过关。”

不过她说更喜欢他……

言却说：“你更喜欢哪几点，列个表出来给我。”

江只只：？

（十四）

早安，午安，晚安

1.0

@今天也要追男神：11 月 1 日，有风。

我和男神，马上要从同学变成同事了，想想这个现实，我就觉得很魔幻。我之前为了这次的工作机会求的签是“凶”，我都已经放弃治疗了，可最后居然逢凶化吉，马上就要签合同了，我有理由怀疑和男神在一起之后我就锦鲤附体了。

不管怎么样，等签完合同，我就去找男神说这个惊喜，现在开个盘下注，赌一下男神的反应。

1. 无欲无求，无牵无挂，没反应。

2. 惊喜若狂，抱今今起来转圈圈。

3. 为以后每天在一起，没有一点点自己的空闲时间而抓狂。

4. 说说你的看法。

大家自行评论，猜中剧情者获赠泡椒凤爪、猪蹄、冬笋等泡椒大礼包。

评论区里大家热情探讨，没几分钟，评论就破万了。

三分钟后，江只只又发了一条微博。

@今天也要追男神：

我签合同的时候很震惊地发现，男神居然是对方公司负责人的助手。[再见][再见]这不是惊喜，这是惊吓，而且他看我的眼神，就像我是欺骗了他身心的渣女一样。我翻了一下，上条微博的评论里没有猜中剧情的，泡椒大礼包我自己吃了弥补一下心灵创伤，如果活着的话，下条微博见。[微笑]

@你是辣个？：哈哈哈哈 ×30！

@我是你老汉：楼主的笑声吵到我眼睛了。

@珍贵奶茶一番：借楼，我怎么感觉男神自从和今今谈恋爱，画风都被今今带偏了呢？

对于这条评论，江只只心有同感。

她想着，从卫生间往外瞄了一眼正高深莫测看她资料的言却。

和纵的负责人和江只只约在市中心的一家咖啡馆见面，江只只准备好对方需要的所有资料，在约定时间到了咖啡馆，结果一眼就看见坐在负责人旁边的言却。

“你好，我叫乔瑞，是和纵的人事部总监。这位是……呃，是我们公司新加盟的导演，言却。他对A市比较熟，这次和纵和江小姐的合作由我们共同负责。”

言却伸出手，公事公办、面无表情：“你好，江小姐。”

江只只：“……你好，言先生。”

整场会谈里，言却都非常专业严谨，让她完全不记得那天抱着她亲得声音哑了的人是谁。江只只感觉后背阴风阵阵往上蹿，找了借口溜去卫生间，发了条微博冷静了一下。

她不确定言却到底是真的公私分明，还是挟私报复。

时间紧急，她也来不及仔细分辨，只能走一步看一步，见招拆招了。

江只只深吸一口气，走回了座位。

言却合上资料，食指敲了敲桌子，说：“和纵对于和江小姐的合作是很有诚意的，但江小姐的诚意仿佛不够。”

江只只一脸蒙：“为什么这么说？”

“我看了你的资料、履历，发现有些重要的情况你对我们公司有所隐瞒。”

这下乔瑞也好奇起来。

江只只蹙了蹙眉，并不记得自己有隐瞒什么不可告人的秘密。

言却的手指指向简历第一页上面的婚配栏，说得理所当然：“你有男朋友，为什么不写上去？”

乔瑞：“……”

江只只：“……”

“咯咯。”乔瑞以手抵拳轻咳一声，说，“家庭内部矛盾之后你们找时间再解决，或者我们先把合同谈完我退场，你们继续留在这儿解决也 OK。”

江只只的脸都要烧起来了，伸手抢过言却手下的资料递给乔瑞。

乔瑞感激地笑了笑，并没有再看那份简历。

“我们月中开机的《求风》是国内第一部与马术相关的青春爱情剧，故事大纲和相关资料我之前给了你，你的试写编剧陈倦和公司高层都很满意。因为你之前并没有独立编剧的经验，所以我们希望你这次跟组，做陈倦的助理编剧，可能会辛苦一些，但对以后的发展很有好处。作为签你的公司，我们自然是希望给你更多的机会让你发展得更好，同时也希望你给公司带来更多的荣耀，维护和纵在整个行业的标杆地位。”

一番话说得江只只指尖发颤，热血沸腾。

她所向往的职场，是这样只要努力一步一步地前走，就可以见得到光的。她知道在这个行业，乔瑞说的这些有多珍贵，于是她重重地点头，许诺道：“我不怕辛苦，我会为了做出好作品而努力。”

乔瑞温和地笑了笑：“至于待遇，言导演之前已经帮你把能争取的都争取了，如果不放心，你可以再看一下。”

江只只瞳孔骤缩，唰地一下去看言却。

言却别开脸，蹙眉问乔瑞：“你几点的飞机？”

“OK，我懂了，等江小姐签个字，我就退场。”

江只只握着笔，郑重地把自己的名字签上。

从今天开始，她是编剧江只只。

她会对自己的职业负责，对观众负责，对自己笔下的人物负责。

她会永远不妥协，永远走在路上。

乔瑞将文件收走先行离开，坐飞机返回和纵的总部魔都去盖章签字。他走后的咖啡馆里，江只只异常沉默，连面前的熔岩巧克力都没有碰。

沉默的言却第一次反思，自己今天是不是来错了。

他本来想一直装到最后，可谈合同这种事她完全没经验，就算自己替她先把条件都谈好，但万一当面乔瑞再出什么附加条件，她分辨不出来掉进坑里怎么办？

虽然这事发生的概率只有万分之一，但言却还是来了。

江只只沉默的时间有点儿长，言却坐不住了。

“你不要多想，你有这个能力，我并没有起什么作用……”

江只只回过神来抬起头：“所以，我不是锦鲤附体，我是交了个锦鲤男朋友？”

江只只眼睛一亮：“所以抱抱你，昨晚我转的抽奖微博可以中奖吗？”

言却：“……”

言却张开手臂：“你可以试试。”

江只只站起来绕到他身边，没有扑进他的怀抱，而是捧着他的脸，亲了亲他的额角。

“言魔王，谢谢你。”

“用不着说这个。”

言却揉她的手：“再夸夸我就行。”

江只只：“……”

“言魔王天下第一好，谁拥有谁知道。”

言却应道：“嗯，你知道。”

江只只：“……你怎么回事？你现在怎么连属性都变了？”

接梗满分，甜度满分，这不符合她一开始对“和言却谈恋爱”的设想。

言却挖了一勺她的熔岩巧克力，说：“我没变。”

只是从前没有人发现过真实的他，包括他自己。

现在，她发现了。

第一个发现秘密的人，要负责到底。

2.0

十一月中旬，《求风》将在X省一处私人马场举行室外的开机发布会，同时官宣主创阵容。在此之前，整个项目保持着高度的保密状态。

江只只向系里请了假，她成绩一向优异，系里很快就批假了。接下来，江只只开始着手准备到X省的行李，之前季禾子在X省拍了几个月的戏，对那边已经熟悉，她把需要注意的事项和江只只说了一遍，省了江只只不少事情。

江只只一边听一边挑重点记下来，刚整理好，QQ就有新消息弹了出来。

三班－林格：我听说你和辅导员请假了？

林格和江只只王不见王，没有加过好友，他是从年级群里直接找过来的。

二班－江只只：是啊，您有事？

三班－林格：还是请到寒假前？

二班－江只只：是啊，所以您有事吗？

三班－林格：那这次期末考试我就虐不了你了，真遗憾。那我弃考，等着你回来补考，我们再一较高下。

江只只：……

听听，这说的是人话吗？

二班－江只只：没必要，您这样真没必要。你考试也不是为了和我比，而是为了你自己啊。

三班－林格：可不能在考场上碾压你，我的考试没什么意义。

江只只：……

看看，这是个什么无聊的人。

二班－江只只：你可以选择在其他方面碾压我，比如写稿。我的《予月光》只差个结尾，等写完就会一口气发到网站上去，到时候我的排名就在你前面了。

三班－林格：在我的字典里，你只能在我后面，等着！

然后林格就下线了。

江只只：……

“怎么会有人一直想要碾压我？这是什么虎狼思想？”

江只只疲惫地揉揉眼，在床上窝着看书的季禾子推了推眼镜，开口：“昨天我看了个新剧，里面男主一直欺负女主，各方面都要碾压女主，不然就会变身成狂躁狼人，跟林格的状态差不多。”

“男主为什么要碾压女主？”

“因为女主只喜欢比她自己强的人，男主想做那个人。”

“你的意思是，林格喜欢我？”江只只就像听到了本世纪最好笑的笑话，笑得脸酸，“生活和狗血总裁剧是没什么相通之处的，林格充其量就是个脑子不算太好的学霸，在校园剧里都做不了主角，只能做跟班的那种。”

她笑过之后就把这个小插曲抛到了九霄云外。

言却要提前十天左右到X省定下拍摄地点，江只只就跟着他一起出发。

五个小时的飞机，两个小时的车程，两个人到达主要拍摄地的那个马场时，天已经黑了下去。

为了借到这个拍摄地，剧组下了很大的功夫。江只只没有来过专业的马场，一看到广阔的草坪，顿时兴奋得忘记疲惫，跟在工作人员的后面，认真仔细地听她介绍现在马场的每一匹马。

其中江只只最喜欢一匹棕黄色的阿拉伯马，皮毛光滑，眼睛又黑又亮，长得格外英俊，而且它和言却还有同一个名字：魔王。

“魔王在赛场上凶悍，但私下的性情很像小孩子，最喜欢别人夸它。如果说它哪里不好，它就会生气不理人也不吃东西。”

江只只瞄了一眼在远处和马场老板说话的言却，再回头看魔王，觉得他们两个更像了。

她忍不住伸出手想要摸一摸魔王，工作人员说："魔王特别认人，除了主人和负责喂它的饲养员外，不喜欢和其他人接近，不过我来这儿之后还没有见过它的主人。"

魔王鼻子里发出"咻咻"的声音，在闻江只只身上的味道。出其不意的是，它嗅了嗅之后，马蹄子搭在木栏杆上，脑袋往江只只的掌心拱了拱。

"天哪，它这么乖的吗？"

魔王的鬃毛软得和丝绸一样，这触感和猫猫狗狗的毛茸茸的感觉不同，越揉越上头。

工作人员也很惊奇，平时跩得二五八万，哄着才肯动一下的魔王大爷，居然在这个小女生面前这么乖。

江只只把这归结于自己的亲和力比较强。

言却往这边走，江只只不禁得意扬扬地和他炫耀说："上到你这种人间大魔王，下到魔王这样的马界精英，没有谁不为我倾倒。"

话音刚落，魔王突然挣脱开她的双手，眼睛亮亮地盯着言却，喉咙里发出"嘻嘻呜呜"的声音，像是在撒娇一样，但它的蹄子一直只在原地刨，不往前迈一步。

言却伸手："过来吧！"

魔王瞬间飞了上来，亲昵地蹭着言却的脸。

江只只：？？

江只只："你是和我在一起之后，身上沾染到我的亲和因子了吗？"

言却拍了拍魔王，魔王乖乖地站到他的旁边。

"这是我的马。"

江只只愣了："哈？"

言却顺了顺魔王的毛，说："魔王是我寄养到这儿的。宠物随主人，难怪它只对你一个亲昵。"随我，只对你一个人不一样。

江只只已经能分清这是他随口说出的情话，她的眼弯弯："刚好，我也是呢。"

世人千千，星子万万，我只看得见你一个。

3.0

江只只很好奇言却的时间表是不是和她的不一样。

言却从八岁开始练射箭，从小学开始摆弄摄像机，而这成为之后他想做导演的契机；大学期间奖项和年级第一双收割，居然还能挤出时间，每隔一个多月时间飞到X省来看魔王。

今天晚上两个人就住在马场，言却提前联系过，两人的房间已经准备好了。

X省秋天的意味不浓，晚上屋子外燃着盆炭火，刚好适合他们坐在旁边看月亮。

只是今天不是满月，没有什么月亮可以赏。江只只看着天的目光很自然地就溜到了言却脸上，然后她问出了她埋在心里很久的疑问。

“你是不是从霍格沃兹学院来的？把一天用魔法抻长了一倍。”

言却淡淡地道：“等会儿你就知道我是怎么做到的了。”

江只只“哦”了一声，突然想起今天是微博抽奖开奖的日子，连忙登上小号。

好，一如她所想，中奖的人那么多，她却不是其中一个。

“为什么我拥有了你这个锦鲤男朋友，还是不能中微博抽奖？”

江只只眯着眼，凑近言却：“你身上没有鱼鳞，你是假的。”

言却：“……”

有时候江只只的脑回路，真的和她那个奇怪少年弟弟很相通。

要是往常，言却肯定两个字“幼稚”扔给她，今天他却一反常态，捉住她的手往自己脸上按，再顺着脸颊一点一点往下滑。

江只只“被迫”将他身上露出来的地方摸了个遍，他甚至捉着她的手要顺着衣襟往里滑，好在她红着脸严厉制止了：“我刚才剥完螃蟹还没洗手呢。”

言却瞬间放弃。

他放开她的手，深沉道：“之前没中奖，是因为你还不够接近我。

现在你全方位地感受到锦鲤男朋友的力量，相信很快就会中奖的。”

这番接近他？确实是全方位，让她的手心都沁出汗了。

她的呼吸都有些不顺畅，深深喘了几口气说：“言导简直就是无形撩人最致命的典范，以后请多多指点我的剧本。”

“要我指导，可是要付报酬的，你知道的，我从不吃亏。”言却勾起意味不明的笑，江只只试探着问：“难道……要我卖身？”

“你一如既往地想得美。”

好，还是那个言却。

经过锦鲤男朋友的洗礼，江只只没有感觉到中奖的力量，倒是困了。

她以前都是不到凌晨两点不和床相拥的，但自从被言却的健康公众号推文洗脑后，她的作息正常了很多，现在十二点左右就犯困了。

两人各回各房，江只只一头倒在床上就睡了过去。

折腾了一天，她睡得很沉，还做了个梦，又梦到了那个挥着魔法棒的魔女。

“我可以满足你一个愿望哦。”

“我要言却。”她的回答一如既往。

魔女念了句咒语，然后“哎呀”一声：“言却已经是你的了，你不用再祈求了，换个心愿。”

“那……我要他只喜欢我一个人。”

魔女又念了句咒语，又“哎呀”一声：“言却现在已经只喜欢你一个人了，你这个人在浪费我的魔法，我不要给你幸运了，告辞。”

江只只看着魔女挥动着翅膀跑路，在原地笑嘻嘻地捧着脸。

“嘿嘿嘿……嘻嘻嘻……哈哈哈……”

江只只就是这么笑醒的，因为这幸福快乐笑得脸差点儿抽筋。

马场的房间窗帘不太遮光，她揉了揉眼睛坐起来，看见外面院子里有个人影在来来回回地走。

在这凌晨三点，还在外面一圈一圈绕着走的，只有言却。

他经常给她发早睡早起的健康公众号推文，让她差点儿忘记他的睡眠问题有多严重。顾知洲也说过，言却平时一天只睡三四个小时而已，一换地方，就是成宿成宿地难以入眠。

言却这次提前过来，也是想尽快适应环境。

江只只有些羞愧，作为女朋友，她居然把这么重要的一件事忘记了。

她小跑着下床开门，过去把手塞进言却的手心里。他的手掌有些凉，但有她这个暖炉在，一会儿就能热起来了。

言却就像是专门等着她发现他一样，她的手一伸过来，他连惊讶的三秒反应时间都没有，迅速握住。

“你这种情况有多久了？”

言却握住她的手揣进外衣口袋里，回答：“五六年了。”

“睡觉对人的身体特别特别重要，你这样熬下去，身体会熬坏的。”

言却回头，“哦”了一声：“你也知道按时睡觉很重要？”

江只只的肩膀耷拉了一瞬，又耸了起来：“现在站在你面前的，是早睡早起身体好的江只只。”

“哦，这么厉害。”

他的夸奖一点儿也不走心，江只只也没心思跟他计较，她现在满腔都是怎么帮他慢慢治愈失眠的热望。

“我最近看你分享给我的那个健康推文，觉得还挺有用的。我建议你反复观看，一天看三四遍，时间久了就会形成惯性记忆，当你熬夜时，你就会下意识想到那个推文，意识到你该睡觉了。”

言却颇为意味深长地看了她一会儿，摇摇头说：“医生说我失眠是因为我思考的东西太多，潜意识已经形成这种习惯。其实如果有能让我听话的人，愿意每天晚上在我该睡觉的时间叮嘱我睡，该醒来时叫我醒来，就算我在这个阶段睡不着，也能刺激一下潜意识的想法，长久下去，可能有用也说不定。”

江只只眼睛一亮，像是两边眼角各缀着一颗星：“我愿意呀，那从今晚开始就行动起来吧！”

言却伸手，点了点“那颗星”。

她有的时候聪明机灵，能想出各种各样的主意去应对可能发生的情况；有的时候又有点儿智商不在线，居然连他这种鬼话也信，傻乎乎的，有点儿……可爱，比昨天的她还可爱一点。

言却的触碰让她紧绷的身体放松下来，她的脑袋靠在他的肩膀上，眼皮沉沉。他弯腰勾住她的膝盖窝把她抱起来，送回她的房间。

再有一会儿，天就亮了。

天亮了，就会出太阳。

言却无比期待新一天的到来，期待之后的夜里，她和自己说“晚安”；期待太阳再升起，她对自己说“早安”。

（十五）

暗恋总会伤心一场

1.0

11 月 5 日，江只只跟着言却在马场待了几天之后，主创团队陆续低调赶过来。

和纵出品 + 陈倦编剧就是收视率的保证，而且《求风》还是和纵明年上新项目的重中之重，很多演员都想在剧中争取到一个出彩的角色，或转型或镀金。因为剧组一直没有官宣阵容，关于演员人选，好几家粉丝在网上来来往往吵过好几轮。

江只只知道女主角是祝轻光，但其他的主要演员并不知道。她怕自己憋不住说出去，千叮咛、万嘱咐，要言却千万不要告诉她。

和纵要求演员在进组之前参加剧本研读会，因此直到今天，江只只才知道演员全阵容。如果她去爆料，分分钟就能掀起一场腥风血雨。

女主是视后祝轻光，而男主角，居然是口碑一直不好的流量明星关居。

同样作为流量明星，顾知洲的流量和关居的流量比，那就是水龙头和大海；口碑也是，一个在天上飘，一个在深渊底。

关居，选秀 C 位出道，爆红之后就去学表演，之后开始一路作死，事业上各种恐怖烂片败好感，生活中抽烟喝酒什么都干，还在女友粉众多时交了女朋友。

他从爆红到作死再到沉寂，经历得太多，可他今年不过二十五岁而已。

关居是试戏之后言却力排众议定下来的，在剧本研读会上，江只只总算知道为什么言却会选择他。

《求风》的男主角周致是被抛弃的人，是从深渊淤泥里出来的人，马术对他来说，是救赎，也是希望。

关居坐在那里，念着周致的台词，眼神冰冷又桀骜，这种和角色高度契合的状态，让人看一眼就认定他就是周致本人。

第一集的台词读完，房间里响起掌声。

言却对着关居点点头，关居坐到角落里，和外界传言的狂傲不羁完全不一样，显得有些拘谨。

江只只在台词本上勾画好重点，又忍不住去看言却。

他在认真细致地讲戏，动作比方才关居的要克制，更以细微表情突出整个人的情绪。

好的导演，往往也是好的演员。他能吃透角色，找到最适合这个角色的人。

这一刻好像回到了两年前，命中注定一般，她在那张报纸上第一次看见言却。

少年的眼，是黑白颜色都掩不住的动人。

他生来就是要吃这碗饭的。

江只只突然觉得眼睛涩涩的，遂揉了揉。

唉，男朋友的光芒终究晃花了她的眼。

言却翻了一页台词本，抬起头，扫到了江只只的脸。她正托着腮看着他，眼眶红红，眼泪汪汪。

她怎么哭了？

言却的心狠狠地揪了一下，可眼下这么多人在场，他也不好去问她。

祝轻光在旁边看了一会儿好戏，还是觉得自己要照顾下自家小叔子，遂抱怨说："言导，我们可都是刚到不久，能不能让我们歇一会儿，吃个饭补充能量再继续？"

言却心里的小猫已经在到处抓抓挠挠，听祝轻光这么说，他立刻道："那各位先休息一下，下午三点再继续。"

房间里众人散去，言却有些焦急，几步就走到了江只只身边，低声问："怎么了？是早上没吃饱，还是没睡好，或者是……听不懂？"

这拿她当幼儿园小朋友的三连问话是怎么回事？

江只只的胳膊还杵在桌子上，小弧度地冲着他招招手。

言却弯下腰，江只只抬起双手捧住他的脸，左右仔细端详，然后说了句：“还是彩色的你更好看。”

言却不明所以，她沾着泪的睫毛忽闪着，脸上一抹绯红渐渐晕开。

“不管是黑白色的你，还是彩色的你，都是我的。”

往事和现实重叠，他从遥远天边住进了她心里，又来到她身边。

江只只幼稚又霸道地捧着他的脸往自己的方向靠近，两人之间的距离接近零时，门“咚咚”地被敲响，江只只迅速放开他的脸，扯过旁边的笔记本，装模作样地说：“言导，这里我有一点点不明白——”

看到笔记本上的字，江只只“啪”地又合上本子，言却眼疾手快，先一步抢走了。

本子上是一颗一颗的小心心，旁边延伸出来，都射向最右侧的简笔小人。

言却一眼就认出那是自己。

他一本正经地问：“江编，哪里不明白？”

推门进来的是制片人黄瑛：“言导。”

言却将笔记本还给江只只，低低地道：“等我忙完来给江编亲自指导一下。”

江只只红着脸瞪他，他的唇角扬起笑，转身跟黄瑛出去。

【只只呀：我感觉言却学坏了，是不是你教坏的？】

【在河知洲：哦。】

哦？这个反应很不像顾知洲啊。

【只只呀：你怎么了？手机没电了？】

【在河知洲：你没看微博吗？】

刚开了很久的会，她还真没抽出时间看微博。

江只只登上微博一刷，瞬间就看到两个熟悉的名字“肩并肩”“手拉手”地站在热搜榜第一位——“顾知洲陪考季禾子”。

她顺着这个热搜词条点进去才看到，原来今天季禾子参加司法考试，顾知洲在外面被狗仔拍到了。

几张图里有顾知洲眼巴巴守着大门的凄惨样子，也有季禾子考完后和顾知洲的同框照，可谓是有图有真相。

“我只是几个小时没看微博而已，这世界怎么就变得这么陌生？”

江只只迅速找谢钰了解此时此刻寝室的动向。

【谢钰：禾子刚才回来时脸黑成锅底，好像是没考好，盯着刑法书盯了半天，拳头捏得嘎嘎作响，差点儿就去撕书了。这个时候的禾子就是爆炸性武器，谁送上门谁死。】

江只只知道季禾子的脾气，好心地劝顾知洲。

【只只呀：你好好活着，不要去送死。】

【在河知洲：我知道……可我真的不知道怎么办了。我只有你和言却了，你们不能不管我。】

【在河知洲：我刚到马场门口，出来接我一下。】

【只只呀：？？？】

江只只惊呆了。

顾知洲居然已经到了？

马场门口，顾知洲撇着嘴委屈巴巴地看着言却。

“言言，小缺德，你不能不管我……你要是不管我，我就要去找江只只了哦，找她说你之前跟江星沉的对话了哦。”

言却：“……滚。”

2.0

顾知洲现在的状态是很难受、很迷茫、很纠结。

这三种复杂的情绪交杂着，他非常想喝点酒发泄一下情绪，但被言却警告敢沾酒就把他丢出去后，他就只能以酸奶代酒，哭诉着自己的不容易。

“只只，别人不了解，你应该是懂我的心的。我们单恋别人的人，成天风里来雨里去，只求对方看自己一眼，给自己一个笑，然而大部分时候等来的只是冷冷的一句‘滚开’。”

顾知洲干了一杯酸奶，又给自己倒了一杯：“我们是靠什么撑着？不就是喜欢！对方就仗着我们的喜欢肆无忌惮地践踏我们的真心，欺骗善良的我们，他们简直不是人！”

言却越听脸越黑，尤其是看江只只一副听进去、深以为然的样子，心里更不舒服。他提起顾知洲的衣领子，扯着顾知洲就要往外丢。顾知洲之前练过舞蹈，腰身柔软，一个闪身，手撑在墙上，姿势妖娆地把酸奶喝完：“可是没办法啊，爱情这杯酒，谁喝都得醉。”

“只只，你懂我的，对吗？”

“她不懂你。”言却冷冷地说，“我们已经在一起了，你和季禾子还没有，你和她没什么可懂的。”

言却在顾知洲的伤口上疯狂地撒盐，顾知洲难受得直抽抽：“江只只，你看看你男人！”

江只只快要被这两个相声演员笑死，她手机一震，是微博新消息推送。

@季禾子 LAW 独家回应！！和顾知洲的恋情疑曝光！

“顾知洲，别喝了，季禾子好像承认你们的恋情了……”

@季禾子 LAW：你们有心在我这儿闹，不如去找你们口中被我的外表蒙骗的可怜哥哥，让他别那么喜欢我；如果不敢去，也别在我这儿叫嚣，这是对人权平等的忽视与蔑视。尊重和保障人之尊严和人权，是现代法制的核心价值理念。

你们想让外人知道你们哥哥的粉丝都是这样不懂法理的人？如果真的不懂，建议多看书。

还有，我打算考过司法考试就退圈去做律师，没必要蹭你们哥哥的热度，不信可往前翻我过去一年的微博。当然，如果我考不过，你们哥哥非要养我，我也没意见。

……

这回应，可以说非常季禾子了。

顾知洲捧着手机，一个字一个字地看过去，越看嘴角咧得越开，到最后没忍住笑出声。

“不行，我要回去。我立刻走，告辞了，朋友们。”

顾知洲来像一阵风，去也匆匆。

等他卷着行李离开马场，除了一地的酸奶盒，没什么证明他来过。

江只只拿着笤帚把顾知洲留下的一地垃圾扫了扫，腰身一紧，被带进一个炙热的怀抱，用力裹住。

“我是人。”

江只只想了几秒，才意识到他说的是对应方才顾知洲发奶疯说的那番话。

江只只摇摇头，说：“不，你不是人。”

言却呼吸一紧。

“你是神。”

言却：“……”

今日份“言学”的深造也在努力进行中。

剧本研读会开了三天，江只只参加了两天，因为第三天她就感冒病倒了。

X省的气候她还是不太适应，有点儿水土不服，早上她当叫醒闹钟去叫言却起床之后吃了一点儿东西，没多久就都吐了出来，只能可怜兮兮地喝着热糖水吊命。

言却本来有心陪她一会儿，但在工作上，她比他还要操心，哑着嗓子搬出一套又一套的道理，像是他多待一分钟都是罪一样。

言却不想让她多说话，就照常去开会。

房间里，江只只躺在床上，这几天她被折腾得浑身疲惫。会一日一日地开着，她作为一个助理编剧，每天只需要想剧本的事情都扛不住，更何况是言却这个方方面面都要照顾到的导演。

也难怪他总会失眠。

江只只更能体会到言却的不容易，发誓绝不能拖他的后腿。

她歪在床头，仿佛太久没有这么长的空闲时间，干脆把之前关掉的所有微博消息提醒都开开了。

这一下，微博“唰”地弹出 99+ 的未读消息，还有不少艾特她的粉丝。

江只只一条一条地看过去，惊呼：“哟嚯，这位朋友终于不只发‘已阅’了。”

那个 ID 和言却的微信名重名的网友，微博主页上除了转发她的微博外，终于有一条别的，是在三天前发的。

@meisbieka：最近家里有喜事，在这里做个提问抽奖，抽一个有缘人，在线打钱。

问：你对你喜欢的人的昵称是？

评论里专门搜索“打钱”而摸过来的网友们留下五花八门的昵称，什么大王、二狗、三眼哥，江只只第一次知道我国情侣的昵称已经多样化到这个程度了。

这条微博的开奖时间是明天，江只只刚好没有错过，就随手评论了一下。

@今天也要追男神：魔王。

她将所有的未读消息看完，收获了一大批对她和男神的祝福。她把每一条祝福都截图，专门放到一个相册里。

“我也祝福我自己和男神有一天会成为契合的情侣。”

虽然任重道远，但她会努力，跟上他的脚步，让他一侧目，就能看见她在身边。

一场病，生得江只只壮志满怀。汲取了微博祝福给予的力量之后，她总算感觉到饿，翻身下床去找吃的。

虽然马场住处一般，但因为老板是个爱吃的老饕，小厨房做的食物特别好吃。

由南到北的各色小食在这儿都能看到，言却忙的时候，江只只就经常溜过来找吃的，回去的路上再摸一下魔王。

这个时间，大家还在开剧本研读会，餐厅应该没什么人，江只只洗了把脸就去了，可没想到会碰上祝轻光。

祝轻光是真绝色，江只只跟她比起来，就像是喂毒苹果的巫婆和白雪公主。

江只只不想过去，怕玷污白雪公主的光彩，可还没来得及走，祝轻光就看到了她，还对她招招手："只只，过来坐。"

绝色白雪公主一开口，巫婆也要扔苹果。

江只只坐到祝轻光对面，问："祝老师也没有去参加剧本会吗？"

"别叫我祝老师，这么见外，你就和言却一样叫我轻姐好了。"

"咦，言却不管你叫嫂子吗？"话一出口，江只只就想掐死自己，"对不起，我不是故意八卦的……"

"没关系，本来我还有点儿担心言却那个不可爱的孩子对你不好，不过他都把这件事告诉你了，足见他对你是认真的。"

江只只没有告诉祝轻光一个悲惨的事实。

这件事，其实是顾知洲之前和她八卦时提到的，不是言却说的，虽然当时言却也在场。

祝轻光今日整个人有些阴郁，即使笑着也像是藏了什么苦楚，她一直在嘱咐江只只，如果有可能的话，尽力去体谅言却。

"这些年没有几个人能真正地走近他，如果他做了什么让你不高兴了，希望你给他一个机会，多一些时间去看清真相。"

江只只不明白她说的，但还是点头应下。

祝轻光面前放着的虾仁云吞已经凉了，她又要了两份，一份给自己，一份给江只只。

虾仁鲜嫩，云吞面皮薄如蝉翼，汤头醇香，滴几滴香油进去，一口一个，齿颊留香。

江只只爱吃，越吃眼睛越弯。

祝轻光笑了笑，把自己的那份也给了她。

3.0

每天言却忙完之后，会抽出时间来找江只只，也不做什么，就和他们在一起之前一样，问江只只一天做了什么。

今天的剧本研讨会在下午六点结束，有其他工作安排的几位主演离开马场，等开机时再赶回来。

六点到十点，四个小时，江只只也没有等到言却。

再有半小时，就是她监督言却睡觉的时间。江只只抱着抱枕去隔壁敲门，敲了三下，她拧开门把手，发现门没有锁。

今夜无星无月，拉上窗帘，房间就是一个漆黑的深窖。

黑暗中，江只只的手腕被攥住。

这个力道和温度是她最熟悉的，她乖巧地任他牵着，随后被他拉进怀里，紧紧扣住。

他的脑袋埋在她颈窝里，气息灼灼，在不经意间就让她心尖滚烫。

察觉到他搂着自己的手在发颤，江只只有些愣了。

或许是言却这样的人淡漠而强悍，没有人会把他和脆弱、伤心这样的情绪联系在一起，大家都以为他就是冷心冷情，毫无知觉。

可他毕竟是活生生的人，是人，就总会有脆弱的时候。

现在他把自己的脆弱在她的面前摊开，反倒让她更心疼。

江只只伸手反搂住他劲瘦的腰，像拍小孩子一样，一下又一下地拍他的肩膀。

“没事的，有我在呢。”

此刻的江只只觉得自己无比高大，越拍越起劲儿，最后还唱起了歌，唱的是《咱们军人有力量》。

言却的负面情绪，就在她一声声接近破音的歌声里被驱散。

江只只从高大的歌唱家变成言却怀里的抱枕，不过是几分钟的事。

她觉得自己应该矜持一下，但身体完全不听她的，被带到床边时自发地向言却靠拢，甚至还找了个舒服的角度蜷缩进他怀里。

她的身体背叛她投敌了。

言却的声音在她头顶响起，轻轻缓缓，没有一丝从前的冷意。

"今天是我大哥的父母，也就是我大伯和伯母的忌日。"

那就是祝轻光的公公、婆婆了。

"难怪白天我看到轻姐的时候，她看起来那么难过。"

言却的下巴抵在她额上："轻姐是和我大哥一起长大的，她以前是个很张扬的人，但为了和我大哥在一起，她放弃了很多。"

对于这点，江只只感同身受："喜欢一个人就是这样的，不知不觉就会把对方放在最重要的位置上。"

她从他怀里抬起头："譬如我，如果放弃一些东西，就能让我和你提早在一起，无论让我放弃什么，我都愿意。"

她说得诚恳，语气却轻快。

言却知道她是个多么执着的人，可听她这么直白地说出来，他还是不免被她震慑住。

他们两个之间，向来是她更勇敢无畏。

言却想说什么，眼睛却被那双柔软的手遮住。

"好了，到时间了，该睡觉了。睡醒之后，明天又是新的一天。"

忧愁不过夜，这是江只只的行为准则。

她轻声说："一、二、三，阖上眼。"

他的睫毛很柔软，擦过她的掌心向下，轻勾着她的心。

他听她的话阖上眼，她拉下台灯的拉绳，跟着闭上眼。

晚安，言却。

明天的你，有我陪的你，一定会是开心的你。

4.0

第二天一早，江只只在言却身边醒来，准确地说，是在言却的腿下醒来。

江只只无语半天才说服自己，身边的这个人确实是她喜欢的高冷男神言却。

言却上半身横着缩在床头，下半身竖着，整个人弯成九十度，江只只就在这个直角的空隙中睡。他搂着她的脖子，一条腿还横在她身上。

这禁锢的爱，真是沉重。

言却呼吸均匀，还睡得很熟。他昨天情绪波动太大，江只只没舍得叫醒他。她放轻动作，从他的桎梏中艰难脱身，看他蹙眉伸手划拉什么，她把自己的枕头递过去，他迅速收进怀里，眉心舒展开，继续睡了。

江只只：“……”

言却确实是把她当枕头了。

可这么帅又这么反差萌的可爱男朋友，别说枕头，把她当枕巾，她都乐意。

江只只蹑手蹑脚地下床，微博收到新消息。

——恭喜 @今天也要追男神 1 名用户获得【在线打钱】，微博唯一官方抽奖工具 @微博抽奖平台对本次抽奖进行监督，结果公正有效。

她居然真的中奖了，人生第一次啊！

江只只回头看还在床上睡的言却，看来锦鲤男朋友没白摸，真的让她的好运来了。

江只只喜滋滋地给博主发私信。

@今天也要追男神：谢谢“已阅”大佬，让我中奖的夙愿得偿。

“嗡嗡”，台灯旁边言却的手机震了震。

@今天也要追男神：打钱就算了，大佬可以把这笔钱捐一下。

“嗡嗡”，手机又是一震。

江只只缓缓地眨眨眼。

@今天也要追男神：三阿哥今天又长高了。

@今天也要追男神：森雷地发，我想要带雷回噶（心里的花，我想带你回家）。

@今天也要追男神：我和我的祖国，一刻也不能分割。

“嗡嗡嗡嗡嗡嗡——”

手机震个不停，亮起来的屏幕上，她刚才发的歌词刷屏。

江只只握住手机的手有些僵硬，再看床上的言却，仿佛没有刚才那么可爱了。

所以@meisbieka这个微博ID就是言却。

他一直知道江只只这个微博号的存在，而且每条都在转发。

但这也不能说他骗她，毕竟当时她只是问了他玩不玩微博，并没问他@meisbieka这个号是不是他本人。

是她大意了。

可他顶着这个马甲，肆无忌惮地围观她记录他的点点滴滴，还装成完全不知情，确实让她心里像堵了一团棉花一样，闷闷的不舒服。

她盯着睡得浑然不知的言却，伸手去微博小秘书那里举报他违规抽奖，不然他咋可能这么巧抽到她。

干完这一票，江只只也没有舒服多少，她迅速将枕头从他怀里抽出来，飞奔着跑回自己房间。

怀里没有了柔软的抱枕，言却猛地惊醒，手机又震了一下。

他很少有睡这么长时间的时候，醒来时眼前都朦朦胧胧的，看不真切。

怀里已经没了昨天让他安然入睡的人，他的薄唇抿起，翻身下了床。

“嗡嗡——”

手机又震了一下，私信消息几乎充斥着整个屏幕。

@今天也要追男神：刚才我男朋友干了件对不起我的事情，我一时给你发了这么多条消息，别介意呀。

言却翻看她所有的私信，头有些疼。他伪装得这么好，结果还是暴露了。

不过她闹脾气时，居然比平时还有趣。

而这也许是因为现在在他眼里，不管她笑还是哭，开心还是生气，都很可爱。

从那天起，江只只开始和言却冷战。

之前江只只想过，如果她和言却在一起，一定把他当偶像一样宠着供着，冷战什么的想都没想过。

可这次也不知道是为什么，她心里像是长了个钩子，把她心里某些她自己都不甚了解的东西钩了出来。

一整天她都拒绝和言却同框出现，即使必须跟陈倦和他聊剧本，她也要坐得离他远远的。言却一看她，她立马偏头去看风景。

言却的眸色阴沉，周身气压很低。

陈倦乐呵呵地说："按照你说的，我做了几个方案来调整周致这个角色的台词部分，而这个调整要只只来做，具体的你们多聊一下，我先回去改一下刚说的情节部分。"

言却点点头，陈倦给了他一个意味深长的眼神，摇摇头走了出去。江只只看陈倦走了，立马站起来。

言却沉声道："坐回去。"

江只只咬着牙，硬气地继续往外走，结果手刚握到门把手就被言却一下拉住。他的胸膛和他的手臂将她牢牢地困在他怀里，让她没办法脱身。

江只只转回身，与他面对面而立，手抵在他胸口，试图推开他，但是徒劳无功。

与她在一起之后的每个第一次，都让言却觉得新奇又隐隐期待。

只有这回她的第一次抗拒，让他整个人郁气蒸腾。

“你究竟在生什么气？”

“我才没生气。”

“没生气，你会这样？”

“怎样？”她仰头看他，分毫不让。

言却蹙蹙眉，咬紧的牙关一松，声音低低的：“不理我，也不看我。”

他缓缓靠近，气息喷在她脸颊边，意味讨好。要是平时，她肯定立刻就软了，这一次虽然脊背也瞬间有些发麻，可她心底那股烦躁和焦虑让她没有继续沉沦。

她低着头，继续不看他，也不说话。

言却几乎是焦头烂额：“我……”

言却的手机铃声响起，他压制她的动作不变，只接通了电话放在耳边。

两个人离得近，江只只能听见电话里对方中气十足的一声吼：“你个兔崽子，现在就给我滚回来！！”

“我在忙，现在回不去。”

“不管你在忙什么，现在立刻马上滚回来。”

言却听了这话皱了皱眉，松开江只只站直，离得稍微远了点儿，江只只只能依稀听见“祝轻光”“曝光”几个词，仿佛是他家里出了什么事情。

言却的脸色逐渐变得凝重起来，投到江只只身上的目光冷且深，和刚刚的万般柔情完全不同。

江只只一颗心七上八下，听言却最终应了一声“好”，之后他挂了电话。

她忍了忍，还是没忍住出声问他：“出什么事了吗？”

言却静静地看了她一会儿，这平静的半分钟，是狂风巨浪来之前的预兆。江只只焦急起来，将冷战忘到一边，抓住他的手，又问一句：“很严重？”

她的手心柔软，似棉花糖将他包裹，渐渐融化时，糖分跟着渗进他的血肉里。

他敛下眉眼，问：“祝轻光和我大哥的事情，你有和人说过吗？”

“当然没有啊，我之前不是答应过你保密的嘛，我……”江只只的声音越来越低，倏忽间像是明白些什么，抓着他的手一下松开。

她摸出手机，颤着手点开微博。

“祝轻光恋情”这一热搜已经爆掉，有媒体拍到了祝轻光和神秘男子昨天下午出现在临市一处墓园的照片，该神秘男子很快被扒出来是衡星娱乐的执行董事言佑，也是老总言衡的侄子。

祝轻光出道以来，口碑、作品都很好，是这一代小花中的领头羊。粉丝以祝轻光的影视剧资源为骄傲，她的对家则一直恨她恨得牙根痒痒。这一次好不容易碰上祝轻光闹出绯闻，一部分人浑水摸鱼，借题发挥，说祝轻光是搭上言家之后才顺风顺水的。

娱乐圈往往是暗流涌动，江只只知道有很多人等着揪祝轻光的错处，打算来分她资源的一杯羹。

祝轻光和言佑在一起这么多年，保密工作做得滴水不漏，这次肯定是有人泄露了消息，他们才被拍到。

手机突然变得千斤重似的，江只只有些拿不动了。

她垂着脸，睫毛一颤一颤。言却喉咙发紧，上前一步。

江只只像被他吓到，猛地往后退，他去牵她的手就那么顿在了半空中。

江只只抬起脸，眼角一片红，泪珠在眼底打转，被她反手一把抹掉。

她咬着下唇，咬到留下月牙般的印子才松口：“不管你信不信，不是我说的。”

他脱口而出：“我信。”

江只只盯了他良久，点头：“好，没什么事，我先回去改剧本了，你应该要回临市吧，早点儿订机票。”

她表现乖巧，手却固执地避开他。言却想再伸手，像方才那样拦阻她的去路，可她回头看他时，眼底是慑人的光。他一下愣住，她逮住机会就打开门跑了出去。

“咣”的一声，门差点儿撞到他的鼻子。

言却疲惫地闭着眼睛，无奈地咕哝一句：“她更生气了，怎么办？

5.0

言却连夜赶回了临市，临走前他去找了江只只。

江只只哭了一场，眼睛红肿得厉害，她不看他，也不说话，蜷缩在床上，像个可怜的布娃娃。

言却叹了口气，和衣躺在她旁边，将她和被子一起搂进怀里。

“我知道你生气，可其实到现在，我也不知道你内心的真正想法，不知道我怎么道歉你才会开心，会原谅我。祝轻光的事情背后牵扯的是我过世的大伯，我全家都对这件事很敏感。我不是真的怀疑你，我只是……”

他有太多话想说，但每一种说法都仿佛是在雪上加霜。

言却擅长怼人，却不擅长自辩，他无比悔恨自己没有和陈倦学学说话之道，才会在事情紧急时不知所措。

他刚刚在房间里几乎是焦头烂额，一遍遍说着“麻烦，我早就应该知道是麻烦”，但等到十点半，她没有照常出现，他就没能忍住来找她。

言却叹了口气：“我会尽快处理完临市的事情，明天就会赶回来，你敷一下眼睛再睡。等我回来，我们好好谈一谈。”

江只只还是没说话，时间快到了，言却又叹了口气，啄了一下她的眼角就起身离开。

门打开又掩上，夹杂着一丝月光降临。

江只只缩回被子里，不想去沾染那月光。

“我们单恋别人的人，成天风里来雨里去，只求对方看自己一眼，给自己一个笑……”

“我们是靠什么撑着？不就是喜欢！对方就仗着我们的喜欢肆无

忌惮地践踏我们的真心，欺骗善良的我们……”

之前顾知洲半真半假的话在她耳边一直环绕。

江只只终于明白自己为什么这么生气——为言却的欺瞒，为言却的质问，为言却的不相信。

单恋总会伤心一场，是因为先动心的那一方已经走了九十九步，后来的那一方自认自己走了一步就是付出。

一开始江只只也以为，只要言却走那一步就好。

可人都是贪心的，得到了心心念念的，就又贪恋其他。

言却怎么可能会像她喜欢他一样……喜欢着她！

她难过，只是因为不甘心而已。

江只只的手揪着被单，眼泪晕出一朵朵花。

这么长久的坚持，是她不知疲倦垒起的城墙，而他轻而易举的几句话就让整个城墙摇摇欲坠。

她为了这道城墙已经用尽了全力，她突然觉得疲惫，也有点恐慌。

她好像没有力气去垒新的城墙了，等旧的城墙坍塌，她是不是就要失去他了？

（十六）

喜欢你是你，喜欢我的你

1.0

第二天言却不在剧组，拍摄暂停。

江只只在房间里强撑着修改完剧本部分，翻出手机看自己的每一条微博，一条又一条，都是她对言却一往无前的喜欢，可再想每一条言却都看过，都转发过，都知道，却无动于衷，然后装作不知情，那喜欢就蒙上一层灰色。

越看她心里越难受，于是咬紧牙根将微博一条条删除掉。

删到后面，她泪流满面。已经有粉丝发现她的删微博举动，纷纷私信来安慰她，包括那个一夜之内她看过无数次的主页的主人@meisbieka。

@meisbieka：是男神不好，让你伤心了。别哭了，等男神回去，我帮你打他好不好？

她的泪流得更汹涌，不过这个时候她不想看见他，遂动手将他微博拉黑。

在临市的言却掐了掐自己的眉心。

他对感情一事实在是不在行，江只只那么生气，他不知道他做的哪件事、走的哪一步就会将她推走，所以他不敢动。

向来天不怕、地不怕的言却，从来没有这么束手束脚的时候。

言却整理好心情，踏进临市言家的大门，去面对同样棘手的自家问题。

新的一天开始，可言家还留在昨日的凝滞氛围中。

自家爹的暴怒言却已经想象到了，客厅里的东西被他丢得到处都是，不过他心爱的奶茶还好好地放在一地狼藉之中，言却无力地勾了勾嘴角。

已经发泄了一波，等言却回来，言衡反倒没什么力气，左右看看，他并没有听自己的话带那个小姑娘回来，也懒得再问，只是颓然地挥挥手，说："去看看你大哥。"

言却上楼，祝轻光从言佑的房间里出来，拉着他往外走："佑哥刚睡，我们到前面去说。”

二楼的大阳台将言却和言佑的房间连在一起，在这里，祝轻光抬头就能注意到言佑房间里的动静。

“我以为你会把只只带回来。”

“这个时候不适合带她来。”

“你是怕爸万一执迷不悟，认定这件事有她的份儿，带她回来不好吧？”祝轻光笑笑，“你真是用心良苦，我要是只只，都要感动得哭出来。”

江只只确实是哭了，却不是感动的，而是气的。

言却避开这件事，转了话题问：“大哥怎么样了？”

“没什么事，这次情况很平稳，就是失眠了，刚刚才睡着。”

言佑的母亲昔年也是娱乐圈的美女演员，知名度不算高，但私生活很引人关注。她和丈夫在一场车祸中丧生，就是因为开车躲避狗仔的追逐而打滑撞上了护栏。

言佑幼年丧失双亲，这件事对他来说无异于晴天霹雳，从此他对狗仔、对镜头都格外敏感。祝轻光和言佑青梅竹马，喜欢他很多年。言佑一直不回应他们在一起的消息也是顾及祝轻光做演员之后可能会引来的注目。

他知道当演员演戏，是祝轻光从小到大的梦想。

为了言佑，祝轻光放弃除了演戏之外的所有曝光机会，这才和言佑走到了一起。一直以来，言家对祝轻光和言佑的感情保护得很好，偶尔有媒体察觉也会被言家压下来。

惹到言家的后果很麻烦，没有人想去触碰底线。但这一次就有人碰了，还引爆了一个雷，激起千层浪，以后言家再想压消息也不可能了。

言衡心疼侄子，很快就从媒体方入手，找到了暗中操纵者，是佳林娱乐。

佳林娱乐擅长控制媒体舆论，制造热点，和衡星有竞争关系。再加上之前佳林力捧的凌音在《对你何止中意》剧组被除名，佳林老板一直憋着一股气，遂抓着这次的机会泼脏水。

这也是言衡让言却带江只只回来的原因。

江只只那时候受了凌音的气，之后言却出手，间接地将凌音赶出了剧组。

这其中的原因，不用说，言衡也知道是什么。

而这恰恰也是言却不带江只只回来的理由。

当时他们没有在一起，那件事是他一个人做的就该他来善后，他不想让江只只卷进来。

佳林娱乐好解决，凌音他也并不放在眼里，重要的是言佑。

事情曝光之后，以后言佑和祝轻光的一举一动注定会被有心人注意，言佑对那样的目光过于敏感，言却怕他之后压抑自己，做出什么难以挽回的事情。

这也是整个言家最看重的。

“爸让你不要做导演了，衡星转行去做奶茶生意，我们一家人远离这个圈子就万事大吉了。爸说得认真极了。”祝轻光笑了笑，说，“佑哥当了真，当时就急了。他说做导演是你的梦想，谁都不能去拆你的梦。”

“佑哥啊，总是舍弃他的所有来成全我们。我当时何尝不是说我不做演员了，可他却不同意，最后我们僵持不下，各退一步，才有了如今。言却，我知道你自从坚定要做导演的心之后就经常失眠，你是为你大哥担心。你们两兄弟是一样的性格，什么也不说，只把担心焦虑深埋。”

“我和言佑一起长大，有时候还摸不透他的想法。只只认识你不算久，有些事情你不说清楚，她是不会明白的。你做了那么多，她什么也不知道，你做了就和没做一样。多一些解释和坦诚并不丢人，抓不住喜欢的姑娘才丢人。”

祝轻光的眼和 X 光一样把他看得透透的，他听了进去，“嗯”了一声：“我知道了。”

两人望着天空，又是一天的蔚蓝颜色。

言却说：“我有个办法能一劳永逸，只是你和爸要辛苦一下。”

“我你不用担心，爸我也可以保证。说说看，什么办法？”

“既然已经曝光了，就一次性满足围观群众所有的好奇心。”言却目光坚定，冷冷一笑道，“利用舆论玩心理战，我自认还不会输给别人。”

祝轻光笑眯眯地拍手：“今日最帅可以让给你，不过等你大哥醒来，他依旧最帅。”

2.0

今日的热搜榜变幻莫测，用一位网友总结的话就是“只要有心，处处都是瓜田”。

昨日祝轻光恋情曝光的余热未消，今天和纵的新戏《求风》提前官宣演员，女主角祝轻光正处在风口浪尖，可与此相比，男主角关居才更让人震惊。

至今仍对他死心塌地的粉丝都在狂欢抽奖，庆祝自家哥哥有了这么好的资源，而那些看不惯他的则齐齐刷起词条“关居滚出《求风》”。

与《求风》相关的消息收割热搜榜前十中的六位时，又一条爆料突出重围——“李易导演谈凌音退出剧组”。

爆料来自一个采访，《对你何止中意》的导演李易被问及原本出现在官宣名单上的凌音退出剧组一事，表示不想多谈，主持人坚持问了几轮后才松了口。

“我呢，对于拍剧并不算太有经验，凌音呢，又是个想法特别多、特别较真儿的‘好’演员。剧本也好，画面也罢，我都满足不了她天马行空的想象力，毕竟我的能力有限。所以经过友好协商，她就离开剧组加入别的项目，好像是部投资五千万的电影呢。现在小成本电影还在试水阶段，凌音能先人一步看到行业前景，真是很有想法。”

李易的每句话看似都在夸凌音，但是琢磨一下，每一句都能解读出一篇小作文。

广大网友纷纷加入阅读理解的行列中，关于凌音的所谓真真假假的爆料也层出不穷，而这股热潮在采访类节目《今日有约》宣布下一期的嘉宾是衡星娱乐的老总言衡时达到了顶峰。

《今日有约》不同于传统的话题类采访，其中主持人会跟着嘉宾完成一日行程，在与嘉宾相处的过程中向观众展示对方的生活。

这也就是说，言衡参加的节目里，今天在热搜上滚动出现的那些人可能都会出现？

吃瓜群众守了一天的“瓜田”又遭一番轰炸，到最后，已经很少有人记得最早的那一条有关于祝轻光恋情的爆料。

而这一片“瓜田”里，江只只的注意力全在言却这只瓜上。

《求风》官宣主创真容时，言却这个导演赫然在列。

因为祝轻光和言衡，言却这个顶着“言”姓的导演立刻被嗅觉敏锐的吃瓜群众注意到。

也不知道是出于炫耀自家导演年轻有为又帅气多金，还是因为其他什么，《求风》在官宣完演员之后，又专门发了一条有关言却的微博。

@电视剧《求风》：我家导演，少年可期。[娇羞][娇羞]

后面配了九宫格图。

图中有言却在剧本研讨会上认真说戏的画面，也有他以前指导拍摄时留下的照片，最中间的一张，他微微仰着头，戴着耳麦，立在光影里，浑身的气息疏离又淡漠。

饶是江只只已经为他动心过千千万万次，这一刻她的心还是忍不住颤了颤。

她这个看过言却太多遍的人都这样，更别说那些之前没见过言却的人。

评论区果然如炸掉一般，有知情人士在评论里科普言却的成绩、荣誉，以及他和祝轻光的关系。

许多大V博主倾情下场，分分钟让这条微博的转发量过万。

“言却导演，C位出道”这一热搜，一下子冲上了话题榜第三位。

虽然有质疑言却炒作，质疑他能力不行，只是靠家里的声音存在，但他还是收获一大批赞誉，很直观的是他的超话粉丝一夜间暴涨了十几万，很大一部分还是女友粉。

@言导娶我：啊啊啊，如果嫁不了言导，我的人生还有什么意义！[言却超话]

江只只：“……”

这ID名改得还真快，微博会员了不起哦。

自己家的宝藏被人发现的感觉居然是这样的。

她心里是骄傲的，是甜的，但咬开那一层甜的外壳，里面酸得要命。

哦，可能言却马上就不是属于她的宝藏了。

江只只心里又添了三分苦涩。

江只只行使自己超话主持人的权力，将那些不带“嫁言导”“言导娶我”言论的微博设置为精华帖，刷新一下首页，可她一只手忙搞不定几万活跃的粉丝，手累心也累，终于在天亮前放弃，一头倒在了床上。

她疲惫地叹了口气。

明明她已经决定不再这么在意、这么上心了，可事到临头，她还是忍不住动手，将所有可能让她失去言却的危机一一铲除。

她手拿并不锋利的刀刃，笨拙地去斩周围的荆棘。

可是啊，明明这些都不是危机所在。

真正的危机，是言却自己。

自欺欺人的纱被戳破后，就只剩下满目疮痍了。

“我好像终于开始走怨妇风了。”江只只自嘲一笑，用脚将被子往身上勾。

天刚蒙蒙亮，万物像蒙上一层看不透的纱。江只只不经意间往窗外一瞄，吓得差点儿被自己的口水呛到。

背靠着窗户站着一道颀长身影，一动不动的，不知道站了多久。

那个轮廓，被江只只刻进了心里。

她咬着牙将被子裹住，紧紧闭着眼不去看他。

五分钟后，江只只木着脸走出门，一偏头，脸上带着惊讶："你站在这儿做什么？"

她的演技，只存在于演尸体的时候。言却一眼看穿，心里面悬了两天的大石头终于落地。

看来努努力，他还是有救的。

言却说："在等你，我有几句话想和你说。"

"我也有话对你说。"

江只只的眼睛又红又肿，居然比他离开前更严重。言却伸出手想去摸她的双眼，她倒是没有避开，任由他的手轻轻地抚着她又变得湿润的眼角。

言却这两天忙得几乎没睡，脑袋一刻不停地转，在想怎么样才能把事情做到最好，让言佑和祝轻光从舆论中脱身，还要让江只只在言衡那里不留下任何不好的印象。

他整个人紧绷着，没有一刻放松。眼下看到江只只，触碰到真实的她，他才得以放松下来。

"有什么话你说。"言却先出声。

"我喜欢你，很久了。"

言却眼中漾出柔和的光，声音很轻："我知道。"

"有很多人喜欢你，你也应该知道。"江只只笑了笑，"我也知道，所以当时我追你的时候，很多人都劝我不要做梦了，劝我醒一醒，我的竞争对手太多了，但我从没想过因为这些放弃，我和她们比耐性，最后我跑赢了所有人。"

“可是言却，我好像没有力气再去和新出现的那么多人赛跑了。”

她的声音悲戚，就像无底的深渊。她曾渴望他这束光给她带来光明，可之后……之后他这束光也会照向别人吧。

言却听懂了她的话，声音发着颤：“你不相信我？”

“是你不相信我。”

失去信任，一段感情就是没有根的大树，再枝繁叶茂也有枯萎的一天。她像一棵树一样，拼命地往上伸展，却再也等不到花朵芬芳。

如果他们注定有那么一天，她不想患得患失，撑到山穷水尽时。

言却尽力压制自己心中的躁郁，尽量心平气和地与她谈：“我这次回来就是和你谈这件事的……”

“言却。”她打断他的话，神色决绝，“我们分手吧！”

“分手”这两个字把言却的理智全都碾碎，他紧紧地攥住江只只的手腕将她往屋子里推。江只只哭得脑袋发胀，又敌不过言却的力气，最后被他一把按在门上。

他的唇滚烫，落在她的唇上。

察觉到她想躲，他就停下，唇抵住她的唇，声音低低地开口：“别离开我。”

江只只躲闪的动作一滞。

他往后撤了撤：“多少人靠近都和我无关。”

江只只的心猛地挨了一击，好不容易下的决心又开始松动。

言却又贴上来，这一次是存心让她离不开他，就像狂风巨浪一样将她卷入其中。

江只只终于还是浑身软下去，听他贴在她耳边含糊地说——

“别离开我。”

“我只喜欢你。”

江只只在言却回去后把之前她删掉的微博全都找回来了。

她第一次觉得微博会员的小皇冠标志看起来那么尊贵。

刚才言却的一句句剖白震到了她。她想分手，不外乎是觉得言却不信任她，不真心喜欢她，离开她也无所谓，分分钟找到下一春。

可这三条，言却自己否认了两条，还是最让她觉得感情不牢靠的两条，她觉得自己有些冲动了。

过后她在他的亲吻中逐渐回过神，但那时她的手已经搂上了他的脖子。

她对他的依恋、对他的不舍都是真的。

她对他的喜欢也是真的。

言却最后和她说："关于我不信任你这一点，我申请你这个法庭给我一次列出证据的机会。如果到时候你还是不能原谅我，我尊重你的决定。"

江只只犹豫了一会儿，小幅度地点了点头。

她这么闹了一番后，言却回到房间，头瞬间像炸开一样，疼得要命。都这样了，他还是忍着疼先去百度了一下。

以前他对有事没事就百度的行为嗤之以鼻，认为这是不会思考的幼儿园的小朋友才会做的事情。

而现在——

言却打字提问：单方面提分手算分手吗？

最热回答：算，提了分手的感情已经是末日黄昏。建议你先不同意，再半死不活维持两天，在对方之前先说分手，挽回一局。

言却："……"

他抿紧唇，心里一片凉，再无睡意。

虽然他这么努力地挣扎了一下，但他还是就这么……成了她前男友？

3.0

在言却所谓的"列证据"时期，江只只自己也尽量冷静下来。

写故事的人搞不懂自己的故事，第二天江只只就把自己跟谢钰和季禾子拉了个小组——恋爱顾问。

季禾子又拉了顾知洲进来，锁定四人组合。

自从顾知洲和季禾子在一起后，不管是线上还是线下，季禾子方圆五米之内，一定有顾知洲的身影。

江只只已经懒得吐槽他，直奔主题，说了最近她和言却的种种问题。

【一号顾问 - 顾知洲：女友粉？这个你就真的不用操心了。你知道言却上高中的时候射箭祈福求的是什么吗？求桃花退散。我那时候以为他对所有人类不感兴趣，才会那么排斥女生的靠近，连别人心动他都觉得烦……直到你出现。】

【客户 - 江只只：你说我不是人？】

【一号顾问 - 顾知洲：这不是重点，重点是你要安心。现在你很明显处在一个躁动期，言却呢，马上要开拍第一部电视剧，事情一团乱，你这个时候冲过去只会增加他的负担。你们还需要磨合，像我和禾子不就磨合得很好嘛。】

【二号顾问 - 季禾子：嗯，是挺好，你刚才被我打的地方不用上药了？】

【客户 - 江只只：……】

【客户 - 江只只：我不知道我究竟是怎么回事，我总觉得言却并没有很喜欢我。曾经我觉得这些都无所谓，可现在我又特别在意，不然我总觉得我们迟早会分手。我焦虑，我恐慌，也可能是因为这些，我才在他质问我的时候突然崩溃了吧。】

【三号顾问 - 谢钰：你患得患失，不过是因为你一直确定不下来他真正的心意。你太喜欢他了，即使他说喜欢你，你也不能放心下来。你想他的每一个动作都表明他在意你，你想他特别喜欢你才能安心。】

江只只打字的手一顿，她心中所想好像是这样的。

【客户 - 江只只：那……我现在该怎么办？】

【三号顾问 - 谢钰：可以先侧面提醒他看看。】

三分钟后，谢钰私发了个文档给江只只——测试男朋友是否对你真心 100 问。

江只只：“……”

这种标题她上一次见是在十年前了，真是时代的眼泪。

几乎是江只只接收文档的同一时间，言却接到了顾知洲的语音电话。

“想解决你和江只只的感情问题吗？求我。”

言却：“……”

言却一声不吭就要挂电话。

“别挂啊！”顾知洲急急地说，“我可是在江只只面前给你说了不少好话。”

为表忠心，顾知洲把自己替言却说话的聊天记录截图发给言却，言却这才信了他。

顾知洲作为嗑颜值 CP 的头号粉丝，自觉解决两人的问题要从双方同时入手，就也问了言却最近发生的一些事。

言却的回答总结起来就是：家里出事，自己上热搜，女友粉冲击，女朋友和他分手。

“等等……分手了？”

这怎么和江只只的版本不一样？到底谁说的是真的？

言却的声音很闷，很沉，有些苦恼，有些伤怀：“你说得没错，爱情这杯酒，谁喝都得醉。”

言却说完叹了口气挂断电话，顾知洲一脸不敢置信：“言却谈完恋爱之后居然是这个画风的吗？”

半分钟之后，言却的电话又过来，言简意赅：“你能怎么解决？求你。”

顾知洲：“……”

他有点不适应，而且不被言却虐，好不舒服似的。

因为剧组阵容提前曝光，本来设置在开机仪式前的官宣见面会取消，改成开机仪式之后的媒体采访，地点还是私人马场。

言却从临市回来之后这三天，每天又是难以入睡。

江只只学习的“100 问”，第一条就是要学会欲擒故纵。她克制着自己想冲过去将言却按到床上盯着他睡觉的冲动，他不来，她就不去找他，碰面了也只当彼此是普通同事，点头微笑。

言却把自己和江只只的关系确定为：已经分手但旧情难忘，准备求复合，等待时机一举拿下。

江只只冷淡，他也不好纠缠。

只是每次与她擦肩而过，他总会用余光去看她的背影。

曾经那么久，她一直在追逐他的背影，现在真的是风水轮流转。

放任自己在痛苦中挣扎不是言却会做的事情，他拿工作来麻痹自己，每天忙得脚不沾地。

江只只看言却也这么冷淡，就比他更冷，两个脑回路完全不在一个频道的人，将剧组的秋天硬是冻成了冬日。

11 月 15 日，《求风》正式开机。

早上十点，剧组主创人员尽数登场，对着天地祭拜，宣布项目正式开机。整个过程用时不长，之后就是媒体采访环节。

无论是祝轻光还是关居，都自带话题和流量，采访主要是围绕着这两个人来。

江只只站在最边上，和中间的言却仿佛隔着万重山。

她低着头，等着采访结束之后就退场。她忍受不了，在这么多人中，言却独独不和她说话。

这几天，她已经忘记什么是“欲擒故纵”，得到却要失去的恐慌与颓然占据了她的脑子。

“现在言导的粉丝特别多，作为导演界的流量担当，言导有什么想对支持你的粉丝说的吗？”

镜头对准言却，他的态度是一如往常的冷然：“希望大家离我的作品近一点，离我的私人生活远一点。”

记者早有准备，顺着这个话题继续说：“《求风》的编剧中有一位是言导的同校学妹，还是在校的学生。言导的组里有这样的新鲜血液，也有资历很深的从业人员，言导可以分享一下您建组时的标准和要求吗？”

江只只心里“咯噔”一声，头垂得更低，没想到自己离得这么远也能中枪。

言却抿唇，道：“这个问题，你可以问一下你刚提到的我的学妹她是怎么进剧组的。”

“咯噔咯噔”，江只只觉得自己今天要心律不齐而当场倒地了。

记者的长枪短炮随着言却的话递到了她的面前，她再想装鸵鸟也装不了了。

她深吸口气抬头，挤出个笑：“我是……被签进来的。”

记者们：“……”

她可真是采访鬼才。

其中有个女记者不抛弃、不放弃：“江大有专门的颜值 CP 超话，就是你和言导的姓氏谐音组合来的，所以说你能进剧组也有私人的因素在，是吗？”

“没有，我和言导只是普通同学关系。请大家离我们的作品近一点，离我们的私人生活远一点。” 江只只的眼神泛冷，瞬间的微表情像极了方才说同一句话的言却。

记者们：“……”

如果他们只是同学关系，她为什么要加“普通”两个字？这明显是欲盖弥彰。

这个道理，是陈倦教给言却的。

本来他还有点儿担心她真的放弃，现在看来，希望就在不远的前方。

言却很克制，只是嘴角勾了勾。

这动作被江只只捕捉到，她为了维护言却而瞬间鼓起的勇气立马散尽。

因为她说他们只是同学关系，他就这么开心。

呵，这就是他说的只喜欢她一个吗？

呵，狗男人。

4.0

开机第一天，夜戏拍到凌晨两点半，江只只跟组一直熬到大家收工。

这个时节X省终于有点儿冷意，言却只穿着一件单薄的卫衣在剧组奔波。马场空旷，风都是直接吹过来的。江只只看了他一会儿，装没看见别开眼。

今天的骑马戏份里有魔王出镜，工作人员想牵着魔王回去，魔王执拗地不肯走，一直梗着脖子往言却那儿看，等着主人带它回去。

可言却还在和置景人员讨论布景，不知道什么时候才会离开。

江只只心疼魔王，走上前去：“让我试试看吧。”

她摸了摸魔王的脑袋：“乖，你爸爸忙疯啦，你先回去睡，要是等他，你得等到蹄子抽筋。”

魔王鼻间喷出热气，恋恋不舍地又看了一眼言却，真的跟着江只只走了。

魔王可比它爸爸可爱多了。

江只只牵着魔王想让它回马棚，但它不想回去，拽着江只只往草场上走，江只只就牵着它慢慢悠悠地在上面转着。

“你是不是言却的私生子？不仅继承了名字，连半夜不睡，出来绕圈这一点也和他那么像。”

魔王听不懂她说什么，只是安安静静地往前走。

提起半夜不睡，出来绕圈，江只只想到之前她陪着言却绕圈的那么多个晚上。

如今，人陪不到，改陪马了，想想也是心酸。

“魔王！”空旷的草场上男声响起，魔王耳朵一抖，转身朝着发声的人狂奔。

它力气很大，江只只一个趔趄，几乎是被它扯着跑。

言却皱眉，喝道：“站住！”

魔王刹住脚，江只只撞到马肚子上，气喘吁吁。

“你怎么样？有没有伤到？”言却急急上前，伸手想扶她的胳膊，却在触到时停住，像忍着巨大的痛苦一样缩回手。

江只只：“……”

这是个什么反应？

言却深吸了口气，改伸手去摸魔王的脑袋。

“以前每次我在这儿的时候，晚上会骑着魔王跑一跑，它已经习惯了。今天我有点累，不想骑，你要骑骑看吗？”

言却低声询问，声音和缓，然而眼睛一直斜着看草地。

江只只：“……”

这是个什么状况？

魔王往江只只身上靠了靠，眼睛黑黑亮亮。就算它爸爸犯病，它还是可爱的，江只只立马应下来：“好呀。”

这是江只只第一次骑马，好在魔王配合，她很顺利地坐了上去。言却将缰绳缠在自己手腕上，他往前跑，魔王兴奋地撒开蹄子去追。

江只只脑袋里的问号排列组合成一幅印象派的画，他不是说累了不想骑马，那跑着不是更累？

江只只越来越不懂这个男人。

跑了一会儿停下来，言却拍了拍魔王的小腹，魔王突然“崴了蹄子”，身体往下一栽。江只只就这么歪着往下掉，言却眼疾手快，一下将她抱在怀里，目光黏在她脸颊上，喉头滚了滚。

“别扔下去。”江只只双手勾住他的脖子，急急地说。

按照言却今天的诡异行为，他下一秒可能就把她扔到天边。

“不会的，不会扔下你的。”言却哑声道，恋恋不舍地把她放下。

百度上说，英雄救美是亘古不变的挽回芳心的手段。

有了这一步，他可以再往前一步，从远观到聊几句了。

于是言却开口，问：“你吃了吗？”

江只只：“……”

江只只的脑筋都要纠缠在一起了，她实在忍受不了言却这有一搭没一搭，白天不说话，晚上绕圈圈的差别，几乎咬牙切齿地问：“你到底想做什么？”

言却抬头，眸子黑沉沉的，一如往昔，看一眼就能把她的灵魂都勾走。

他说：“追你。”

江只只：？？？

她觉得自己快呼吸不畅，手扶住魔王缓了缓。

看她的反应，言却不由得后悔，他确实应该相信百度，循序渐进，突然一下激进地表达自己的目的冲击到她了。

不急，慢慢来，慢慢来。

言却毕生的耐心，都用在这一次，用在了她的身上。

言却后退一步，从口袋里拿出一个信封，浅粉色，上面用简单几笔画着一只小猫。

他把信封塞到江只只手里，低声说：“没人的时候再看，别被人发现。”

言却先把魔王送回去，江只只捏着鼓胀的信封，额角青筋都在狂跳。

这早恋传情书，生怕老师知道的氛围是怎么回事啊？

江只只一夜没睡，前半夜为了言却而无语，后半夜为了言却又哭又笑。

她以为信封里面藏的是最新的她读不懂的“言学”，没想到里面藏着的是他的一颗心。

信封里面的三页 A4 纸，第一页的标题醒目——乙方言却为甲方江只只做的事情一览。

下面按时间顺序罗列了他们一路走来，言却所认为的关键时间发生的事件。

1.7 月 21 日，乙方为甲方驱逐恶毒女配凌音，还甲方安心自由的创作环境。

下面是乙方为了达到这个目的，与衡星周旋的聊天截图。

2.9 月 7 日，乙方拎着两杯奶茶，无糖的自己喝，有糖加料的是带给苏教授的其实是谎言，乙方只是想找借口送给甲方喝。

P.S. 苏教授患糖尿病多年，不能喝有糖奶茶。

3. 从 10 月初至今，乙方为了甲方能早睡早起，养成健康体魄，亲自编写微信推广文，做到一日一更新，每日连续不断更。

后附乙方从图书馆借来的图书目录，以及微信公众号后台登录的时间。

4.10 月 3 日，乙方为了参加甲方的见面会，从家里的二楼跳下去，连夜赶回 A 市。

P.S. 腿没断。

5.10 月末，乙方签约和纵，唯一的条件是和甲方一起签约。

P.S. 没有让甲方走后门的意思，只是创造一个机会，最后是和纵确定甲方的能力足够才敲定签约事宜。甲方千万不要因为这个怀疑自己。

6.11 月 10 日，祝轻光恋情曝光，乙方家里对此很敏感。为了打消家中对甲方可能有的怀疑，乙方回到家中，积极周旋，两天没睡，利用各种手段压下消息，并在乙方家中为甲方树立良好形象，为以后甲方加入乙方大家庭铺路。

7. 从 11 月 15 日至今，乙方在拍戏之余，刻苦钻研百度百科高赞回答，用以挽回甲方，成果待验证。

8. ……

第三页的内容更换——乙方言却对甲方江只只的心理活动变化。

1. 从 4 月到 7 月：时间段模糊，心理活动模糊。

2. 从 7 月到 9 月中旬：觉得她有点儿可爱，我有点儿心动。

3. 10 月初：越看越觉得她可爱，越看越心动。

4. 10 月 3 日：OK，她是我的了。

5. 从 11 月 12 日至今：Sad，她又不是我的了。

……

信封后面还有个二维码，言却怕她单看列表，理解不够透彻，还做了个 PPT 详解，扫一扫就有惊喜。

这几页纸的信息量大到江只只的脑袋几次差点儿死机。

有很多事她曾经有过怀疑，但碍于对方是言却，不可能做出她想的那种幼稚事情，因此迅速被她推翻。

现在他却明确地告诉她，那些事情都是他做的，包括百度百科这件事……江只只想起自己曾经也在言却对她的态度发生转变时，百度过这是怎么回事。

百度谈恋爱，分手起步。

他们的关系还能维持到现在，真的很不容易了。

言却听进去了祝轻光的话，他不想让自己做的事都归于尘埃中，不被人知晓。

如果将那些事翻出来，就能抓住他的姑娘，他为什么不去做？

他把所有的过往都呈到她面前。

有关于你的点点滴滴，是我幼稚心起时偷偷倒到云朵上的苹果汁。

带着青苹果般的懵懂一往无前，是喜欢我的你，也是对你动心的我。

我喜欢你是你。

你是，喜欢我的你。

（十七）

拯救所有不甜蜜

1.0

言却要求严格，《求风》不允许粉丝和媒体探班，演员和工作人员都全力以赴，拍摄进行得很顺利。

江只只经历过《对你何止中意》的拍摄，李易已经是高标准的导演，言却则比他更甚。

每一个光影，每一个走位，他要一遍遍先行确认，粗剪出来的片子他每一个镜头都不放过，反复地磨合。之前剧组里还有对这位年轻导演有成见的工作人员，但在这短短半个月时间内，他们都被他的敬业和专业折服，包括江只只。

她每次到组里，看到说戏的言却，看到亲自扛着沉重的摄像机追着马跑的言却，甚至是发火骂人的言却……都忍不住停下敲字的手去追他的一举一动。

这男人的魅力与日俱增，尤其是全身心投入工作的时候，身上的意气锐利得像他曾射出的箭。

那时候的箭让她动心，这时候的“箭”让她沉迷。

言却不满意男二号的演绎，一场骑马戏连着拍了五六条都没有过。他眉头锁着，牵来魔王，翻身上马，亲自演给男二号看。

“你的手不要总是那么紧地抓住缰绳，这个小细节就直接暴露你对马术的不熟练。你是一个专业的马术选手，你的下意识会让这个角色减分。来回走的时候，注意和你配合的马的步伐特点，跟着它的节奏，像这样。”

这一方有些破败的草地，他骑在魔王身上，不需要锦衣华服，就是城堡舞会上突然出现的王子。

“好了，你再熟悉熟悉，半小时后重拍这一条。”

男二号点点头，去一边练习了。

言却走到显示器后面，看了看手表，刚好一个小时没看到江只只。

他给自己设定一个时间表，忙起来后每个小时要确定一下江只只的位置。

他的眼像雷达一样，在人群中迅速锁住临时搭的休息棚，里面江只只正捧着脸看他。

他眼底的冰冷化成温柔，只需要看她一眼而已。

江只只被他看得不好意思，脸迅速地红了。

自从收到言却的那一封“情书”后，江只只对他的态度从之前的又恨又爱、爱恨交织，到理解万岁、当然是原谅他，再到最后的羞愧难当。

言却费尽心思，整夜整夜不睡，为他们的未来忙碌，还抽时间去百度学习怎么挽回她这个“前女友”。

言却在一点点打破她对他的固有印象，不再是那个只存在于报纸上、远在天边的人。

他也是鲜活的，有自己的萌点，有自己的热望。他把自己不被人知的那一面，都留给了她。

而江只只却在拖他后腿，差点儿把他拖成二级残废。

这十几天，一切仿佛回到了最初的时光。她满心满意，眼里都是他，悄悄注意他，等着他回头。

只不过那时候他会忽略她，而现在……

他深深地望着她，两个人隔着来来往往的人对视，冷空气里都能溢出糖浆，直到她脸红埋下头，撤回视线。

陈倦端着杯养生茶过来，问：“在这儿充什么望夫石呢？过去啊。”

言却敛下眼皮，道：“还不行。”

陈倦笑呵呵地问：“为什么呢？”

因为她还没答应他追她，再者，她在看完他的信之后，第二天一早红着脸和他说，不想在工作时间多谈私人感情，会耽误正事。

言却下颚绷紧没说话，好在陈倦给了他一个光明正大去找她的理由。

“祝轻光给了一份人物的修改意见，你拿给只只看看。”

言却“唰”地一下接过台词本，大步流星地朝江只只走过去。陈倦不得不感叹，这世上之事真是千变万化。

前几天还是江只只追着言却走，现在却是言却朝着江只只狂奔了。

江只只低下头，但克制不住内心的躁动，暗戳戳地扫视着前方的动静。

看言却朝着她走来，她从脚心到脊背都酥酥麻麻，于是她紧闭着眼，装作睡着了。

她的眼前被阴影遮住一方，是言却站到了她的旁边。

他脱下大衣挂在休息棚顶，将外面所有人的视线和会打扰到她的亮光全都隔绝在外。

忽然一阵和风吹来，她的额头被什么柔软的东西触碰，轻轻慢慢，再往下，直到她的鼻尖。

"童话故事里说，王子可以把自己真爱的公主吻醒。"

"你是我的公主吗？"

江只只的睫毛克制不住地抖啊抖。

不知道这又是言却从哪个百度最赞评论里看到的情话。

其实这不是。

最赞评论里的招数已经被他用完了，不但没起什么效果，还造了孽。

后悔，他现在就是很后悔。

言却叹了口气，喃喃道："喜欢你这件事，我果然是天赋异禀，不用找参考书看正确答案，遵从本心就可以把你拉近。"

江只只的睫毛抖得更厉害。

言却又说："看来你不是我的公主，吻都吻不醒，要不，我去换个人试试？"

江只只"噌"地一下坐起来，小猫咪奓毛一般："你敢！"

言却把台词本放到她手边，唇角翘起，心情大好。

"嗯，不敢。既然你并没有睡着，那记得一会儿把祝轻光的台词部分改一下，我已经标出来了。"

江只只："……"

糟了，她上当了。

2.0

江只只和祝轻光合作过《对你何止中意》，知道祝轻光对角色的理解一贯透彻，这一次再合作，两人更加默契，不过几个小时，她就已经改好剧本，给祝轻光和陈倦各发了一份。

想了想，她又发了一份给言却。

十分钟后，她收到了言却的消息。

【言言哪：你到我房间来一下，剧本有的地方有问题。】

【只只呀：你这个微信名字……】

【言言哪：和你的配套。】

【只只呀：……这不太像你。】

【言言哪：工作时间禁止说这些有的没的，快过来。】

言却把江只只之前说的话踢皮球一样踢了回来，江只只无话反驳，只好乖乖地出门去找他。

江只只外面裹着件蓬蓬软软的面包服，里面的卫衣是江星沉给她做的那件，夜里也能发光，都不用敲门，只在言却门口晃晃，他就能看见。

言却开门，江只只愣了愣："你怎么大半夜穿成这样？"

烟灰色西装三件套，头发打理得一丝不乱，脸上还戴着一副金丝边眼镜，配上他那张禁欲系的冰山脸，简直帅到爆炸。

言却的表情很凝重："刚叫你过来，我就收到了家里的消息，现在要马上回临市一趟，来不及和你说剧本的问题了。"

江只只看他的表情，心里担心："出了什么很严重的事情吗？"

言却敛下眼皮，声音有些轻："希望不会有什么事，万一……我这两天可能都不会带手机，有什么事等我回来再跟你细说。"

他这个样子，两天还不能联系到，那她岂不是会担心死？

江只只立刻说："你等我一下，我跟你一起去临市。"

这一次，她不会再放任言却独自一个人面对所有。

她转身回房间，一路乒乒乓乓地把东西扫到大背包里，五分钟后就气喘吁吁地回到他面前："言却，走吧！"

凌晨一点，飞机直飞临市。

这个时间段，从飞机上看不到山川与明月，四处都是茫茫一片，让人格外疲惫。

因为是半夜，票已经售罄，言却加钱买到了两张经济舱的票，两人挨着坐。言却的手放在扶手上，时不时地蜷起又舒展开。江只只以为他为家里担心，便握住他的手给他力量。

言却兀自出声，嗓音在这浓稠的寂静里有震慑人心的力量。

"以现在我们的关系，我偷吻了你，不应该。"言却低声道，"对不起，虽然我觉得我没做错什么，但是，对不起。"

江只只："……"

她翻了个白眼，甩开他的手："如果飞机的窗户开着，我就立刻跳下去。"

言却将她的手抓回来，按到自己胸口，掌心下的东西鼓胀，那是他生命的象征。那里因她的靠近而怦怦，是他喜欢她的象征。

虽然这时间、场合都不算最好，可再任由他这么下去，江只只难保从临市回来之后，他对他们关系的界定会拐到哪条岔路上去。

江只只问："现在我们是什么关系？"

"前男女朋友。"言却闷闷出声。

果然是这样，江只只的脑仁快要炸开："谁说我们是前男女朋友了？你想分手？"

"不，我不想。"

"我也没想过。所以我们都没想过的事情，是哪个人给我们做主的？"

"可是你上次——"言却领悟到她话里的意思，适时地闭了嘴。

江只只眯着眼，试图看清他的表情：“我上次怎么了？”

“没怎么，你上次穿的衣服很可爱。”言却转头，脸埋进她的肩头，她的身体一下软了下去。

越在乎，才会越多想。

她那时口不择言说的“分手”两个字轻轻，却在言却那里掀起滔天巨浪。他费尽心思，信鬼扯的百度经验，不过是想一步步拉回自己的姑娘。

如果他不喜欢她，就不会靠近她。

堵在江只只心里那么久的石头被浪花击碎，留在原地成为万千沙粒中的一粒。

他们都是太固执又不甘放弃的人，他们灵魂契合，就注定要手牵着手去见沙粒下埋着的绚丽贝壳。

飞机遭遇气流而颠簸，机体微微地抖动着。

江只只抬起手，搂住他抱在怀里。

她说：“如果你家里没什么事情，你就陪我在临市走走，我想看看你生活过的城市。但如果你家里……真的有什么不好的消息，我会一直陪着你。”

言却轻哼着应下，脑袋往她颈窝深处钻去。

江只只的心软成一摊泥，轻轻拍着言却。

真可怜，他一定担心坏了还要强忍着。

其实言却只是忍不住想笑，但又不想让她窥探到他的心思，就去寻最温暖的地方掩住他的表情。

明日之后，他就可以光明正大地笑了。

3.0

天刚亮，江只只跟着言却到了言家。

也是到了门口，江只只才后知后觉地意识到，她居然脑子一热就这么跟着言却来了他家。

一般来说，女朋友第一次上男朋友家里，都是打过招呼后特意上门，但是她完全没有准备就跟过来了。

言却家里出了事，她这样没有礼貌，会让言却家里不开心的。

言却一只脚踏进门里，江只只却没跟上去。

他回头看她："怎么了？"

江只只的手抠着衣扣："那个，我在你家附近先找个酒店住着等你消息好了。"

言却淡淡地道："你嫌弃我家？"

"不是，怎么可能。"江只只把脑袋摇成拨浪鼓，说，"这是我第一次来你家里，我什么都没准备好，我……等我之后准备好了再来。"

言却牵起她的手，疲惫不堪地叹了口气。

"只只，如果真的有什么……我想你第一时间陪着我。是我没考虑好，我这就给你订酒店……"

江只只的心被揉得酸涩不堪，男朋友都可怜成这样，她还在乎什么礼貌不礼貌的。

她反握住他的手："我陪你进去。"

言却眼皮敛下，看着她："只只，你真好。"

这个时间点，言家周遭还是安静一片，言却没有惊动其他人，径直带着江只只回了自己房间。

到了门前，江只只又开始抠衣扣了。

这回言却没让她发言就说："这时候，我家里人可能也没心思去给你收拾客房，如果你很嫌弃的话……"

江只只立刻摇摇头："不嫌弃，怎么会嫌弃。"

言却缓慢地眨眨眼，"嗯"了一声："你先在这儿休息一下，我去看看情况。"

江只只看他一脸疲惫，乖乖地点点头。

门"咔"的一下关上，江只只肩膀一垮。

这是她第一次来到言家，和她曾设想的完全不一样。虽然她是心疼言却才跟他进来，但还是不免紧张。

言却的房间和他的人很像，全套灰色系的家具，简洁又透着些疏离。

拉开推拉门，外面是连着的大阳台，可以眺望到远处的小青山。

临市刚刚下了今年第一场雪，不大，雪花只星星点点地缀在山顶，像是甜点最后撒上去的纯白糖屑。

推拉门旁边的透明展柜里放着言却从小到大得的奖，看来她喜欢的人果然是从小优秀到大。只是可惜，她没有陪他经历过那些。

不过想想，如果她和言却认识很早，那么多年他都没有喜欢她，就算固执如她，也可能坚持不住。

好在，他回应得及时。

他的拥抱，他的温柔，是她历经千帆的礼物。

房间里里外外都是言却的气息，逐渐地抚平了她的紧张。

江只只撑着等了快一个小时，言却还没有回来，她实在是困得睁不开眼，抱着沙发上搭着的小毯子就睡着了。

她担心言却，睡得不安稳，不到半小时就惊醒了。

【只只呀：你还好吗？】

五分钟后，言却没有回，江只只打开门出去找他。

人在相对陌生的环境里，很容易心生不安。她走了几步，看见楼梯口熟悉的灰色身影，喉咙口发紧，迈开步子猛地向他跑过去，从背后将他抱紧，脸贴到他的背上。

触碰到熟悉的他，江只只才有实感，她实在是太担心他了，看见他的身影就忍不住想抱抱他，告诉他：我在你身边。

言却的身体猛地一僵，随后大手温柔地拍了拍她缠在自己小腹上的双手。

“居然这么巧，言导也在家。”女声带着笑意，“看这期节目的观众实在是有福，不仅可以近距离看到衡星娱乐老总的日常工作生活，还能看到新晋导演言却。”

“……”这里居然有人吗？

江只只脑袋里烟花炸开，她梗着脖子，缓缓地、慢慢地从言却背后探出头。

言却的对面，站着《今日有约》的主持人Linda和扛着长枪短炮的摄影组大哥。

Linda旁边的中年男人，即使穿着家居服，气势也是迫人的。看他和言却如出一辙的长相，江只只立马知道他是谁了。

是……言却爸爸。

“砰——”烟花不仅炸开，还将江只只的脑子和灵魂一起带走，她又像鸵鸟一样缩到言却身后。

言衡看了几眼江只只，视线又扫到他家兔崽子温柔握着人姑娘的手，轻轻哼了哼：“这小子就是成心来和我抢头条的。”

Linda的嗅觉很敏锐：“言导之前没有公布过自己有女朋友，现在趁着我们节目录制，言导打算官宣吗？”

江只只拧了拧言却的后腰，脑袋摇成拨浪鼓。

她是自家男朋友的事业粉。

现在言却的女友粉众多，她怕这一下炸了之后，会影响言却新剧的成绩，这样实在是得不偿失。

言却拍了拍她的手背，示意她安心，她便松了口气。

下一秒，言却抬头，直对摄像头：“我和我女朋友在进这个圈子前就在一起了，她有些害羞，希望节目播出之后，大家也能多给我们一点空间，离我们的作品近一点，离私生活远一点。”

江只只：？？？

又一波烟花排山倒海般地炸开，炸得她眼前火光冲天，一阵阵眩晕。

言却向后牵住江只只在他背后作乱的手：“爸，我先带只只去吃早饭了。”

言衡再冷哼一声，大手一挥：“滚滚滚。”

一楼的餐厅，气氛平静而暗流涌动。

江只只沉默地吃着一碗白粥，言却一伸手，将她的脸托住：“你再低头，脸就要埋进碗里了。”

她的脸红红的，热意穿透掌心肌理，冲进他心底。

“我……你……”虽然内心有很多疑问，但江只只不知道从哪一点开始说起，她深深呼吸几次，还是揪住源头，“你家里还好吗？”

她的脸上都是担心，即使刚才被各种情绪轰炸过，还是最担心他一个。

言却有点儿被她之前的愧疚感染，也不忍心再让她忐忑。

“你也知道之前祝轻光的事情，我爸接受《今日有约》的采访也是想以另一种方式在节目上把祝轻光和我大哥的事情说清楚，不让别人再有猜忌攻击。昨天他找我，让我回来在节目里出镜，我不愿意，他就威胁我要喝奶茶过量自杀。”

江只只：“……哈？”

言却夹了一块金丝饼给江只只，又说：“我爸那个人，谁也不知道他说的哪句话是真的，哪句话是假的，我就只能赶回来。好在，他这次说的是假的。”

江只只：“……”

她揉了揉眉心：“你等一下，我有点儿消化不了……所以，你家里是没什么事吧？”

言却抿唇：“没有。”

江只只悬了一整夜的心这才彻底回归原位：“没事就好，别的都不重要。”

言却喝了一口牛奶，他的小姑娘真的善良。

江只只猛然间又想起什么：“我的天，我刚才太紧张，忘记和你爸爸说话了。这是我第一次见你爸爸，你爸爸一定觉得我没礼貌。你爸爸之前还怀疑过我，这下一定觉得我是那种会到处说你家坏话的坏女人，他可能不会喜欢我了。”

“还有……你要不要待会儿去找节目组，让他们把我们出镜的画面删掉？你现在处在事业上升期，要是我们的事被你的女友粉知道，她们该不会喜欢你了，那你以后……”

江只只一张脸皱成一团，越说越激动。

言却盯着她有些发白的唇，越过桌子，堵住她因为过于紧张而喋喋不休的嘴巴。

这次，热牛奶加了糖，是她喜欢的味道，她不会再嫌弃了。

言却的脸往后一寸，轻声说：“他喜不喜欢你不重要，我喜欢你。”

“她们喜不喜欢我更不重要，有你喜欢我就够了。”

楼梯口，Linda 和言衡刚在楼上绕了一圈下来，恰好看到餐厅的这一幕。

摄像头很灵敏地对准那边，言衡气得喝了一大口奶茶。

他还在想，上次那个小兔崽子从阳台上翻下去的账还没算，为什么突然敢从外面回来了。

敢情那个小兔崽子不仅要来抢头条，还要回来秀恩爱，以为多一个人陪着就可以和他抗衡？天真！

言衡低喝一声：“言却！”

那厢两个人齐齐转过头，言却坐回自己原位，手“无意”间被叉子划了一下，手背上瞬间通红一片。

言衡：“……”

兔崽子，就知道用这招苦肉计！

在心里狠狠地骂过后，再开口，言衡的气势软到地心：“……你疼不疼啊？”

4.0

上午十点，言衡到衡星娱乐开会，《今日有约》制作组跟着过去继续拍摄，江只只和言却吃完晚饭之后，言衡才结束一天的忙碌回到家。

两人都坐在客厅的沙发上，言衡一进门，江只只就站了起来。

她白天一直在想着怎么样补救一下之前的形象，台词列了一大堆，这一刻却大脑一片空白，什么也说不出来。

言却知道她平时舌灿莲花，一套接着一套，现在这样是真的紧张了。

他站起来，低低地提醒道："叫人。"

江只只脑子一热："爸爸。"

言却："……"

言衡："……"

"不，不是，是爹。不对，公公……不对……"江只只眼巴巴地看着言却，可怜到快哭出来。"叔叔"这两个字仿佛烫嘴，她几次都没说出来。

言却不想她下不来台，接下这话茬。

"爸，这次我带只只回来见你，是想把关系确定下来，以后她就是叫你爸爸的身份了。"

言衡浓眉蹙起："你说什么？"

"我想毕业之后就和只只结婚。"

"结婚"这两个字，神圣而庄重，从言却嘴里说出来，更有一番斩风破浪的气势。

江只只有些不知所措，手都不知道放在哪里。

言衡眉头锁得更紧："简直胡闹，随随便便从外面领回个人就跟我说要结婚？你还当我是你爸爸？"

言却淡淡地说："我没说现在结婚。"

"这有区别吗？"言衡恨声说，"从小到大，你就不听我的。那些可有可无的事情我睁一只眼闭一只眼就不管了，可结婚是多大的一件事！双方父母还没见面，对方家庭什么样我们也完全不了解，就这种什么也不知道的情况下，你跟我说要结婚？你是童心未泯，想娶个人回去玩过家家，还是袁隆平院士让你吃太撑了？”

言衡一声比一声高，说到最后，震得人耳膜疼。

言却回头，揉了揉江只只脑袋：“你先回我房间休息一会儿，等下我去找你。”

江只只知道有些父子间的话她不方便听，便点了点头，路过言衡时鞠了一躬才上楼。

客厅里，一时间只剩下言家父子对峙。

言衡太了解自己这个儿子，这么多年，他就没有几次和自己心平气和地说些什么，要么装听不见不回应，要么吵个天翻地覆不罢休。

言衡自己也是个暴脾气，言家父子真吵起来时，祝轻光会把其他人都赶回房间，免得被误伤。

言衡冷哼了一声，坐在沙发上，扬着下巴，满脸怒气。

言却看着言衡，少见地沉默着，沉默得言衡冷笑更甚。

看来言却是选第一种方案，装听不见不回应了。

那他也干脆不理人就完事。

言衡将手撑在沙发扶手上要起来，言却突然开了口：“爸。”

这一声少见的、不阴阳怪气的“爸”，让言衡有短暂的恍惚，他撑起来的手松开，脊背下意识直了直。

“你教我，遇见机会要尽力去抓住，即使不择手段也要不留遗憾。你之前对江只只有误解，虽然后来误会消除，但你对她难免存了些不好的印象。这一次我带只只回来，是想打你个措手不及，让你不要想那么多。我刚说要结婚，也并不是真的要结婚。我只是想找一个理由，让只只永远地留在我身边。”

“前段时间……我们差点儿分手，我心有余悸，我发誓不管怎么样都不会让这样的事情发生。这次我这么做、这么说，就是抓住最好的机会，解决这所有的问题。”

言却将自己的打算一点点掰开跟言衡说。

这也是这么多年，言却第一次这样和言衡推心置腹。

言衡心里的火气四散，只剩下一点点郁闷。

婚姻大事他这个爹都不能做主，真的好气哦。

言却缓缓地眨眨眼，语气真诚："我很喜欢只只，我相信你也会喜欢她的，毕竟我们父子一脉，眼光都很好。"

儿子主动地铺好台阶，言衡觉得舒服多了，但在言却面前还维持一如既往的高贵，用鼻孔看他。

"明早早点起，陪我吃早饭，别睡到吃午饭时才起来。"

言却松了一口气，言衡让步，事情就差不多了。

言却点头，继续低三下四做孝子："那爸早点儿睡。"

"等一下。"言衡皱眉，"让阿姨给你收拾下客房，你去那儿睡。"

言却："……"

言却的唇线瞬间绷紧，他还是不太适合低三下四的孝子角色。

看他吃瘪，言衡更开心了。

等言却脚步沉重地往楼上走之后，言衡靠在沙发背上，长长地"啊"了一声。

自家儿子有多冷漠，言衡是知道的，曾经他也担心言却可能孤独终老。知道言却和江只只的事情，他的第一反应就是，不可能。

过后确认这事是真的，他又担心对方有什么目的，想骗自家儿子。

可又有谁骗得了言却？这不过是老父亲庸人自扰罢了。

"那兔崽子谈个恋爱，好像也不错。"

5.0

夜幕低垂，将弯月拥到怀里。

阿姨打扫房间时，言却去找江只只。

江只只看他身上没什么伤口，松了口气："我看电视剧里的豪门，大家长对叛逆的儿子都采取让儿子跪下暴打的家法，还好还好，叔叔没打你……哎，终于叫对了。"

言却："……"

言却从衣柜里拿出自己的卫衣给江只只做睡衣，颇为遗憾地叹气："今晚我不能陪你了。我去客房睡，你就在我房间睡，明早我来叫你，一起陪爸吃个饭。"

今夜言却不在，那可太好了。

江只只心里这么想，表面却学言却遗憾叹气："那好吧，明早见。"

"嗯。"

等今夜不会出现的言却出去，江只只将房间门上了锁，之后就放肆地在床上一边滚一边笑。

"言却要和我结婚，天啦！"

这话听起来怎么这么不真实？可言却被他爸骂得那么狠，所以这是真实的。

江只只换了个方向继续滚，笑的声音太大，掩住了"咔咔"门锁被打开的声音。

"我愿意，我愿意，不用求婚，我也愿意！！"她滚到床的边缘，又朝着另一边滚回去，这一下，直接滚进了某人结实的怀抱里。

江只只对那怀抱和呼吸的熟悉超过了对自己的，她的笑声戛然而止。

被子被掀开一角，言却钻了进来。

江只只想看夜晚的雪山顶、满天星，就没有拉窗帘。眼下星光与月光就这么洒下来，她勉勉强强能看到言却那双眼，带着笑意，笑她刚才的撒野。

江只只愤愤地抬手遮住那双眼："你怎么进来的？"

"这是我的房间，我当然是拿钥匙进来的。"眼被遮住，可露出来的下半张脸的每一处都透着笑意。江只只另一只手按在他唇上，掌心先是冰冰凉，后又热乎乎，上面印着他落下的轻吻。

挡不住，这谁能挡住？

江只只的心理防线彻底崩溃，两只手被敌方言大将军迅速扣住，接着她整个人被挟着卷进了他怀里。

"安心了吗？"他这一句话说得很突兀，江只只愣了三秒才反应过来，眼眶逐渐泛红。

言却又说：“顾知洲教了我一首歌，他说我唱这首歌，你一定会感动，你要听吗？”

江只只点点头。

言却酝酿了片刻后开口，一嗓子差点儿把江只只的泪击碎。

“是他陪我流血破皮，陪我失眠时交换着回忆，也因他才成就我，换别人就失去结局。

“没繁华红毯的少年时代里，若不是他我怎么走过籍籍无名。

“我真的陪他淋过大雨，真的陪他冬季夏季，真的与他拥抱黑暗里，真的牵过他手臂。

“我共他飞过地球万里，也一起熬梦想朝不保夕。曾躲进了长街寂静，承诺只去有对方的前程似锦。

……

江只只没听过言却唱歌，但听他完美可去当CV的嗓音，想他唱歌肯定不输专业级别。没想到他唱起歌，比她还要是灾难。

她一边想笑，又一边忍不住流泪。

“那些被窥探到的所谓温柔证据，其实不过万分之一。

“在无人的角落里，有更多浪漫秘密。”

……

唱完一遍，言却抚去她的泪：“这歌我从前没听过，不过歌词倒是写得很好。”

这是专门嗑CP才会听的歌《真相是真》，言却怎么可能听过。

言却的额头贴着她的额头：“歌词写的这些我们大部分都做过，可是还不够，只是我想的我们会经历的万分之一。

“我常常在想，怎么样才能让你知道，虽然我动心得晚，但我喜欢你也很深。

“云在天空中飘走，鲸落在海中，雨浸润沙漠，风卷走雪花，这世界上所有的美好，我都想和你一起去看。

“童话故事里，王子吻醒了公主，他们就会幸福地生活在一起。

“如果这世上并没有童话，那我就为你造城堡。

“我想你安心，想你站在我身边，想你没有任何顾忌。只只，你懂吗？”

他剖心剖肺，说遍自己能想到的所有。可江只只就只是哭，不说话，言却没办法，就凑到她耳边，继续给她唱歌。

等他唱了几遍，江只只实在是忍不住，哽咽道：“你别唱了，太难听了。”都影响她感动的情绪了。

言却：“……”

言却：“哦。”

江只只吸了吸鼻子，抱住他。

“颜值 CP 是真的，我们是真的。

“你要揣好我早就给你的小心心，别颠着它、冷着它。

“……”

“言魔王，以后我喂你吃糖吧。”喂你这世界上最甜的糖来贿赂你别唱歌，别烦忧，对我好。

这世上是没有童话，但我有你呀。

6.0

第二天天没亮，言却从自己房间溜回客房，等着六点半穿戴整齐又回去叫江只只。

他的手刚敲门一下，门就立刻被打开。

江只只也已经收拾好了，从头到脚都看得出来精心打理过。

其实言却走的时候她就醒了，一想起今天自己要和言却爸爸一起吃早饭，心就开始胡乱蹦，睡不着便干脆起来。百度害人，她点开了搜狗搜索，搜第一次见男朋友的爸爸时应该穿什么。

答案五花八门，但是总结起来就八个字：乖巧懂事，可爱贤惠。

“这八个字说的就是我本人嘛。”

江只只带的化妆品有限，但是仗着底子好，洗过脸扎起利落的马尾就是可爱小美人。

她深吸一口气，雄赳赳、气昂昂地出去：“走吧！”

那架势，像是去打一场硬仗。

言却失笑，跟在她身后。今天这一场戏，他甘心做她的配角。

一楼，言衡已经坐在餐桌边，在装模作样地看报纸，只是每看一会儿就往楼梯口偷瞄，瞄了几次后终于瞄到人下来了。

江只只本来紧张到不要不要的，但在恰好对上言衡第五次瞄过来又迅速收回去的眼神时，她愣了愣。

言却他爸爸……貌似没有看起来那么严肃吓人。

和言却坐到言衡的对面，江只只乖巧地叫道：“言叔叔早。”

这次“言叔叔”三个字总算不烫嘴了。

言衡又翻了一页报纸，随口应了一声：“早。”

这语气听起来很高冷，很敷衍。

江只只注意到报纸朝向她那面的小广告，眼睛一下亮起来：“这个报纸我也有。”

言却“嗯”了一声：“你有？”

“这张报纸报道了你在蓝卡电影艺术展上得奖的事情，我把报纸珍藏起来了，没想到言叔叔这儿也有。”

言却看向言衡，言衡有些不自在地把报纸一收：“哦，我就是随便翻出来看的。”

言却微笑：“随便翻就能翻出好几年前的报纸，您还真的是很厉害。”

江只只掐了掐言却，扬着笑脸和言衡说：“我之前找了网上关于言却得奖的所有报道，并制作成了海报，如果言叔叔不嫌弃，我送言叔叔一张吧！”

小姑娘提到言却得奖，眼底都是骄傲，和他一样以言却为傲。

言衡突然像找到了组织，心下松动。

他又想起之前李易来时和他说起的江只只追着言却满剧组跑的事情，嘴一撇："言却的性格那么讨人厌，你喜欢他什么呢？"

江只只愣了愣，转头小声对言却说："叔叔肯定是故意套我话的，不是真的这么想你，你别介意。"

言却一脸无所谓，盛了一碗粥给她，说："倒也没有，不过他问的，也是我心里的疑惑。"

江只只："……"

这两父子在某些方面还真是和谐统一。

"您说他性格讨厌，但我并不觉得。他所有的好在我眼里是好，坏在我眼里也是好，这样双倍好的言却，我没办法不喜欢。"

言衡在这个圈子里很久了，算是阅人无数。

江只只的话有多真挚，从眼神就能看出来。

也难怪言却会喜欢她。

言衡点点头，眼神慈祥，又看向言却，目光瞬间变成嫌弃："剧组离不开你，等吃了饭你就滚回去吧，至于只只……"

他又看向江只只，眼神恢复慈祥："下次你送海报过来，你言阿姨应该回来了，我让她下厨做她拿手的羊排给你吃。"

江只只和言却对视一眼，言却轻轻地一点头，悬在江只只心上的大石头这才落了地。

"谢谢言叔叔。"

从此刻往前看，她和言却的未来是一片坦途，再无山川阻挡。

他们会手牵手，走过漫长岁月。

言先生，那以后就多多指教啦。

（十八）
世界昏暗，你是光

1.0

在剧组生活，很难察觉时间在飞速流逝。

江只只第一次除夕和新年都没有回家，还没踏出校门就早早地体会到成年人的不易。

除夕夜，X省少见地飘了雪花，剧组工作人员组织聚餐，热热闹闹地涮起火锅。言却不喜欢火锅的味道，江只只一开始还担心他不会怎么吃，可牛肉下锅，第一筷子是他夹起来的，虽然夹到了她的碗里，但他人在火锅边就是一种突破。

她的神仙男朋友，真的开始下凡了。

“过去这几个月，大家辛苦了。”言却放下平时的冷冽，举起酒杯一饮而尽。众人连忙也举起杯，气氛一下变得热闹起来。

江只只也被气氛感染举起杯，言却皱了皱眉，伸手挡了下来。

江只只：？？

“你不会也是那种不准女朋友喝酒的男朋友吧？”

本来言却是，但她这么一说，他就不能是了。

言却把江只只手边的葡萄汁倒了一点到她的酒杯里，晃了晃，又推了回去：“这样好喝一点。”

江只只接过杯子抿了一小口，眉眼弯弯，这酒是甜的。

言却被她的笑感染，也不自觉地想笑。

“哎哎，再来喝再来喝，言导我敬你。”工作人员围上来，言却来者不拒，最后喝倒了两个人才总算得以脱身，彼时江只只已将一瓶酒喝光，已经醉得只知道盯着他傻乎乎地笑了。

言却将羽绒服裹在她身上，牵着她出了门。

雪还在下，这一场雪江只只已经期盼很久，她一下甩开言却往风雪里跑去，可温度不够低，雪花落在掌心就化成水了。

江只只用手拍了拍自己发热的脸，冰冷的雪水让她稍微清醒了一点点。

“我好像醉了，原来我的酒量这么不好。哎，不是说‘近朱者赤，近墨者黑’，你的酒量那么好，我离你这么近，怎么酒量没有变好？”

言却又牵过她的手，在手心搓搓才揣到口袋里，说：“我变甜了。”

江只只：“……”

“我离你很近，然后变甜了，而你的酒量没有变好，只能说明你离我还不够近。”

江只只眨眨小鹿般无辜的眼，人瞬间蹭到他身边，和他紧紧贴着：“这样够近了。”

言却笑了笑，不置可否。

马场在郊外，远处是若隐若现的烟火声。这种时候，本来应该是一家人团圆时。

言却对节日都不感冒，可江只只那么爱家的一个人居然和他一样选择留在剧组。言却问过她原因，她就义正词严地说：“为了工作，抛头颅，洒热血，在所不辞！”

小猫咪有了自己的小心思，言却想，或许喝了酒之后她能松口。

“你怎么不回家过年呢？”

“为了工作，抛头颅，洒热血，在所不辞！”

言却：“……”

要是在古代，江只只一定是个很好的细作。

江只只吼了一嗓子之后吸了口风，人又开始不清醒起来，脑袋在言却身上蹭了蹭，声音轻轻的：“我想陪你嘛。本来我想把你带回家去过年，但想想还是不太好，大过年的把你拐走，你爸妈知道了的话，肯定会不开心。但要是把你一个人扔在这里，让你孤零零的，我这个年都不会过好的。”

她像树袋熊一样抱住他胳膊：“所以，我就留下啦。”

言却心里一暖，他生命里少有的炽热，仿佛都是因为她而生。

他的手臂微微用力将她抱紧，她“哎呀”了一声，灵巧地从他怀里挣脱出来；“我在吃饭前已经和我家里视频过啦，你肯定还没有，手机交出来。”

言却皱眉：“不用了。”

江只只喝完酒，胆子比平时大了一倍，他不交就自己去翻。言却怕她双腿软绵绵，再不小心跌倒了，最后还是乖乖地奉上手机。

他的手机没有设置密码，滑动屏幕就自动解锁，主屏幕的屏保是一张字条……是当时在酒店里，她掉落在他房间里的那一张。

1. 改三集剧本可刷言却导演的江大校庆宣传片一次。

2. 改五集剧本可出门寻求和言却偶遇一次。

3. 改十集剧本……估计会死，但死之前务必要到言却的微信。

那天晚上，他将她放了进去，之后她就陷在他的世界里，再也走不出去了。

言却喉结一滚，有些紧张，怕她问自己为什么还拍了照片。

其实他也不知道当时他是怎么想的。

岂料江只只只是怔了一瞬，随后就笑嘻嘻地说：“我的字好好看。”然后迅速滑过去，点开他的微信界面。她人晕晕的，手指也失了准头，戳了好几下也找不准位置。

“对了，我之前一直想问你哦，你之前的微信名字有什么寓意？就那个 mesibieka，是法文，还是西班牙文？”

江只只一边费劲地找视频电话键，一边问。

言却说得诚恳：“乱打的。”

江只只终于找到了键，拨通了视频通话。她反应慢半拍，后知后觉地抬头，迷茫地“啊”了一声。

视频电话在这一刻接通了。

言衡的脸出现在屏幕上，旁边是终于从国外回来的言却妈妈，还有祝轻光和言佑。

“兔崽子出息了，还知道往家里打个视频电话。怎么了？在外面混不下去了？”这边的手机屏幕朝天，看不到人，言衡就一如既往地骂言却。

江只只听到声音低下头，笑眼瞬间弯起来：“言叔叔过年好。”

小姑娘红红脸、弯弯眼，要多乖有多乖。言衡紧绷的脸瞬间松弛下来，换上一张和蔼可亲的慈父脸：“哎呀，是只只啊，你也过年好。我就说言却那个兔崽子怎么可能会想着往家里打个电话过来，还是只只懂事。”

言却：“……”

言衡还记得向老婆介绍未来儿媳妇儿：“这就是只只。只只，这是你阿姨。”

言却的妈妈年轻时就是名媛界有名的大美人，脸上一丝老态也看不见，此刻优雅地笑着，矜贵又端庄。

言却低声道：“叫人。”

江只只：“妈妈。”

言妈妈顿时忘了端庄，喜笑颜开：“她叫我妈妈，叫你言叔叔！只只虽然没见过我，但是跟我更亲哦。”

言衡反驳：“只只第一次见我就叫我爸爸了。”

“那不一样哦，只只没亲眼见到我就叫妈妈了哦。”

“只只还给我倒茶了呢。”

“那不一样哦，只只没亲眼见到我就叫我妈妈了哦。”

“……”

江只只凑到言却耳边小声说：“你妈妈好可爱。”

“哪有你可爱。”

人还没出现，就分分钟收服了他全家。

江只只把手机塞到他那儿，声音更低：“跟你爸爸、妈妈拜年，然后说等你杀青就回去看他们。”

她因为自己是轻轻地说，其实她醉了后嗓音压不住，对方能很清楚地听见，言却也没提醒她。

他揽住她的肩膀，两个人一起在镜头里出现。

“爸妈过年好……等之后忙完，我带着只只一起回去。”

言衡一贯用骂人来掩盖自己的动容：“只只回来，你这个兔崽子就别回来气我了。”

吃完火锅的剧组工作人员跑出来放烟花，一簇一簇流星般的烟火在不高的天际炸开。

声音掩住了屏幕对面的热闹，可万家灯火在眼底，不用听，就知道他们都在为这一刻庆祝。

祝新年平安，祝岁岁平安。

在远方有惦记着的人，在身边有喜欢着的人，这又是圆圆满满的一年。

2.0

言却的圆满，从这一年的最后一天一直延续到新一年的第一天。

挂了视频电话之后，江只只就拉着他一起放烟花，放完烟花，又去一起遛魔王，最后累得不行，是言却把她抱回房间的。

他想让她好好休息，她却不想放开他，双手都吊在他身上，踢了鞋之后连双脚也缠了上来。

言却压下心里的躁动，皱着眉把她的手脚扒下去，她也不再纠缠，半阖着眼，快要睡着了。言却把她的外套脱下来，轻轻地把她放在床中间，刚要拉上被子，她倏地睁开眼，像只小狐狸："嘻，你被骗了。"

"快点儿睡，明天还要早起拍戏。"

"你陪我。"

那股躁动刚压下去又翻上来，言却将她伸出来的手塞回被子里，坚持自己的决定："你自己睡。"

江只只双颊鼓鼓的，一下翻个身，留个后背给他，声音哀怨："这才在一起多久就开始嫌弃我了。"

言却："……"

他认输，单膝跪在床边，像翻小乌龟一样把她翻过来。

江只只立刻搂住他脖子，满眼的得意，没有半分生气，试图使劲儿把他拽上来。

“江只只。”

“到！”

言却轻而易举地脱身，反按住她两只手腕。他的鼻尖贴着她的，声音低而缓：“你喝醉了，不知道自己在做什么，醒来之后该后悔了。听话，睡觉。”

“我没有喝醉。”江只只反驳道。

全世界的酒鬼，都说自己没喝醉。

“我清楚地知道，我特别特别喜欢你，我特别特别想和你在一起。”

她声音轻轻的，贴在他的耳边，于是他耳尖那一点似有小火苗燃起，热意往四肢百骸游走。他的眼又黑又沉，等着被她这缕微光照亮。

言却翻身将她压住，炙热的唇寻找着她的，靠近她，拥抱她。

江只只被酒精整得整个人热情得过分，拱啊拱的，将他的嘴角都咬破了，手还摸索着去扯他的衣服。

言却有些哭笑不得：“这种事，你也要抢在我前面吗？”

他是最好的学生，就算失了先机，也会想办法扭转局面，掌控一切。他的大手向下，在她的腰际摩挲。江只只浑身一软，轻轻地叹了一声。

外面新年钟声敲响。

“五、四、三、二、一……”

“铛——”

她受不住，贴近他的肩头用力一咬，听见他的口中溢出沙哑的痛音又心疼松口，复又在牙印上亲了亲，带着泣音：“言魔王，新年快乐。”

全世界的酒鬼清醒时，都会后悔前一夜做的事。

江只只终于醒来时，言却已经开工去拍戏了。她揉着自己酸软的腰，倒是没什么后悔的，毕竟和言却在一起，和他更进一步是自然而然的事情。

江只只强撑着泡了个热水澡，身上的酸疼散去不少，再动作缓慢地穿好衣服去片场。

晚上她是言却的女朋友，白天是言导的同事，她最公私分明了。

可到了片场，她又开始后悔了。

言却嘴角的伤口赫然在目，他就以这副样子在片场来回招摇，知道他们关系的人都向她投来意味深长的眼神：连言导都咬，无情哦。

如果昨晚的事重来一次，她一定不在他脸上咬。

今天他们要拍的这一场戏是戏中戏，周致正是潦倒时，便带着自己的马去剧组做群演，赚钱养活自己。

《求风》剧组找到马场附近一处没开发的荒山，在这里布置打仗戏份的景。

江只只抱着暖宝宝窝在休息室里，看见外面群演穿着盔甲来来回回，她不免被勾起戏瘾，就偷偷地去找选角导演。

“刘哥，我可以当群演串场戏吗？”

刘导点头：“当然可以，你想演什么？这场戏中的女生角色有男主角的夫人，还有丫鬟，你想演哪个？”

江只只：“我可以演尸体吗？不用出镜露脸就死的那种。演尸体，我真的非常专业。”

刘导：“……”

如果不是江只只的表情很认真，眼神很渴望，他会以为她在特意逗他笑。

刘导艰难道：“可以。”

江只只喜笑颜开，跑到后面去化妆了。

刘导：“……”这到底是有多开心？

刘导想了想，还是去找了言却。

这本来就是戏中戏，对妆发要求不高，江只只把一头长发绑成发髻，再用深色粉底扑满脸，换上铠甲就完成了。今天，她是这个马场上最靓的崽。

“各就各位，准备——”

江只只跟着群演们走到指定的位置上。

“Action！”

“为了安州城，冲啊！！”领头“将军”一声吼后，后面的“士兵们”一拥而上。

江只只拿着长枪往前冲，对方的刀一挥，她一转身扑在地上，壮烈牺牲。

在这一场戏里，安州城这一方全军覆没，尸横遍野。江只只闭着眼睛，能感到旁边倒下的尸体越来越多，挤挤挨挨中有人还蹭到了她的手。

这可是言却的戏，她不能拖后腿。

职业操守让江只只忍耐，但那人还往这边挤，挤得她身体靠墙，再这么下去，她的镜头可能都没了！

这就不能再忍了。

她刚要发作，有些凉的东西套上她的中指，随后那人勾了勾她的手指，她僵住的肩膀一下松下来。

这个触感……应该是昨夜和她同床共枕的那个男人没错。

顾忌着镜头，她不敢睁开眼，那人就更肆无忌惮。她整个人都被他挡在墙根下，他一侧头，就可以轻而易举地亲到她的眉眼、她的脸颊。

江只只更紧张了，这人怎么能假公济私，还这么理所当然？专业素养呢？职业操守呢？

虽然她其实开心得都要升仙了。

其实这一块是拍摄死角，是言却故意找的地方，根本不会在镜头里出现。不过他不说，江只只也不知道，等到一句“咔！过！”响起，她才猛地睁开眼，双手立马掐上他的脖子。

也就是这个动作让她看清自己中指上的铂金戒指，它在阳光中璀璨无比，都闪了她的眼。

戒指是小树叶的形状，做得精致可爱，仔细看，每条叶脉是由一颗颗极小的心形钻石镶嵌铺成的。

江只只一下愣住了。

“现在订婚，毕业求婚，等你毕业，我们就结婚。”

“每一步我都计划好了，只要你点个头就好。”

之前的一百步，她走九十九步，他只往前走了一步，就拥有了她。

以后的一百步，他会往前走九十九步，将路障踏平，让繁花铺路，再回来牵着她一起走。

江只只咬着下唇，眼里泪花闪烁。

人怎么会有这种时候，周遭的一切都是黑白的，只有眼前的人是彩色的？

江只只抖着唇，心中越震撼就越不自觉地给自己加戏：“你这是对昨夜负责吗？”

言却笑着：“不，是对你负责。”

“其实你不用点头，你之前说过，我不求婚，你都愿意嫁给我。”言却说着，又搬出撒手锏，“你再不点头，我就唱歌了。”

江只只：“……”

她立刻疯狂点头，急急地抱住他。

她才不想让他看见自己嘴角疯狂上扬的样子呢。

手伸开，再攥紧，那片“小树叶”的光就一闪一闪。

他给了她天上的星和他的心。

他予她的一诺，是万水千山。

3.0

《求风》杀青之后，江只只没有参加杀青宴就急急赶回A市，参加补考。

“林格说他先我一步回去复习了，所以这次一定能超过我。你说他这么针对我，是不是暗恋我？”言却送江只只到机场的时候，江只只还在吐槽林格。

“在网站上写文也是。我这几个月在剧组，没时间收尾，前天好不容易把《予月光》收尾，准备把后半部分一口气发到网站上，结果就看见林格的书先我一步完结。还有还有……”

江只只喋喋不休，言却的脸色越来越阴沉，满脑子都是她说的“暗恋”这两个字。

“我和你一起回江大。”

“……什么？”江只只惊讶，将剩下的吐槽咽下去，“你不是还要去参加杀青宴？”

“那都可有可无，之后再聚也没问题。”

要是某些人乘虚而入，将他女朋友勾走，那就是大问题了。

错了，不是女朋友，是未婚妻。

想到这个称呼，言却的嘴角就上扬。

江只只：“……”

这男人最近怎么阴晴不定的？

对于在飞机临走前加钱买票这套操作，言却已经很熟悉了，而从X省到A市的路，江只只也已经很熟悉了，只是当时走的时候是秋季，现在冬日结束，春天已近。

江大的一切如旧，一样的操场，一样的教室，一样的同学。

谢钰和季禾子为江只只接风，三个女生出去玩，言却也没有管，只叫她玩完打电话，他来接她。

“不然太晚我不放心。”

江只只乖乖地点点头：“我知道了。”

接风地点依旧是三个人都喜欢的火锅店，今天江只只最大，谢钰允许她唱歌，吃完饭，三个人就冲进旁边的KTV。

江只只拿着麦克风，唱着五月天的歌中她最喜欢的《成名在望》。

因为谢钰是五月天的迷妹，之前她一直说江只只唱她偶像的歌是一种亵渎，也就今天江只只才敢唱。

“一站又一站的流浪／那旅馆和空港／一遍又一遍的采访和攻

防 / 一双又一双的目光 / 像监狱和高墙 / 墙里的风光是不是 / 如当初想象……”

谢钰忍着想杀江只只的冲动，拿起自己的麦克风跟着她一起唱。

“那黑的终点可有光 / 那夜的尽头可会亮 / 那成名在望是否风光 / 或者是 / 疯狂的火光 / 放学的屋顶 / 像万人广场 / 从不多想 / 只是信仰 / 少年回头望 / 笑我还不快跟上……”

季禾子从后面拥住两个人，左右摇晃，借着她们两个的麦克风，加入自己的声音。

“那黑的终点可有光 / 那夜的尽头天将亮 / 那成名在望无关真相 / 如果你心始终信仰 / 谁又能怎样……”

他们的专业，不管是演员也好，编剧也好，抑或是导演，注定他们要比别人早一步踏入他们的职场，注定他们要被放在一个透明的位置上接受所有人的目光。

喜欢与不喜欢，好看与不好看，一千个人有一千种声音。

这条路，注定是鲜花和荆棘皆在，掌声和嘘声交杂。

可是成名在望，谁甘心退场。

江只只唱得嗓子哑，举起杯。明天考试，今天她只能喝牛奶代替酒：“敬，成名在望。敬，我们的少年回头望。”

谢钰：“……”

“不是，你俩有少年我没有，照顾一下单身狗好不好？单身狗的命也是命好不好！”

江只只改口：“那就，敬我和禾子的少年回头望，敬你的少年快点儿来找你，让你快点跟上我们。”

三只杯子撞在一起，敬这摇晃的青春终要落幕。

第二天一早，言却送江只只去戏剧文学系的教学楼参加补考，刚好在门口碰到了林格。

仇人相见，本来就分外眼红。林格看了看和江只只手牵手的言却，眼睛就更红了。

由于两个人都没有参加上学期的期末考试，一个被迫请假，一个主动放弃，所以系里的一等奖学金第一次落在第三名的梁舒眉身上。

梁舒眉感激，说林格下个学期的早饭她都包了，用来报答他的无私奉献。

此刻林格感觉自己这奖学金丢得有一点儿亏。

言却缓缓地眨眼，举起江只只的手，很刻意地露出她中指上的戒指："希望我们的订婚戒指会给你带来好运气。"

林格："……"

他觉得他的奖学金丢得亏大发了。

林格莫名地觉得烦躁，转身大步地往教学楼里走，走了几步又折回来，硬邦邦地扔下一句："君子不夺人所爱。"

林格身上有古代文人的迂腐在，心思藏得很深，却也信奉君子坦荡荡。

既然她已经不可能是他的，他将不会再去抢。

他对言却说这句话也是想让自己释然，不然被刺激得待会儿考试考不好，补考不过，那下学期的奖学金也泡汤了。

那会亏得他跪在地上哭泣。

既然收获不了爱情，收获奖学金也是好的。

作为脑回路清奇的同道中人，言却懂了林格的意思，确信自己这一趟来对了。

他也庆幸自己来了，光往这儿一站，就杀得敌人节节败退，说到底，是江只只选人的眼光好。

江只只却不懂："怎么，你喜欢这款戒指？这是女款呀。"

林格："……"

言却："……"

言却无语，推了推江只只："进去考试吧，我在这儿等你。"

江只只临走前抱了抱锦鲤男朋友，可能是真的沾到了他的好运，她考得很顺利，提前半小时交卷。

她看到林格的屁股抬起来，想抢先交卷，但三秒钟后他又坐了回去。

林格居然不和她比先后了，真是难以置信。

想到言却在外面等她，江只只人生第一次无比期待走出这座大楼去见光，去见他。

她飞快地跑，毫无预兆地推开门，言却站在树影里，手里拿着一把向日葵，还没来得及藏好，就被她看到。

她好像从来不会循规蹈矩，她的出现就是一场奇遇。

言却放弃制造惊喜，张开双臂，等着她跑过来，等着将她拥入怀里。

我不喜欢风，不喜欢雨，不喜欢落叶。

你来了，风帮我挡，雨和我赏，落叶陪我一片一片地踏过。

之后我喜欢风来，喜欢雨至，喜欢落叶飘飘几重重。

再然后，我喜欢上了挥舞着魔法棒，改变我所有的你。

我的少女，从此刻起，你是我珍藏的秘密，是我余生的欢喜。

正文完

番外（一）

我共她飞过地球万里

1.0

在言却的高中时代，他很轻易地就给了全校女生一个机会，一个把只敢偷偷看的小说男主从幻想变为现实的机会，一个真正体会什么叫“看得到也得不到”的机会。

毕竟言却的长相和能力都优秀，还一脸超过年纪的高冷淡漠，一点儿也不像这个年纪整天就知道和女生打打闹闹的幼稚男生，而这让他走到哪儿都格格不入。

如果说别人是还在茁壮成长的树苗，他就是盛开的幽兰。

整个一中，言却独自美丽。

在言却眼里，这个年纪的女生里，每一个人看他的眼神都很奇怪。

他自小见惯了太多别人的眼光，但没怎么见过这样的：激动中夹杂着几分渴望，渴望中隐含着一些胆怯，胆怯中还流露出一丝丝的庆幸，庆幸这个世界上不会有仙女可以拥有言却。

这种复杂的心理活动是顾知洲到他们班“孔雀开屏”撩妹子之后总结出来的。

“其实她们想的也很对，毕竟古往今来，太多优秀的人注定孤独终老，你这个属性，非常适合了。”顾知洲搂住他，妖孽地笑着，“所以之后再有人给你情书，你可以转给我，我会帮你处理的。”

“‘开屏’这么频繁，容易掉毛。”言却推开顾知洲，顾知洲“哎哎哎”地又叫住他：“最近汇安广场开了一家专门玩的店，里面有一家射箭馆，射中 DIY 的靶心后就可以梦想成真，据说特别灵，要不你去试试？”

“无聊。”

言却一如既往地冷淡，却在周日独自一人去了汇安广场。

如果能让自己得到清净，他稍微信一信也没什么。

射箭是言却从八岁开始练起的项目，并不算特别喜欢，只是别的小朋友踢球时，小小的他并不想参与，就扛着弓和箭独自去射箭打发时间。

这么一打发，就是十年光阴过去。

射箭馆的DIY项目，是每位顾客自己动手做自己想要的形状的模板，再由工作人员剪出来，粘到靶子上。

因为这种靶子和普通靶子的形状不一样，射中靶心就很困难，从开业开始还没有人射中过靶心。

“如果射中靶心，除了梦想成真，我们店还会送上一份小礼物。”店员微笑着指了指柜台上的一个小盒子，里面是一枚树叶形状的袖扣，还有一枚同样形状的发夹，男女款都有，满足射中的壮士的性别，可以说想得很周全了。

言却“嗯”了一声，并不是很感兴趣。

他将画好的模板递给工作人员，形状不重要，是他随手画的一只鸟，上面的字才重要——桃花退散。

这才是言却的目的。

工作人员捧着模板出门，在门口已经站了一会儿的顾知洲露出快乐的笑容。

没想到言却真的会信这个，还背着他来了。

他就欣赏言却这嘴上嫌弃，身体却很诚实的样子。

顾知洲跟上工作人员：“小姐姐，能帮个忙吗？”

谁不喜欢看漂亮的弟弟呢？

工作人员点头如捣蒜，顾知洲拿起吧台上的一支笔：“里面那个人是我一个好朋友，一中高二四班的言却。其实他不好意思写实话，我作为他唯一的好朋友，想替他分忧。小姐姐可不要暴露，等下个月生日，我要亲自告诉他给他惊喜的。可以吗，小姐姐？”

这样好的漂亮弟弟是真实存在的吗？

工作人员云山雾绕间，模板已经落在了顾知洲的手里。

他在反面加了一行小字上去。

二十分钟之后，工作人员将做好的模板壳子贴在靶子上。

言却脱下校服外套，黑色T恤差点裹不住他用力时绷紧的肌肉。他的目光凝聚，勾住弓弦的手指一放，“咻——”，一箭直中靶心。

言却留下传说，带着小树叶形状的袖扣和发卡离开了射箭馆，留下那个他随手做出来的靶子模板。

正面：桃花退散。

反面：前面那个不算，真正的是，早日被人偷走心。

愿望成真。

之后，言却遇上了江只只。

他赢来的小树叶发卡，和他的心，都属于她了。

2.0

顾知洲和言却从小相识。

说到底，他们是同一类人，都是被这个圈子浸润着长大的，只不过他们和这个圈子打交道的方法南辕北辙。

性格使然，言却远离这个圈子。

而顾知洲，则是选择加入了这个圈子，誓要做最靓的崽。

顾知洲了解言却，所以窥破言却心思的第一人是他，甚至早过了言却自己。

《对你何止中意》开始建组的时候，顾知洲这个男二号是最先定下来的。顾知洲的所有事情，他都会事无巨细地和言却叨叨一遍。就算言却反应冷淡，顾知洲还是一如既往地坚持。

“开机的时候你刚好上大四，系里没什么课，不如来剧组实习？李易导演的组，还是很有保证的。”

言却没什么兴趣：“一两周见你一次已经是我的极限，我不想去实习还要每天见到你。”

顾知洲：“……”

顾知洲：“噫，你个负心汉，伤了我的心。”

顾知洲一如往常地拍广告、赶通告，为了拍好在剧中的角色，抽了两个月时间向专业的医生学习。

暑假一放假，剧组开机，顾知洲是第一个入驻剧组酒店的演员，也是第一个看见江只只的人。

她是作为《对你何止中意》在A市的跟组实习编剧过来的。

顾知洲知道实习编剧在剧组的地位有多低，剧组的人经常对他们提很苛刻的要求，于是他立马联系上言却。

【在河知洲：你家那个小姑娘到剧组做实习编剧了，你知道的，我们组成分很复杂，有好几个带资进组的，那个凌音也是出了名地爱利用不谙世事的小编剧。】

【mesibieka：与我无关。】

【在河知洲：你看我会信你吗？真的与你无关，你压根儿不会回我消息。】

然后第二天一早，顾知洲推门就看见坐在套间客厅里的言却。

“哎嘿嘿，你不是说与你无关不来的嘛？”

言却坐在沙发上翻着剧本，一个眼神也没有给他：“郑导让我过来给他做个助手，放假前就定好了。”

顾知洲怒了：“那你为什么不告诉我？”

言却这回看他了：“我为什么要告诉你？我们关系很好吗？”

顾知洲：“……”

今天也是想和言却断交的一天。

言却收了剧本，站起来，说：“我还没吃早饭，去吃。”

酒店这一层住的都是演员，剧组为了让演员好好备戏，专门在这一层也备了餐厅。可言却像是不知道，直接进了电梯，按了“1”。

“我问了郑导，他说你是主动要来的哎。”

电梯一层一层地往下，顾知洲靠着电梯壁，眼神锐利。

言却做事一向滴水不漏，这次没有和郑导对好台词就开始撒谎，看来是真的很心急了。

言却下颚动了动，声音发紧：“你想说什么？”

“我想说你是不是——”

“叮！”

电梯门在这一刻打开，外面的人一抬头，是顾知洲刚还在想的人。

江只只明显震惊了，急急忙忙按下关门键。

顾知洲没有忽视言却一瞬间也放到关门键上的手。

顾知洲：啧。

下一刻，门又打开，反应过来的江只只冲了进来。

她脸上是丝毫不掩盖的惊喜，眼睛只看得见言却一个人。

言却收回的手在身侧收紧。

电梯又往上走，江只只在19楼恋恋不舍地下去。电梯继续往上，停在22楼。

言却先走出去，留顾知洲一个人望天。

不是要下去吃饭？怎么又上来了？

言却的心，海底的针。

在剧组的晚上，言却日常失眠，顾知洲日常陪同。

言却的失眠症很早就有了，一直以来都没什么太好的治疗办法，医生说多陪陪他散步，他的心境会好很多。

言却在前面走，顾知洲在后面被蚊子咬。

“这么帅的人都咬，这蚊子真的不长眼。”

“你可以不用跟我出来。”

“那怎么行，除了我，还有谁能陪你哦？我可是你最好的朋友”

言却冷笑：“陪完在群里发消息嘲笑我怕黑、怕蚊子、怕夜里冒出大灰狼的好朋友？”

今天言却有点儿难伺候，顾知洲决定送他送到西，换个人来陪他喂蚊子。

江只只来得很快，顾知洲溜得也很快。

溜走前，顾知洲远远地看了一眼两个人。

他们并肩走在小路上，昏黄的灯光打在他们身上。江只只衣服上的那颗红心在发光，在这寂寂夜里，不知道会勾走谁的心。

他在电梯里，其实想问言却："你对江只只也不是很讨厌吧？"

言却对这世上大部分的人和物都拒绝，只有极少数会被他允许靠近他，最后慢慢地被他放在心上。

言却对江只只，虽然看着冷淡，但仔细想想，很多时候，他在不知不觉间已经把江只只划在那"极少数人"的圈子里，只是他自己可能都不知道。

这个问题的答案已经很明显了。

恭喜你啊，我最好的朋友。

终于有人带着一腔孤勇，带着融化这世上所有的炽热，走进了你的世界。

你的世界，从此也有了光。

也恭喜我……我嗑的冷门 CP 终于有希望成真了！！！

我可以单身，可你们一定要结婚好不好！

不，我也不要单身！

3.0

言却日记

一

10 月 2 日，夜。

为什么从今天开始记日记？我也不知道，可能是因为大半夜在机场没事做。我用了空城计、声东击西、破釜沉舟、一走了之等四大计，成功从家里脱身来到机场。最早的飞机是凌晨五点，为了防止我爸定位到我的行踪，我关掉了手机，身边只有纸和笔可以打发时间。

明天我将干一件大事。以前我一直对这样的事情也能称为“大事”嗤之以鼻，没想到如今我也要去做，只能说，我终于下凡了。

不写下来，我都不知道我居然还会说单口相声。

我到A市之后，会先买一部老人机，再换张卡，联系一下她的室友。

她，我就不写出名字了，反正我身边就只有她这一个女生。

祝轻光，不算女的。

如果我没来得及赶到汇安广场，就让她室友先去拖延一下时间。虽然我不知道我不出现到底有什么危害，但，我还是避免这种潜藏的危害为好。

刚刚，有一颗流星划过。

我向它许了个愿望——我想多加十个愿望。

不行就算了，那就一个吧。

——我想，明天过后学会吃糖。

总和她口味不一致，以后买吃的要买两份，还不能吃她那份，麻烦。

之后有她了就不会再有这么无聊的记日记环节，这是最后一次。

二

10月11日，下午。

没想到我居然还有机会写这个破东西。

大概是因为有些事情我不说出来难受，但又不能和别人说，还是在这里写下好了。

今天李易导演谈起了签约的事情，提到了之前《对你何止中意》剧组发生的事情。

他问我是不是因为我女朋友才把凌音赶走的。

不写成“她”了，写成“女朋友”我比较开心。

这是我的日记，让我开心是首位的。

这个问题，我之前没想过。

因为我和凌音其实有仇。

她之前参加过衡星的海选面试，我刚好也在，她当场管我叫哥哥，也不看看自己多大年纪，管谁都叫哥。

没人知道我心里有个黑名单，把和我有仇的全记下来。

在凌音来之前，黑名单已经满到他的脑袋存不下了，我特意删了个人才把她存上。

0.1% 的原因是因为想起她要是在剧组，会对我“哥哥”“哥哥”地叫，我耳朵都会聋。

剩下 99.9%，是因为我想到她走之后的开心。

这开心中包括她不会再让我女朋友为难。

我的数学全江大第一，我很引以为傲。

写到这儿，我理清了逻辑关系，日记还是有用，怪不得我女朋友喜欢写。

等一下，如果我女朋友管我叫“哥哥”……

刚停顿了一分钟，我是去照镜子了，镜子里的我居然在笑，真是难得。

看来，叫哥哥的日常可以安排下了。

医生说多笑笑对肝脏好，是订婚之后的夏霁医生说的。

他说他订婚之后每天都在笑，他以为我会嫉妒，其实我不会。

我打算直接结婚，然后第一个告诉他，让他陪我一起笑。

三

11 月 15 日，夜。

我再一次失眠了。

其实和我女朋友在一起之后，我有一段时间没有失眠过。

好像现在，她不是我女朋友了。

好吧，前女友……不，还是叫女朋友开心，这是我的日记，我怎么开心怎么来。

我以前不知道，这世界上居然会有这么段时间，所有的风雪和花香交叠冲向我——新剧开机，祝轻光的绯闻甚嚣尘上，我女朋友的口中说出“分手”这两个字。

我承认我冲动，才会说那些话。

可我并不怀疑她，我只是想让她清清白白。大伯夫妻是因为别人泄露了他们的行程，最后为了甩开狗仔出车祸身亡。

我爸最讨厌将言家的事说出去的人，我想和她走到以后，走得更长远，就必须要清清楚楚知道每一个细节，但这样却让她误会我怀疑她。

其实她伤心是应该的，她一直一直为我着想，却听到那样的话。

我想抱抱她，可她像小兔子一样红着眼睛看着我，我就不敢动了。

今天的开机仪式上，她站得离我很远。

有记者分明是冲着我们的超话来的，问她和我是什么关系。

她说没关系，普通同学。

如果我们真的是关系很正常的同学关系，怎么要加个“普通”呢？这明显是欲盖弥彰。

这话是曾经陈倦和我说的。

今天我女朋友说完，陈倦很担忧地看着我。

他可能担忧失恋的我女朋友会写死他心爱的角色。

说到这儿，我很庆幸，庆幸之前让我女朋友和我一起签了和纵。这样我们虽然是“普通同学”，但可以是“不普通的同事”。

我组的编剧江同学，明早见。

四

12 月 1 日，早上。

经过我不懈的努力，我女朋友和我的关系取得了阶段性的进展。

我相信，就差一个机会，我就可以扭转局面，类似我女朋友曾经在见面会上要和我表白的这种机会。

刚好我爸要上《今日有约》这个栏目，我准备制造一次“无意出镜”，让所有人吃我们的狗粮。

我这么做还有一个原因，我女朋友的脑回路有时候有一点随我小舅子，她觉得曝光我们的关系会打击我的女友粉，耽误我的前程。

可我又不是靠脸吃饭，为什么不能曝光恋情？

只不过剧情没有按照我的设想进行，我女朋友冲过来抱住我，结果我们被节目主持人 Linda 和我爸双双堵住。

再之后，我女朋友凭借个人魅力迅速拿下了我爸，我仿佛没有发挥任何作用。

于是那夜，我钻进了她住的房间，唱了一首《真相是真》。

据说顾知洲第一次听这首歌的时候，都听哭了。

他高喊着：“颜值 CP 是真的。”

他说，我女朋友一定也会感动哭的。

歌词写得很不错。

那些被人窥探到的所谓温柔证据，不过是我们的万分之一。

这首歌起作用了。

我女朋友哭着和我说，我唱歌比她还难听，让我不要再唱了。

好吧，以后你不离开我，我就不唱了。

就这样，我又得到一个招数。

暂时我们的生活又比蜜甜，日记我不要记了。

留出来的记日记的时间，我会去思考，思考怎么样对她更好。

再见。

番外（二）

你我本无缘，全靠我不要脸

1.0

在撩妹一事上，顾知洲从来没有过败绩。

言却曾精准地以一种动物描述他——孔雀，最喜欢在人多的时候开屏吸引所有人的目光。

顾知洲天性就是这样的人，要站，就站在人最多的地方，成为所有人的中心。

为了让自己万花丛中过，认识可爱小姐姐，顾知洲多年混迹于各大贴吧、论坛、超话，还总结出一个时间段某网站上最受欢迎的言情小说，将名台词、名场面都记下来。

顾知洲靠着天赋和后天努力，成功给自己的孔雀毛镀了金。

在这个过程中，他还收获了颜值 CP 这个快乐源泉。

顾知洲从来没想过，会有人对他无动于衷。

而季禾子做到了。

在《对你何止中意》里，顾知洲扮演的是二院院草林息，和季禾子扮演的小护士何小禾是一对欢喜冤家 CP。在来剧组之前，顾知洲用了两个月时间做准备，将这个角色摸得很透，顺带把自己的 CP 何小禾的戏份也吃透了他经常没事就一人分饰两角对戏。所谓先入为主，在拍摄过程中，季禾子有哪里和他想的有出入，他就会亲自示范给她看。

开机的第一场戏是两个人在流心湖边一边走一边说话。

季禾子要演出这个角色的娇俏感，但季禾子的几次戏顾知洲都感觉不到位。

他和导演打了个手势，不由分说就拽着季禾子站到一边。

“你说话的时候，不要只是表情可爱。可爱的女孩子太多了，何小禾这个女孩，不仅仅是可爱，更多的是狡黠，就像小狐狸一样。她的眼睛不笑的时候都是弯的，总透着精明，就像这样。”顾知洲双手环胸靠在树上，笑着对她眨眼，表情尤其到位。

季禾子照着学了几次，但脸上的表情还是没有那么灵动。顾知洲上去双手揉她的脸，她眉头一皱，手上去一掰，顺势一推，顾知洲就被她扭着手臂按到了树干上。

路过的工作人员：“……”

“你做什么，动手动脚的？”

“给你放松啊。你的脸绷得那么紧，很难做好表情的。我为了演戏专门学过一段时间推拿，脸部放松下来，做表情会自然很多。咝——我的手要断了。”

季禾子抿抿唇，放开了手。

“抱歉，是我误会你了。”

顾知洲已经领教过季禾子的力气，他揉着发红的手腕有些委屈：“虽然我的名声不咋地，但我有职业道德素养，和我拍过戏的都说好。我是不可能借着说戏来占你便宜的。”

季禾子的声音更低：“对不起。”

“算了算了，没关系，那我们继续来吧，你这次不要掰我的手了，克制一下自己。”

季禾子笑了笑，点点头：“好。”

清冷的小美人笑起来的时候居然还有颗小虎牙。

好可爱哦。

顾知洲被她笑得眼睛都花了，缓了缓神，默念了三遍做演员的职业素养，才伸出手放到她的脸上。

“可以闭上眼，然后听我的指令。”

“脸部放松，不要咬牙，放松，然后笑一下……不是这样小幅度的，是大笑，符合何小禾性格的那种大笑，对，就是这样……”

季禾子在放松的过程中逐渐放开表情，一个灿烂的笑定格在她脸上。

流心湖的风，不及她的笑。

顾知洲的指尖抖了抖，深呼吸再深呼吸。

怎么办？他突然想抛弃职业道德素养了。

半小时后，这一场戏再开拍。

何小禾拿着个兔耳朵发卡往林息头上戴，让他去要陈医生的微信。

顾知洲原本的台词只有两个字：做梦。

但顾知洲面对着季禾子，突然烦躁起来，便给自己加戏了。

“有个这么帅的在你面前，你居然还去要别人微信？眼角膜如果不需要，可以捐给有用的人。”

在他面前，她居然还要什么陈医生的微信！

虽然那是纸片人，但他也不能忍！

2.0

顾知洲是靠演一部仙侠剧火了的流量小生，虽然那部剧的口碑不好，但顾知洲足够好，靠着不出戏的演技和美颜成功出圈。

他想做一位作品被人铭记的演员，一直以来，他都在磨炼自己的演技，这次《对你何止中意》对他而言是一个很好的证明自己的机会。

所以从拿到角色到现在，顾知洲一直很努力。

戏里他努力让林息追到何小禾，戏外，他开始努力让季禾子看到自己镀金的孔雀尾。

顾知洲总结了季禾子的特点：爱看法律书，力气大，武力值max，愧疚的时候好说话。

在此基础上，他又结合几本言情小说，定下了初步的套路。

在无波无澜地拍摄十天之后，季禾子已经习惯顾知洲在江只只不在的时候主动上门来和她对接下来的戏。

晚上他们要拍的一场夜戏的剧情是这样的：何小禾和林息跟着二院的一众同事出去玩野外生存，两个人被分到了一组。何小禾怕黑，就去找林息。

季禾子和顾知洲面对面，表情怯怯的：“林息，鲁迅说，在这片树林里，一个人住帐篷会被狼叼走的，不如我们做个伴，这样谁都不会被叼走。”

顾知洲扬着下巴：“求我。”

季禾子眼睛水汪汪的，双手合十：“林大哥，林大爷，求求你了。”

这段戏很顺，可顾知洲的大脑少见地空白了几秒钟。

他觉得他还没套到这只“小白兔”，反而把自己这“大尾巴狼”套进去了。

这也有点儿过于可爱了啊！这谁写的剧本？出来让我夸一下！

顾知洲的套路转得很快，他上前一步，手搭到在看下一段台词的季禾子肩膀上。

“这位仙女可以帮个忙，修个水管吗？”

季禾子则下意识地将顾知洲的爪子一拧。

“啊——我只是加一句台词进去，展现林息的不要脸，你又误会我了。”

季禾子放开手，很诚恳地道歉：“对不起。”

她开始愧疚了，这时候很好说话，他可以进行下一步的打算。

顾知洲叹了口气：“我这只手受了太多的伤，它说它需要上一个保险了。你看看，是不是咱们加个好友，这样万一哪天我的手断了，还能喊你去分个保险的钱，毕竟你劳苦功高。”

季禾子抬眼看他，那眼神澄澈透明，像是能看穿他的心。

顾知洲心里激灵一下，强作镇定。

末了季禾子还是拿出手机加了他的微信：“保险费我会出一半，你找好保险公司之后告诉我。”

顾知洲：“……”

太过认真的女孩不美丽了。

剧组在 A 市拍到暑假结束，之后转到 X 省继续拍摄。

公司给顾知洲安排了头等舱，季禾子没有签经纪公司，也没什么名气，自己去坐经济舱。

她戴上眼罩睡了一觉，醒来就看到旁边座位上的一位中年大叔换成了个戴着纱巾的路人。季禾子皱了皱眉，路人将纱巾扯下来一点，给她看他帅到惨绝人寰的脸。

“你怎么到这儿来了？”

唉，这姑娘可真没有情调。

他还能怎么，当然是为了和她制造美丽的邂逅了。

顾知洲一只手搭上座位扶手，撑着自己的绝美侧颜：“你知道吗？第一次看见你的时候，我就有种小鹿乱撞心头的感觉。你，就是我的命中注定。”

“呵。”季禾子笑了笑，把眼罩戴上。

顾知洲研究过季禾子这类看着就冷若冰霜的小美人，她们肯定是没怎么遇见过爱情，而对付这样的女孩子最直接有效的办法，就是不要钱一样地说情话和制造浪漫。

然而这屡试不爽的套路居然不奏效？他不信！

“哎哎哎，你笑什么？”

“笑你的套路老土。”季禾子说，“我读初中的时候，追我的男生就不会说这种话，也不会故意演戏来引起我的注意。我最近喜欢看狗血霸总剧，如果你甩一张支票在我脸上，我可能还感兴趣一点。”

顾知洲：？？

顾知洲：“你知道我之前是故意演戏的？那你怎么不拆穿？”

“这么有意思的笑话，我看着很开心，为什么要拆穿？”

一支一支的箭“咻咻咻”地往顾知洲心上扎，扎得他要吐血了。既然事情已经到这一步了，脸，不能白丢。

下一秒眼罩被摘下，季禾子的眼前重新映入顾知洲的脸。

他的耳尖有点儿红，满脸的视死如归。

不知道他秉性的，还真以为他是害羞。

“既然你已经知道了，那你的意思呢？”

“什么意思？”

“就是那个，我们那个，你什么看法？”

“哪个？”

这下顾知洲的脸跟着红了，纠结半天才吐出两个字：“交往。”

飞机穿过云层，黄昏时分，云朵都是深浅不一的粉色，一层一层的，叠在一起就是大号的棉花糖。

季禾子的睫毛颤了颤，声音很冷静：“我不同意。”

顾知洲撑着脸的手臂一撤，坐了回去：“不同意就算了，意见不合还是可以做普通同事的。你放心，在剧组的这段时间，我不会因为你拒绝我就在对戏时故意做些什么幼稚的事，大家都是成熟的成年人了。”

……

夜里，季禾子的房门被敲开。

顾知洲眼眶肿起，眼下发青，眼里还有红血丝，颓废得像是失恋自虐的少年。

他盯着她，幼稚又执着：“你为什么拒绝我？”

季禾子想笑。

真是好一个“成熟的成年人”呢！

3.0

如果说顾知洲是孔雀成精，那酒就是让他化出原形的符咒。

他完全不记得那天夜里对季禾子说了什么，又做了什么，但打从那夜之后，季禾子对他的态度变得和缓了不少——从冷眼看他戏精上身从而获得快乐，到明确指出他这样太傻了。

这前者变成后者，可以说是质的飞跃。

顾知洲是个说话算话的好孩子，他说在剧组的时候不会做什么幼稚的事情，就真的不去做。从《对你何止中意》在 X 省开拍，到两人戏份杀青，顾知洲都扮演着情绪稳定的成年人。

然后在杀青之后，他就一路跟着季禾子回了 A 市。

如果季禾子问他跟着她做什么，他就准备义正词严地回答她：“我是说在剧组期间不做什么幼稚的事情，现在不在剧组了，我可以放肆幼稚了。”

但季禾子从来没问他，就一直任由他跟着她在 A 市转了一圈，等实在不能再把工作拖下去，他才恋恋不舍地离开 A 市。

走之前，顾知洲缠着季禾子要她来见他一面，不然他就站在她寝室楼下引路人围观。

“你知道的，我粉丝很多的，到时候你就不能继续安安静静地准备司法考试了。”

顾知洲的功课做得很充足，但他之前没拿过季禾子的这个软肋来做过文章。

这一次，他是真的很急。

他怕他这一走，不知道什么时候回来，好不容易缓和一点的关系，下一次见面又回归原点……哦，我的上帝，想想那场面，老伙计都觉得很糟糕。

季禾子答应见他。为了安全，顾知洲开着车来接她。夜里，两个人在江大附近空旷的街上兜风。

“我要去拍个广告，一个小时之后的飞机。在言情小说里，男女主一分开，肯定会有男二号、男三号来抢女主。所以如果有人追你，记得拿他和我比一比，没我高、没我帅、没我有钱、没我有才华、没我风趣幽默的一律淘汰。女孩子，绝对不能将就。”

这样，估计就不剩什么了。

顾知洲稍稍有点儿安全感，将车停在一边。

风和，夜静。

好像有月光洗涤，她比平时看着好接近很多。

气氛刚刚好，顾知洲喉咙发紧，清了清嗓子，开口：“禾子，我真的挺喜欢你的，虽然我没说过，但我希望你知道。如果你能稍微考虑一下——”

“我不能。”

“哦。”好接近个鬼！

顾知洲有点儿狂躁：“你心上是不是有人了？告诉我是谁，让我死心。”

季禾子翻出一直背着的包，掏出一本书：“是它。”

“《刑法大全》？”

“好的，打扰了。”

顾知洲拍的是一个轻奢牌子的广告，要在南方郊外的一个村庄拍，取自然景致。这里山好水好，但是没他喜欢的姑娘，哪里他都看着不顺眼。

顾知洲靠远程获取言却被困在家这一事件获得快乐，一出化妆室，就看见他惦记的姑娘站在山水间。

山也好了，水也好了，他整个人都好了。

怎么会这么巧，他刚想到她，她就出现了呢？

季禾子见到他和见到普通同事没两样，说自己是临时被通知赶来救场的。

顾知洲双手合十，对着导演一鞠躬。

感谢您，您就是再世月老。

而这导致之后导演私下联系人，问顾知洲是不是有什么心灵缺陷，看见他就拜。

因为江只只要在见面会上和言却表白，但言却被困在临市过不去，顾知洲二话没说，拉着季禾子就赶回了 A 市。

下了飞机，季禾子看顾知洲匆匆忙忙地给各路人打电话，订最快的车，再借两套玩偶服，嘴巴很大的媒体狗仔也联系了几个……

他们连夜赶过来，都风尘仆仆，顾知洲少有不光鲜亮丽的时候，季禾子却觉得这样的他看着很顺眼。

他确实像他粉丝吹的那样，是在人间行走的雕塑……

“你说，我是不是应该找个专业的摄影团队过来，不然一会儿万一露脸被技术不好的人拍到，不就不美了吗？”

季禾子：“……”

她又想掰他手腕了。

两人还没走出机场，就被后面飞奔来的言却截住。

准确地说，言却是截了顾知洲。

言却对季禾子说：“我先把他借走用一用，之后再还给你。”

“喂，你这样说，她不会再要我的。”顾知洲挣扎，但还没来得及和季禾子交代什么就被言却拖着跑。

季禾子在后面慢慢地走，轻声说：“记得洗干净再还给我。”

4.0

顾知洲所有的准备工作都为言却做了嫁衣，一点儿表现的机会都没有。

看到自己的好兄弟收获了爱情，他开心之余，还有点儿酸。

顾知洲深藏功与名，拖着哆啦A梦的玩偶装走出书店。

楼下，季禾子和被言却一个电话叫过来的谢钰站在一起，准备上边出现什么突发情况就随时冲上去。

“出来了。”谢钰指了指“哆啦A梦”。

“他自己出来的，那就是一切顺利。”季禾子露出浅浅的笑，那边穿着玩偶服的人有些看呆了，随后耷拉着肩膀，慢吞吞地往车停的方向走。

“我和顾知洲是扔下拍摄半路跑回来的，好在导演要求比较高，一定要自然的黄昏光线，我们现在赶回去还来得及。”季禾子说，“那你就帮我给只只带句祝福，等我解决了外面的事情，回来再给她庆祝。”

谢钰点点头：“你放心去吧！”

季禾子转身，朝着那个丧丧的身影走过去。

“我有个问题想问你。”

顾知洲帮她拉开副驾驶座的车门，自己到后座将玩偶服脱掉。等会儿小罗会过来，开车把他们送到机场。

“你想问什么就问。”顾知洲心里酸得没心思打理自己，脱了衣服之后就瘫坐着。

季禾子从后视镜里往后看，抿了抿唇才开口：“你那天喝多了，和我说，你对每个女生好，其实都没有其他企图，纯粹是琢磨演技使然，习惯性观察不同类型女生的喜怒哀乐。如果哪个女生想歪了，你会及时提醒，或者送上小礼物赔罪。你说，因为这个，你从高中到现在为止都被人误会是个轻浮放荡的人。你说的，是真的吗？”

顾知洲：“……”

他猛地从座位上弹起来，因为过于激动，脑袋一下撞上车顶，疼得他五官都要移位了。

“等会儿！”

“我——”瞄到季禾子平静的眼神，顾知洲硬生生把剩下那个字咽下去了，他揉了揉发红的耳尖，想一头撞死的心都有，“我……我还说什么了？”

“你还说，那时候女生都暗恋言却，你和女生探讨演技，结果被哥们误认为你桃花泛滥。你虚荣心作祟就没否认，从那之后一发不可收拾，到现在言却都不知道。你还让我保密，说如果我给你保密，你就给我跳绵羊舞。”

顾知洲：“……”

顾知洲：“我跳了？”

季禾子点头：“还跳了一段《野狼 disco》。”

顾知洲瘫成一摊烂泥，神啊，送他走吧！

“我本来还不太信你是真的喝醉了，也不太信你说的话。不过看你今天的举动，你真的很像会做出那种事的人。”

顾知洲摇头，否认三连：“我不是，我没有，别胡说。”

季禾子本来浅笑的表情顿时一僵：“所以，你那天说你对我并不是想磨炼演技，是真的喜欢我，也是胡说的了？”

顾知洲愣了愣，再一次跳起来，他绝美的脑壳今天饱受重创。

他捂着脑袋，攀着季禾子的座椅，急急地说：“是真的，我说的是真的。酒后吐真言，古人教给我们的道理不会有错的。”

“要不我们公开好了，这样你就知道我是诚心诚意了。我可以用十八种方式公开我们的关系，争取刷屏上头条，让全世界都知道我的真意。”

他真心真意，她却一如既往：“古人还教了我们‘先来后到’这个词。”

季禾子翻出背包，那一本《刑法大全》让人看着格外上头。

马上要司法考试了，这是顾知洲爱情路上的拦路虎。

但是人家就喜欢学习，他能有什么办法？

毕竟季禾子志不在娱乐圈，人家要考过司法考试，然后去律师界闪闪发光的。

不过顾知洲委顿了十分钟后又活过来了。

“这最后十几天，我帮你冲刺复习。”

季禾子很认真地和他说：“我复习很紧张，你不要故意搞出一些事情逗我笑，会影响我的进度。”

顾知洲：“……”

噫，他又被嫌弃了。

之前季禾子在平时拍摄时，会抽空在一家网站上听知识点详解。

等司法考试开始前一个月，她就针对自己薄弱的知识点做针对性的突击，每次十分钟左右，但需要高度集中精神，不能被打扰。

可在拍摄间隙，她想不被打扰太难了。

“放心交给我。”

顾知洲将自己的耳麦给了季禾子，黄昏之前的等待时间里，他担负起了为喜欢的女孩创造安静的学习环境的重任。

化妆室，顾知洲站在门口，变换各种姿势供工作人员拍照。

这么劲爆的花絮，放出去的话，分分钟可以让微博爆掉，还不占用正常拍摄时间，导演组和品牌方自然也开心。

这三赢的局面，是顾知洲用尽全身力气“开屏”的结果。

等季禾子听完课开门，顾知洲一下扑到她身上，“啪”地把门带上。

“我真的累了，不是装的，别动手！让我缓半分钟。”

季禾子没动手，就那么站着，等半分钟过去，顾知洲也没起来，反而换了个舒服的位置靠着：“我第一次见你，你就给我一种特别的安全感，就那种有你在，可以徒手劈整个世界的感觉。在你之前，给过我这种感觉的，还是钢铁侠。你和钢铁侠，都是我的超级英雄。”

没有人规定这世界上的爱情都要墨守成规，心动都要英雄救美。

我喜欢上你，因为你会给我其他人给不了的东西。

你是不可取代的，我的唯一。

“钢铁侠在‘复联 4’里死了。”

顾知洲：“……”

顾知洲弹到一边，脸都气红了：“你是魔鬼吗？”

季禾子笑了：“好像是吧。”

5.0

季禾子参加司法考试那天，顾知洲去陪考。

媒体蹲他和季禾子一段时间了，但都没发现什么“实锤”，这一次总算堵到他本人，和考完试后一脸黑沉走出来的季禾子。

“顾知洲陪考季禾子”瞬间上了热搜榜。

顾知洲是流量小生，消息一出，他的女友粉都摇头拒绝，表示不信，说肯定是对方蹭哥哥的热度，还有粉丝说他要是真的和季禾子在一起，就立马脱粉。

顾知洲很想找季禾子卖惨：“她们要脱粉了，你再不收留我，我就是棵可怜无人爱的小白菜了。”

但他不太敢。

因为季禾子没考好，江只只说她回寝室后差点儿把刑法书撕了。

顾知洲拉下脸，差点儿跪下求言却赐给他一个良计。两人正商量着，“季禾子回应”这一词条直接压过上一条热搜登顶。

@季禾子 LAW：你们有心在我这儿闹，不如去找你们口中“被我的外表蒙骗”的可怜哥哥，让他别那么喜欢我；如果不敢去，也别在我这儿叫嚣。

还有，我打算考过司法考试就退圈去做律师，没必要蹭你们哥哥的热度，不信可往前翻我过去一年的微博。当然，如果你们哥哥非要他赚钱养家，我貌美如花，我也没意见。

微博后配了几张《人权法》这本书的截图。

不出意外，评论区又炸了。

但居然有粉丝真的被她吓住了。

@洲洲兔：嫂子这两米八的气场有点帅，好有安全感是怎么回事？

“天啦，好有安全感是怎么回事？”顾知洲抱着手机，笑得脸红红的。

言却无言，江只只经常和他说起粉丝圈里的语录，其中有一句叫“粉随正主”，看顾知洲就知道，还真有这么回事。

顾知洲激动之余，赶紧转发微博。

@顾知洲：我会紧跟季同学的脚步，努力学习，天天向上［握拳］［图片］/ @季禾子 LAW

配图是《人权法》的另一页，他之前为了跟上季禾子的脚步，囤了很多法律的书，随手拿过一本就刚好派上用场。

顾知洲没再管评论，他摇醒睡熟的小罗：“走了，去跟我接你嫂子。”

这一次，顾知洲直接跑到季禾子寝室楼下，没戴墨镜，没戴围巾，大大方方、明明晃晃地站到楼下等她。

季禾子这次自觉没考好，她少有地激动了，再一看顾知洲的某些疯狂粉丝的言论，一下没收住，开始无差别扫射模式，等反应过来的时候，顾知洲已经到了。

无法，她走出去见他。

顾知洲深吸口气："我说的话从来不变，但你如果真的不喜欢就不要勉强。"

"真的？"

"……等一下，其实能勉强还是可以勉强一下的。"

季禾子笑了，温温柔柔，轻轻缓缓。

她知道自己对顾知洲早就改观了，只是她不想在娱乐圈长久，也不想跟这个圈子的人有任何关系。可后来，连她自己都不记得这个行为准则了。

她上前一步，张开手臂，一个千斤坠差点儿把他的脖子勒断。

这深沉的、让人有安全感的爱，不过换来她的一句话也值了。

"谁说我不喜欢你？"

番外（三）

亲亲我的宝贝，还有小宝贝

1.0

又是一年9月初，这一年江只只读大四。戏剧文学系的大四课不多，主要是实习，江只只在结束《求风》的助理编剧工作之后，和纵给了她时间和空间，让她打磨自己想写的东西。

暑假期间，《求风》上星播出，收视率、网络播放量、口碑、话题度全部夺冠，被视为今年将收割电视剧各大奖项的力作。在剧里，无论是男女主角抑或是一众配角，都备受赞誉。尤其是饰演男主角周致的关居，用自己细腻精湛的演技让所有的质疑都站不住脚。

作为导演，言却一战成名，那些喊着要嫁给他的女友粉们不少反多。

言却自己觉得无所谓，江只只却总为他的事业担心，所以他在每次采访开始时，都会对着镜头面无表情地说上一句："我要结婚了，希望大家祝福，如果不能祝福，就依旧离我的作品近一点，离我的私生活远一点。"

每次他的采访一出来，顾知洲就会幸灾乐祸地来找江只只。

"言却又掉粉了！哈哈哈！！！

"言却的粉丝数又涨回来了！哈哈哈！！！

"我看超话里有人说言却深谙套路，那么说是为了故意博得粉丝怜爱和同情。怎么可能，言却怎么会有那个闲心，不过是找个一劳永逸的借口，说出来让那些人不要再烦他而已。"

每次顾知洲这样说，江只只都在撇嘴。

言却还真不是找借口而已。

毕业之后，言却就将之前的求婚计划提上日程。那时候，江只只对言却的计划感动得眼泪汪汪，可时间推移，他们各自有工作，有要忙碌的明天。

按照江只只的想法，她打算先读研，然后跟组两年，等到二十五岁左右，到达成长了一些、成熟了一些、经历了一些的年纪，可以有担当、有准备地走进婚姻的殿堂。

可这和言却他一毕业就结婚的计划差了好几年。

言却嘴上说着尊重她的想法，可她一点也不信。

他们在一起的这一年多的时间里，对外，言却是可以指挥千军万马而临危不乱的新晋导演；对内，他的本性则暴露无遗。江只只也没想过，剥开他层层叠叠的外衣，最后看到的他居然幼稚又爱撒娇。

她第一次说起推迟结婚事宜的话题时，言却的下巴绷得紧紧的，眼角往下耷拉着，闷闷地吐出一句："你开心就好。"

看江只只没什么反应，他一下把自己摔到床上，将被子裹紧不看她。

江只只还要上前去哄他："反正我的心早早就被你抓牢，我哪里都去不了，早一年或是晚一年又有什么关系？"

"哦。"他嘴上应着，身体却很诚实，把自己的脸埋进枕头里。

再之后，他就开始到处散播自己要结婚的谣言，但散播了一年多也没有坐实。

也难怪别人有言却故意虐粉的猜想。

江只只这几天在忙着新书出版的事情，也是今天稍微有空才发现最近言却散播谣言的频次过于高了。

《予月光》在大结局之后被盛阅文化签下，在《求风》播出的第二天上市，而记录她和言却的日常的新书因为她在慢慢收尾而进展缓慢，上个月她才交了全稿。

关于这本恋爱日常新书的出版名字，编辑饺子和江只只绞尽了脑汁，最后拉了江只只的亲友团一起献计献策。

【在河知洲："我追男神那些年""男神被我追那些年""那些年我追过的男神"。】

【只只呀："那些年"到底对你做错了什么，你这么记挂它？】

【季禾子："霸道男神缓缓爱""惹火男神买一送一"……】

【只只呀：……我想把你踢出群。】

【谢钰：就直接叫"今天也要追男神"多好！】

【只只呀：书名“今天也要追男神”，作者：今天也要追男神，你是怎么想的呢，鬼才？】

这些人都不太靠谱，最后还是言却路过时赐了她一个名字——对焦少女心。

江只只眼睛一亮，就是它了。

《对焦少女心》的打样出来，饺子给江只只寄了一份。江只只去拿快递，又带了些自己做的糕点、奶茶，打算去找言却。

今天言却在家里休息，早上他特意发了好几条消息告诉她他在家休息，疯狂暗示她去找他。

江只只叹口气，这孩子真是越来越难带了。

她走进电梯间，喝了两口她最爱的奶茶后有点儿反胃。

“肯定是珍珠没有煮软的原因。”她倔强地再吃了一口红豆，结果胃里酸水直冒，差点儿直接吐出来。

江只只捂着嘴，瞥见电梯墙壁上镜子里的自己，好像圆了不少？

她的脑子里冒出个大胆的想法，颤着手翻出记录生理期的APP，这个月还没有来。

“轰”的一声，江只只的脑子炸了。

在公寓里一直抓心挠肝等着“小猫咪”上门的言却没等到人，倒是等来了一条消息。

【只只呀：言魔王，我好像怀孕了。】

“轰”，言魔王的脑子跟着炸了。

2.0

下午，言却带着江只只去二院检查。

夏霁在二院做外科的副主任医师，言却提前找了他，等到二院时，一切都安排好了。

两个人认识的契机也很奇妙，夏霁比言却大几届，没有和他同校过，可他们的名字总在A市各大高校的评比中被列在一起。之后他们有交集是因为衡星娱乐投资了女演员夏天主演的网剧，言却跟着去吃了一次饭，饭桌上刚好就有夏霁。

夏霁是夏天的堂哥。

两个人像是认识许多年，那一天聊得很尽兴，很快就成了好朋友。只是夏霁平时太忙，剩下的时间都用来陪他老婆了，言却很少能约他出来。

送江只只进了妇科诊室，夏霁挑了挑眉："不错嘛，这一回合就超过我了。"

夏霁是秀恩爱狂魔，言却和江只只在一起后也开始和他每聊必秀，但总是被夏霁压一头。

虽然夏霁先结了婚，可这一次他直接有了宝宝，他终于扳回一局。

言却嘴角噙着笑："哪里，不过是天意罢了。"

"是啊，天意让你次次求婚，次次不成。"

言却："……"

言却眯着眼，云淡风轻："可我要有宝宝了。"

"天意让你现在还孤独一人住在公寓里。"

言却掏出手帕，慢条斯理地擦了擦手指："可我要有宝宝了。"

夏霁："……"

两个帅哥在门口像小学生一样吵架，引起过路人的围观。

夏霁将白大褂的里衬翻出来，露出他曾经为了向自己老婆表忠贞时绣的字：在里面科室看病的陈桉桉的家属。

言却将早就准备好的、与江只只那枚戒指同款的婚戒套上，像拍戒指广告一样伸出手，还刻意地抖了抖无名指。

围观路人："……"

过了一会儿，江只只从诊室里出来，手里拿着检查的结果，低着头走来，脚步堪称沉重。

言却紧张得喉头滚了滚，主动迎上几步。

“怎么样？”

江只只抬起头，怎么也掩不住失望：“医生说我并没有怀孕，反胃和发胖是因为最近……呃……吃多了。生理期推迟有压力过大的原因，医生说吃点药调理，再自我调节一下心情就会好。”

言却点点头：“那就好好调，我去交钱开药。”

“言却……”她欲言又止，言却揉了揉她的脸：“别乱想，在这儿等我一下。”

言却接过药单，脚步匆匆地去柜台缴费拿药。

夏霁和善地笑了笑：“祝医生在妇科界非常权威，之前也帮我老婆调理过身体。现在我老婆活蹦乱跳的，打我都有力气了。你安心，很快就会好的。”

江只只的脸色晦暗不明，纠结了一会儿才说：“我刚刚……听到你和言却说的话了，他一定很失望吧？”

“是很失望，估计在失望他居然都没有发现你不舒服。”

江只只眨了眨眼，夏霁双手插在口袋里：“他刚才走路都同手同脚了，担心你担心得要命，这种不顾形象地变相秀恩爱秀得我头皮发麻，这一回合终究是我败了。”

江只只望着言却来回忙碌的身影，眼眶泛红，心生愧疚。

最近，她好像真的有些忽略他了。

这个时节，二院附近的几条街上有开得很好的桂花。

言却和江只只闻着桂花香往前走，可江只只的叹气声一声接着一声。

“一开始，我是真的慌了，这和我的计划差得太远了，我还没有做好准备。而且算月份，毕业的时候我刚好要生下他了，那我就要挺着大肚子去拍毕业照，去做毕业答辩，想想真的太刺激了。

“可到医院之前那半小时时间里，我在想宝宝是男孩子还是女孩子，长得像我还是你。我祈祷宝宝像你，不要浪费你的优秀基因，长大后和你一样是万里挑一的人。进诊室前，我甚至连宝宝上哪个幼儿园都想好了，可是医生突然告诉我，我并没有宝宝……”

“你有。”

江只只不解地抬头，言却指着自己：“就是我。”

江只只：“……”

言却继续说：“如果你真的这么失望，那我努力一下，你每两个月来检查一次，说不定哪一次检查时就有了。”

江只只往不可描述的方向去想，瞬间脸爆红。

言却见她不那么上心了，提议去附近逛一逛，她便把这事当成小插曲很快忘记了。

秋去冬来，冬走之后，又是一年春。

《对焦少女心》上市在即，江只只收到样书，准备去找言却，下楼喝奶茶时再次吐了。

这一次，她真的怀孕了。

自从上次想象过“可能会挺着快生产的大肚子拍毕业照和参加毕业答辩”这一刺激画面后，这一次江只只很坦然地接受了现实。

毕竟六月份，她的肚子还不会有多大，穿宽松的衣服，别人也不会发现。

所以这导致江只只看到结果时，内心只有一个想法——那杯奶茶没有喝完好可惜。

3.0

江只只怀孕的消息，除了言却外，第一个知道的是在A大上学的江星沉。

他先其他的家人一步赶到公寓，看着躺在沙发上肆无忌惮地吃着水果的江只只，再看任劳任怨，把江只只的东西从寝室搬过来的言却，表情很不爽。

“我感觉你们两个变了很多，不再是我熟悉的你们了。”

“是变了，我现在是你姐夫。”言却从他身边走过，把江只只往嘴里送的辣条抢下来，换上一块蛋糕，又从容地走回去收拾。

江星沉蹲到江只只旁边：“你们要结婚了吗？”

“没有。”

“没结婚就生孩子，我们江家不提倡。”

“你什么时候代表我们江家了？”

“从我十八成年，喝了第一瓶酒开始。”

“酒好喝吗？”

“一般，不过大闸蟹好吃，我跟你讲……”

江只只一说吃的，江星沉就被带偏，之后他欢天喜地地拎着两袋大闸蟹回了A大，开吃前才猛然想起自己忘了去的目的，就只能口头上弥补了。

【小沉沉：对江只只好一点，也爱屋及乌对我好一点。】

【言言哪：下次来，给你带龙虾回去。】

【小沉沉：姐夫我支持你，我永远站在你这边。】

《求风》让言却拿到了几个电视剧界的重量级奖项，之后他一直在挑选和接触新项目。今晚乔瑞到A市出差，说有个不错的本子要给言却。言却出去和他见了个面，等回来时已经是夜里十点。

江只只怀孕之后，比从前睡得更沉。这个点，她已经睡得昏天黑地了。

床头灯留了一盏，光线昏黄，让言却心底生出一丝归属感来。

他放轻脚步上前，亲了亲他的宝贝，再向下，唇贴到她仍平坦的小腹上，亲了亲他的小宝贝。

言却起身，手腕猛地一下被攥住。

江只只的眼睛睁开，带着狡黠：“我没睡着。”

她拽了拽他，他便很配合地被她拉倒在床上："女侠好身手。"

江只只坐了起来，双腿盘着，双手合十，是武侠剧里运功的模样："本女侠行侠仗义数年，在江湖上也是有些名望的，今日我想奉劝公子一句话。"

"哦？愿闻其详。"

"再不结婚，小叶子生出来就是黑户了。"

言却愣了愣，眼睛一下变得潮湿："求婚这件事，你都要抢在我前面吗？"

"你不是求了很多次，我没答应嘛，现在就换我好了。"

江只只一只手推出，"哈"了一声拍到他身上："本女侠运完这次功，公子的伤就能痊愈。你要是不答应，我立刻撒手，让你毒发身亡。"

其实言却已经订了一车的花，按计划，明天清晨她醒来，就会见证一场盛大的求婚仪式。

小叶子的来不在他们的计划之内，可兜兜转转，有件事居然和他曾经的设想吻合——在她毕业这年，她嫁给他。

她次次抢在他面前，提前给他画好圆满的圈，他只要踏进去就能收获一切。

言却心潮澎湃，声音挟着丝丝轻颤。

"我答应。"

江只只眉眼弯弯地收回手，从枕边摸出一本书。

"这是我的独家秘籍，留给公子。"

这是世界上第一本《对焦少女心》，粉色系的封面，封面上画着一罐星星，每一颗都是她的小小心事。

翻开书页，里面的一字一句是他们一路见过的万千风景。

言却翻到最后一页。

出版社的流程使然，书是在半年前成稿，最后的文字也是那时候写的。

@今天也要追男神：8月23日，晴。

今天男神去工作，我在家里赶稿，写得太累了，迷迷糊糊做了个梦。我梦到我毕业就和男神结婚，还有了孩子，名字叫小叶子。可我明明说最起码要等到两年后才结婚的，我才不要打脸，就让这个可爱的梦永远藏在我心里。

言却抬头，“不要打脸”的江只只已经在研究婚纱的款式了。

他笑了笑，俯下身将她抱在怀里。

“我想在敬酒时穿猫和老鼠的玩偶服装。”

“好。”

“我想你在婚宴上陪我玩泡泡机。”

“好。”

“我想你永远喜欢我。”

言却亲了亲她的鼻尖。

“好。”

我会守护好你的少女心，再照顾好你。

我会永远喜欢你。

后　记

承蒙你出现，够我回忆好多年

去年，刚好也是10月份，我写完了《他的小可爱》这本书，最后的那一篇后记里写了我和前男友D的故事。

我们青梅竹马，最终各自远离。

我至今还记得，写那篇后记的时候，我哭了很久。编辑说，那篇后记虐到了整个编辑部，主编看完还来问我：你和D还会在一起吗？

我说：不会了。

后来，《他的小可爱》出版上市，我收到了很多读者的私信问我和D的事情。

“我的少年对不起，这次是我弄丢了你”简直是读者晒读后感时出现率最高的一句话了，到今天还有读者拿这句话的截图来问我：你的少年还好吗？

我说：他很好，听说他已经有了美满的家庭。

读者又问：那你呢？你好吗？这些年，你没有遇到过很好的人吗？

我说：我也很好，谢谢你呀。

我真诚地谢谢每一个关心我的人。

D之后，我确实遇到过一个很好很好的人，我把他称为“男神”。因为他很优秀，很耀眼，符合sunshine这个单词给予我的所有美好想象。我第一次看见他，是在学弟学妹们参加军训时。

操场上一大堆深绿、浅绿相间的迷彩服里，他是让人难以忽视的一抹白。他穿着一件白色的衬衫，袖口挽到小臂处，整个人站在阳光里，比阳光还要明亮。

那时候我已经和D分手一年半时间了，本该彩色的生活在我眼里变得灰暗而看不见边际。

男神就像是一束光，就这样短暂地照亮过我的世界。

我们在一个院系的不同班，有几节共同的选修课学生按班级坐，我会坐得离他班近一点，这样一抬头就可以看见他。

后来我看到一句话，说人人都有一座灯塔。

那时候的男神仿佛就是我的灯塔，我总会想追随他的脚步向前。

之后人人网普及，但凡是一个学校的，都不吝惜列表名单，我们加了好友，开始有一搭没一搭地聊天。

那一年的冬天，我们那个年级有一次聚餐。不同班级的人混着坐，玩着热闹的游戏。

男神身边不乏追求者，玩游戏时有很多人愿意做他的帮手。我和几个同学在一边喝酒，几杯下去后整个人微醺，这时男神从人群中走出来，一直走到我的身边。

他们玩真心话大冒险，这一轮他输了，选了大冒险——要和不认识的女生说一句情话。

“能帮个忙吗？”他温和地笑着，没有哪个女生会拒绝。

而我们算认识，也可以算不认识。

男神认真地看着我，说着当时网上风靡的情话：“承蒙你出现，够我喜欢好多年。”

聚会现场一片起哄的口哨声里，他把进现场时领到的小玩偶送给了我：“谢谢你。”

和男神有了进一步的接触，我反而有些不知所措。

我的那些悄悄跟随他，试图偷偷沾染他的光的行为，仿佛都不能继续了。

但是让我光明正大地站到他旁边，和他肩并肩，我又不敢。

他太优秀，优秀得我望尘莫及。我觉得我的坦诚只会以失败收场，所以我宁可藏着那份蠢蠢欲动的心思。

我开始避着他，远远地碰到他，就拿出手机低着头，装模作样地打电话。

上选修课时，我会故意坐得离他最远，被其他同学一遮挡，我看不见他，他也看不见我。

人人网的动态我再也没有发过，直到这个网站随着这个人一起离开我的世界。

其实有很多次，我都幻想过一个画面——

毕业前夕，我带着一腔孤勇，学着小说里的女主角那样，站在他的寝室楼下喊他，将所有不为人所知的心事一股脑说给他听。

可在现实里，那一夜我坐在阳台上，看着天边星，一直坐到天亮也没有动。

室友都知道我喜欢男神，她们不理解我为什么直到最后也没有和男神说过什么。

“因为我怕呀。”

经历过爱情浓烈绚烂的欢喜，也体会过它蚀骨灼心的难受，大喜大悲过后，人会变得很胆小、很怯懦，也会变得很平静，再难去很深地喜欢谁。

我不知道我对男神是前者多，还是后者多。

在一片平静中，就着一杯从苏州寄来的青梅酒，我告别了男神。

毕业至今，我的朋友列表里还留着男神，我时不时地会看到他的消息，知道他在北大读研，知道他毕业之后进了一家做日本文学的出版社工作。

他和我想的一样，一路优秀地长大成人。

今年上半年的一天，他突然发了条消息给我。

【男神：你在写书是吗？有没有兴趣来我这儿出版？】

我：“……”

这年头，不仅我编辑天天拿刀追着我催稿，连只存在于记忆中的男神也来了是吗？

——你的男神不会和你在一起，却会管你要稿子。

我发了微博，评论里大家整齐划一地狂笑，其实我自己也在笑。

笑完之后，我和男神聊了很久，说以后可以考虑合作。结束聊天之后，我翻出了我追着他的背影走的那段时间所记下来的、仅我自己可见的空间动态。

那字里行间，都是我对男神那束光的向往。

我又在想，如果当初我不那么怯懦，我们之间会不会有更好的结局？

可这个世界上没有“如果”，我是这样的我，因为距离，因为敏感，推走了D；也因为自卑，因为怕伤害，而避开了我和男神所有的可能性。

后悔吗？

我想我并不后悔。

我感谢D的陪伴，也理解当初那个患得患失、没有安全感的自己。

我感谢男神的出现，是他将我从一段灰暗的时光里拉出来，让我愿意去拥抱直到现在依旧孑然一身的自己。

青春啊，不就是因为这星星点点的遗憾，因为这珍藏的秘密而变得格外珍贵吗？

可我偶尔还是会幻想，幻想一个天不怕地不怕、什么也不想、一往无前的人代替我，去将我的幻想短暂地变成现实。

所以江只只出现了。

我的小姑娘，我的小只只，她得了我很多的偏爱，长成那样可爱的样子。

她勾走了言却的心，比我这个“亲妈”厉害多了。

也希望看到《对焦少女心》的小姑娘们，如果有喜欢的人，就像江只只一样，大胆一点，努力一点。梦想还是要有的，万一就得到一个言却了呢？

至于我呀，你们不要担心。

我选择了我自己选择的路，就会好好地走下去。

D也好，男神也好，那些在我生命中来过也走过的人也好，我感激他们的出现，让我有梦可做，有光可追。

承蒙你们出现，够我回忆好多年。

萧小船

2019年10月22日于家中

QING CHUN